暗黑残酷监狱

暗黑家族

Ankoku Zankoku Kangoku

［日］城户喜由 著
佳辰 译

人民文学出版社

著作权合同登记：图字 01-2023-0450 号

ANKOKU ZANKOKU KANGOKU
© KIYOSHI KIDO 2020
All rights reserved.
Original Japanese edition published by Kobunsha Co., Ltd.
Publishing rights for Simplified Chinese character arranged with KODANSHA BEIJING CULTURE LTD. Beijing, China.

图书在版编目(CIP)数据

暗黑家族/(日)城户喜由著；佳辰译.—北京：
人民文学出版社，2023(2024.1 重印)
（黑猫文库）
ISBN 978-7-02-018017-2

Ⅰ.①暗⋯　Ⅱ.①城⋯ ②佳⋯　Ⅲ.①长篇小说-日本-现代　Ⅳ.①I313.45

中国国家版本馆 CIP 数据核字(2023)第 096689 号

| 责任编辑 | 卜艳冰　王皎娇 |
| 封面设计 | 钱　珺 |

出版发行	人民文学出版社
社　　址	北京市朝内大街 166 号
邮政编码	100705
印　　制	山东临沂新华印刷物流集团有限责任公司
经　　销	全国新华书店等
字　　数	216 千字
开　　本	890 毫米×1240 毫米　1/32
印　　张	10.5
版　　次	2023 年 7 月北京第 1 版
印　　次	2024 年 1 月第 2 次印刷
书　　号	978-7-02-018017-2
定　　价	55.00 元

如有印装质量问题，请与本社图书销售中心调换。电话：010－65233595

第一章　弟弟 1

　　墨田汐带着一个并非丈夫的男伴走进客厅，这可以说是头一遭，也可以说并非第一次了。

　　两人通常是在汐的房间里幽会，他们一进房间，就即刻动手把折成一半大小的床还原，在狭小的房间里构筑爱的基地。床一旦摊开，便几乎占满了整个房间。床的周围生长着茂密的热带植物，在白昼的窗帘缝隙间透出的阳光照射下，形成了点点光斑。乍一眼望去，像是东洋的后宫，当然，这都是爱情表现下的自欺欺人。两人就在这张寒酸的床上，呼吸着热带植物释放出的浓密氧气，每次都恰好消耗掉一只安全套。

　　那天，汐也打算去自己房间。不过刚踏进玄关的那一刻，男人就说自己渴了，想喝点碳酸水，汐说可乐的话家里有，男人说就这样吧。

　　于是两人自然而然地来到客厅。这是一扇从未触碰过的门，而今这扇禁忌之门已然被打了开来，两人已经到了无法回头的地步。男人一副放松的样子坐在客厅的沙发上，用摆在那里的小票叠起了千纸鹤，好像这是理所应当的事情一样。

　　汐往马克杯里注入了可乐并端了上来。这不是给访客用的，而是汐日常使用的东西。

　　男人呷了一口，说了句：

"搞错了吧。"

男人穿着校服,那是深褐色的西装夹克,这表明他是个高中生。

汐默默地等着男人接下来的话,而男人并未立刻回应,而是勉为其难地一口闷干了可乐,这才开口说道:

"所谓的碳酸水,并不是碳酸饮料。"

"什么意思?"

"这是本质问题。"

"我听不懂。"

"听好了,碳酸水并非不加糖的可乐,而是在水中加入碳酸制成的东西,是水,本质上就是水。你会把可乐拿给一个想喝水的人吗?"

"可你不是喝下去了?"

"哦,我是喝了。关于这件事没有辩解的余地,不好意思。"

"那要我拿水来吗?"

"这也不是本质。"

"我现在也是这么想的,可我家没有碳酸水,便利店要是有的话,我就备一点吧,要什么牌子的?"

"巴黎水。"

这时,男人将手搭在汐的肩上,汐一个激灵,接着男人的手缓缓伸向了她那毫无防备的T恤内侧的胸罩搭扣。

"等等,要做的话就去房间吧。"

"偶尔这样也不错哦。"

男人想脱掉汐的T恤，汐抵抗起来。不过并没有什么拼命的举动，只是形式上的拒绝而已，迟早都会半推半就的吧。

两人在沙发上打闹着。男人想脱衣服，汐就像发痒似的扭着身子发出娇喘的声音。

两人衣服的残骸散落在了地板上，仿佛宿主已经融化消失了似的。

正当男人把手搭在汐的内衣上的时候，玄关处响起了钥匙插入锁孔的声音。

两人瞬间僵在当场，面面相觑。下一秒，脑细胞仿佛大梦初醒一般，迅速做出了应对。首先以最快速度穿上衣服，然后必须找个地方隐藏男人的存在。若是去汐的房间，得先穿过走廊，有被撞见的风险。因此最合适的藏身之所便是浴室。事前稍微抖了个机灵，将男人的鞋藏在了鞋柜里，真可谓绝妙的手段。

就这样，汐成功地以自然的姿态迎接了丈夫的突然到来。

"咦，你不是上班去了吗？"走进客厅的丈夫这般说道。

"你才是呀。"汐的声音完美地演绎了日常生活。

在这里，丈夫可以选择解释自己的不自然，或者追究妻子身在此处的不自然，可他却偏偏选择了跟两者都不搭界的一句话——

"现在就在此处，不可能相遇的两个人相遇了。"

恐怕接下来的话，大概就是命运抑或奇迹之类，本人自以为浪漫，事实上却是陈词滥调的玩意儿。不过最终并没能确认他到底说了什么。

这时传来了响动，是某物撞到墙上的声音，发源地是浴室。

"地震了？"丈夫问道，但这显然不是地震。

"是不是换气扇的声音呢？"汐极力掩饰道。

丈夫目不转睛地盯着妻子的脸，汐则期待着丈夫对浴室那边失去兴趣。

"你的衬衫为什么穿反了？"

妻子无法作答。因为丈夫通常情况下会说"你穿反了"，而他现在却在质问"为什么穿反"的理由。他是觉察到发生了什么不得已的事才会穿反衣服，穿反的衬衫和浴室的声音在脑内联系在了一起。

"我去瞧瞧。"

丈夫撂下这句话，就朝着浴室方向走去。

"别！"

事到如今，妻子能做的唯有滔滔不绝地讲解浴室的危险性。其中最大的危险便是导致家庭的崩溃，但这并不能说。但若改成可能进了小偷，那跟自掘坟墓也差不多了。最后她给的是飞进了马蜂这种莫名其妙的解释。

丈夫停下脚步背着身子，所以妻子无法窥见丈夫的表情。

妻子想象着丈夫此刻的表情，正因为看不见，所以才会有无限的想象。所谓无限，顾名思义，就是没有界限。在这无限的想象中，也存在着丈夫在笑的可能性。

丈夫转过身来。

"没事的哦。马蜂的毒会导致过敏性休克，简单说来，就是第

4

二次乃至以后被蜇是非常危险的。可我从来没被蜇过，所以不要紧的。"

他的声音和表情都异常平静。如果从这副反应的表象来看，或许是和解的征兆吧。但对妻子而言，丈夫的表情不过是冲向修罗场的助跑而已。

当丈夫将手搭在盥洗室拉门上的时候，妻子想起了巴黎水的事情。他说想喝巴黎水，那水究竟是什么味道的呢？因为是无糖的，所以并不甜吧。但不知为何，汐能想象到巴黎水在舌头上甜蜜绽开的样子。

先是拉门打开的声音，然后是浴室门打开的声音。

丈夫朝浴室里窥探着，而妻子则在稍远处观望着他。

拉门被关上了。丈夫转过身来，妻子预感到了世界末日。

"没什么异样哦。"

听到丈夫的话，妻子瞬间一愣。

"到底是什么声音呢？"

就这样，丈夫打了个呵欠，预备离开客厅。

"对了，帮我买点啤酒吧。突然就放假了，闹得我忘记准备。"

丈夫的身影消失在了客厅外面，汐从后面偷偷窥探了一下，丈夫已经回到了自己的房间，走廊里一个人都没有。

妻子陷入了极度的错愕，这到底是什么情况？

他躲到哪里去了？洗衣机里？不，那里面太窄了，不可能的吧。浴桶里么？不对，要是躲进浴桶里的话，就会弄出更多的声响，比如打开盖子的声音。倒不如说昨天已经在里头放了热水，根本进不去吧。

总之，这是个千载难逢的好机会，必须让他逃出去。汐自忖道。

汐小心翼翼地打开浴室的门，只见他孤零零地站在里面，两人只做了最小限度的交流——

"快跑。"

"嗯。"

两人来到了家里的走廊上，为了压低脚步声，用袜子蹭着地面前进，在玄关穿上鞋之后，两人来到了公寓的公用走廊上。终于可以喘口气了。

汐和男人未交一语，尽管如此，两人还是一致认定不该一起乘电梯，所以汐走进了电梯，而男人则下了楼梯。

在下降的电梯里，汐还在思考。

或许是这么回事。

丈夫故意对妻子的罪行视而不见。

虽说后来这个假说被证明是错误的，但此时妻子还是对丈夫复杂的爱意心存感激。她在便利店里看到了绿色瓶装的巴黎水，不过最终并没有买，只买了银色易拉罐装的朝日超干啤酒，这就是在那个时间点妻子得出的结论。

就在此刻，男人也走完了八层楼梯。这个失去了生命力，仿佛被自己发出的闪电击中而受伤的宝可梦皮卡丘一样的男人，正是在下。

走出公寓时，手机的振动自口袋里传来。而我只想抛开世俗的一切，躺在柏油路上，然后直视太阳，再闭上眼睛，凝望着残留在眼睑内侧那令人不快的光点。

话虽如此，我的通信软件上并不存在无意义的日常对话。迄今为止，我一直在小心翼翼地排除这些东西。反过来讲，也可能对方觉得你还是给我滚吧，早就把我从日常交流的联系人中删了。

于是，我掏出手机确认了屏幕。

第二章　姐姐 1

母亲发来的消息是这样写的——

"御锹死了。"

这样啊，她死了吗。我想。

母亲希望我马上回家。于是我先去 711 便利店寻找花生味的 SOYJOY①，可那里蓝莓味和杏仁味都有，唯独花生味没有存货。我问了店员，店员说卖断货了。我没办法，只得去了隔壁的全家，这次有花生味的卖。于是我买了一根，就这样踏上了归途。在乘电车的时候，我心中暗想，以前只觉得两家便利店挨在一起是浪费资源，但现在似乎有必要改变看法，我认为这并不见得是浪费。

我在家门口停住了脚步。

我家房子是钢筋混凝土结构的三层小楼，形制为半圆穹顶。顶部的钢架呈现出雪花结晶状的几何图案。望着象征着守护的铁壁铜墙般的外观，感觉自己如今就像是回到子宫中沉眠的胎儿。在此能够远离一切污秽，充满了永恒的和平。

父亲胤也和母亲夕绮分别坐在客厅 L 形沙发横向和纵向的位置。而我决定既不坐在父亲这边，也不坐在母亲那边，而是在 L 字交点上斜坐着。我想保持这种中立的立场。

---

① 大冢制药推出的一种主要成分为大豆的健康饼干。

三人默不作声。不过这与亲人亡故时的黑暗无关，我觉得大概是有耐性了，或者说是痛觉麻痹了吧。

"御锹死了。"

父亲胤也说道。

这我已经知道了啊，我想。

"节哀顺变。"我双手合十，然后从全家的塑料袋里取出花生味的SOYJOY啃了一口。

注意到父母正看着我时，我辩解说：

"这是因为万一出了什么差错就麻烦了。"

父亲露出了诧异的表情。

"什么差错？"

"比如接吻之类的。"

"接吻？"

"只是打个比方。"

"和谁？"

"我和姐姐。"

我短暂地想象了那副场景，马上又觉得没有可能。

父亲似乎想说点什么，但还是没有开口。可能是因为他想象出来的东西属于人伦禁忌的层面吧。

于是我斟酌了一下言辞说道：

"关于姐姐死了这件事……我觉得是个绝好的机会。"

当我吞下SOYJOY时，那东西干巴巴地卡在了喉咙里。好想喝碳酸水，但我还是觉得应该等到谈话结束了以后再喝。

"我想制霸全口味的SOYJOY，但只有一种味道没有吃过，这是因为万一出了什么差错和姐姐接吻的话，姐姐会死掉的。"

我盯着SOYJOY的包装纸。

"不过花生味也没多好吃吧。我个人还是最喜欢香蕉味。"

我看了看SOYJOY的配料表，上面写着大豆粉（非转基因）。我倒是很想尝尝所谓的转基因食品，可究竟去哪儿才能遇到呢？

"那么姐姐是吃花生吃死的吗？"

"是被杀了。"

父亲用阴沉的声音说道，我发出了一连串"啦啦啦"的率真声音。这我可没听说过啊。

"还有，我对大豆过敏。"

"真是的，干吗不早说。我们不是父子吗？万一出了什么差错和爸爸吻上了，爸爸可就死定了啊！"

我将没吃完的SOYJOY甩进了垃圾桶，可又觉得这样仍旧挺危险的，所以把已经扔进去的纸巾等东西拨开，把它推到了最底层。

"话说被杀掉是怎么样的感觉？"

"我怎么可能知道……"

母亲夕绮发出了歇斯底里而又有条不紊、仿佛凝缩的水珠一般的声音。虽然看似稳定，但一有契机就会炸裂开来。

"因为我们在这边，而姐姐在那边。"

"不，不是那种哲学。"

"死因呢？"

我问。

"钉死在十字架上。"

父亲回答道。

我忍不住笑了出来。但这不是我的错,要怪就怪凶手。

"警察马上就要来接我们了,带我们去警署确认尸体。"父亲说道。

姐姐的尸体到底是什么样的表情呢?是安详,还是带着痛苦?

"这样只剩下三个人了……"

母亲说了这样的话。这完全正确。现在我们一家只剩三个人了,不知道还会不会继续减少。

*

我们乘坐警车来到南大泽警署,沿着空空荡荡的走廊来到了一个黑暗的房间。一个和移动式床相仿的高脚台板上蒙着白布,白布的内侧躺着一个鼓鼓囊囊的物体。

"请确认一下。"

警察这般说道,他看上去似乎比我们这些当事人还要悲痛。

当台子上的白布,也就是正好遮住脸部位置的薄布即将被警察的手掀起来的时候——

"啊啊啊啊!"

响起了一声号叫。那是自父亲胤也口中发出的。没有任何意义的文字罗列,却充斥着如此强烈的感情。他的号叫令警察掀布的手暂时停了下来。

父亲抱住了头,僵硬得像是冻住了一样。这副狼狈相或许不无道理。究其原因的话,说来也怪,胤也最疼爱的家人就是姐姐。

"御锹啊……"

母亲夕绮小声嘀咕了一句,然后擅自把白布掀了开来。

姐姐御锹就在那里,那副死相和我预想的任何表情都不一样。

就我个人的经验而言,那副表情就像嘴里充满了锡箔纸的味道①一样。究竟什么时候嘴里会充满了锡箔纸的味道呢?最典型的例子就是流感。

流感是一桩痛苦的事。既然是与之同等的表情,也可以说死亡也是很痛苦的事吧。

"御锹……"胤也呻吟了一声。

"凶手抓到了吧……"夕绮的声音很平静,而脸却扭曲着。

警察只说正在妥善处理,带着一副并没有妥善处理的表情。

"钉十字架是什么感觉呢?"我问。

警察犹豫了片刻,然后摆出一副决心已定的表情答道:

"遗属有知道真相的权利,哪怕那是痛苦的真相,如果真想知道的话……"

"要收费吗?"

"什么?"警察一副摸不着头脑的样子。

---

① 指的是铝和锡等金属在唾液的作用下产生电流,令口腔发苦的现象。

"哦这样啊，果然是免费的吧。"

我们转移到了一个比停尸房更为敞亮的房间。那里似乎保存着从现场扣押的证据。在摆成"匚"字形的长桌上，摆了很多装在拉链袋里的小物件。

其中最引人注目的莫过于一个巨大的十字架，它倚在墙上，散发着威压感。

这是一个简易的十字架，仅以两根木材交叉在一起，其特征是头短脚长，显得很不平衡。

"御锹小姐就是被钉在这个十字架上的。"警察说道。

"果真用了钉子吗？"我询问道。

"双手被钉了钉子，胳膊和腿是被塑料绳绑住的。"

"裸体吗？"

"嗯，是啊……"

"你们拍照了吗？"

"那是为了查案。"

"对着姐姐的裸体。"

"……"

我再度望向十字架。胤也正站在十字架的旁边，十字架比父亲的身高还高。

"可真是个巨大的十字架啊。"

我感慨道。

"因为有一米八五呢。"

对于胤也这句意味深长的台词，所有人的疑问被暂时搁置了下来。因为就在说出这句台词的同时，响起了手机的快门声。

夕绮正在拍摄十字架，警察慌忙阻止了她。

"不好意思，禁止拍摄。"

夕绮卑躬屈膝地摆出惊讶的表情，她似乎根本不知道这事。

"我实在很想把这张照片传到图片社交平台上去。"

"请立即删除刚才拍摄的照片。"

"这样啊，我知道了。"

夕绮迅速地操作起手机，或许是在把照片从手机上删除之前，就将其转移到了安全的地方了吧。

"胤也……唔，那个……"

夕绮凝视着胤也小声说着，她保持着低姿态尽量不要刺激到对方。

"你是怎么知道十字架有多大的？难不成……"

"没这种事。"

胤也用手指了指自己的头和十字架的双臂。

"这个十字架的'臂高'跟我的身高一样，也就是一米六五。再加上头的部分是二十厘米左右，所以整个十字架的高度便是一米八五了。"

的确，胤也的头顶和十字架的"臂高"是一样的。似乎正是一米六五。

这句话让夕绮松了口气。

很快她的面色就转为苍白。

"对不起，请原谅我那一瞬间的怀疑。我是个罪孽深重的女人。就是因为这个，御锹才……"

"别说了。"

胤也把手搭在夕绮的头上，那并非伴随着痛苦重压，只是纯粹以安慰为目的的轻微接触。

"不是你的错。"胤也的脸上洋溢着温柔。

胤也抚摸着夕绮的头，这是夫妻间和谐的一幕。然而，抚摸的感觉逐渐变成了使劲地按压，就像是面包师一边想象着讨厌的对象一边揉捏面团一样。夕绮的头发有如遭台风直击般被弄得乱七八糟。直到夕绮发出忍无可忍的惨叫，才让父亲回过神来。

他说了声对不起，然后满脸憎恶地嘟囔道：

"都是凶手的错！都是凶手的错！都是凶手的错！"

父亲深吸了一口气，像在念佛，又像是自我暗示，对自己说着这样的话，情绪随即渐渐平复下来，胤也很快就回归到了一个失去女儿的父亲怏怏不乐的表情。

我拍了拍他们的背，安慰说："再生一个就好了。"

*

然后我们被带到了一个像是接待区的地方，这里用简易的隔板划分着空间。这种简易给人以一种拒人于千里之外的印象，更确切地说是一种轻率的感觉。当然了，这仅是我个人自说自话的印象罢了。

然后我们三个听取了案件的概况。

死因是勒杀。脖子被绳子之类的东西勒住了。

现场是音乐工作室。御锹隶属于大学轻音乐社团，向工作室签订租赁合同租下了一个单间。

第一发现者是一名男性乐队成员，他独自一人去工作室练习的时候，发现了钉死在十字架上的尸体，于是报了警。

死亡推定时间为九月十日星期一下午一点至三点。也就是昨天。

"各位昨天都在做什么？"

警察问了这样的话。看起来像是在调查不在场证明，也就是说我们被怀疑上了。

"我在泳池游泳。"母亲说道。

"哪的泳池？"

"水蓝多摩。"

"在泳池的时候是几点？"

"应该是下午一点到下午四点左右。"

"您经常去那里游泳吗？"

"是的。我是包年会员。"

警察记了笔记，接着转向了父亲方向。

"您昨天在做什么呢？"

"越野跑。"

谁都知道这种词警察听不懂，于是父亲换了个说法。

"在山上跑步。"

警察的脸色微微一沉。

"不好意思，请问您是做什么工作的？"

"和自由职业差不多吧。"

"具体说呢？"

"作曲家。"

警察吐了口气，似乎在对这种很罕见的职业表示感叹。

"那么，跑步的地方在哪里？"

"高尾山。"

"时间是？"

"从早上到傍晚。但是无法证明，也就是说没有不在场证明。"

对于问话的对象说出不在场证明这个词，警察露出了苦笑。

"您经常锻炼吗？"

"为了减压。"

警察迅速地做了笔记，写完之后又转向了我。

"你昨天是在学校吗？"

"昨天我还是人类哦。"

我自说自话地笑了。这是之前在网上看到的段子。看到警察哑口无言的样子感觉有些可怜，于是又补充了一句：

"昨天我还是人类，这种话听起来仿佛我今天就不是人类似的。请放心，今天的我也是人类哦。"

警察的眼神变得和刚才不一样了。虽说我并不清楚具体发生了什么变化。不过显而易见，某些事物已经发生了实质性的改变。

"你昨天在学校吗？"

"死亡推定时间段里我在学校，所以不在场证明非常完美——

虽然想这么讲，可遗憾的是我没有朋友，搞不好还有不怀好意的老师想要构陷我，所以有可能找不到目击者。"

"哪个高中？"

"南。"

"南？"

"八王子南高中。"

警察做完笔记，又抬起了头。

"没有其他家人了吗？"

"之前还有个哥哥。"母亲答道。

一个不理解何谓越野跑，且连"南"这个昵称都不知道的警察。就连这样的警察，都能听懂母亲的话。

"他过世了吗？"

"是的。"母亲缩成一团，仿佛这事被人知道是一种耻辱。

三个人的问话就此结束。在这之后，我们一个接一个被传唤到了单独的房间，再度接受了询问。其用意是方便我们说出没法当着其他家人的面说出来的话。

先是胤也，然后是夕绮，最后轮到我。

两名警察跟我对峙着。分工似乎是其中一个在电脑上做笔记，另一个负责问话。

粗糙的铁制桌子，海绵脱落的折叠椅，没有窗户的房间，墙上挂着镜子。

这是我第一次进审讯室，我就这样好奇地环顾四周。当然这里并无任何赘余装饰，很快就大体上看了个遍。这样一来，我就只能面对警察那温和的表情了。

警察看到我一脸倦意后，便对我说：

"御锹小姐的钱包里有一张纸条。"

我突然就来了兴致，那是因为迄今为止都是我们这边在被问话，从没被告知过那边的情况。

"上头写了什么？"

恐怕父母也被告知了同样的事情，也说了同样的话吧。

警察撇去了情绪，以完全客观的声音说了这样一句话——

"这个家里住着恶魔。"

当这话穿过我的耳朵，震动我的鼓膜，以生物电波的形式进入我的大脑之中时，我不由得打了个寒战。我强忍着快要浮现在脸上的笑意，对着两位警察瞪圆了眼睛。

"真的？"

"真的。"

倘若能以不带感情的声音使用"真的"一词的话，那这词肯定已经收入《广辞苑》了吧，不由得令人想象着这词在二十年后成为公文正式表达的未来光景。

但无论是使用"真的"一词，还是使用"真实"一词，其本质意义都无任何差别。

"这个家里住着恶魔吗？"

明明是自己家的事，可我却发出了完全事不关己的声音，这反倒让人确信了恶魔的存在。

恶魔巧妙地融入其中，本该有恶魔的地方没有恶魔。相反，在绝不该有恶魔的地方，恶魔却潜藏于此。

比如一个幸福的家庭。

"关于那个恶魔，你有什么线索吗？"

警察以锐利的目光盯着我，换句话说，就是在问"恶魔就是你吗"。

我思考了片刻，得出了一个结论。

"也就是说，你们对那个恶魔没有任何线索是吧？"

警察对这个质问不知所措。

"要是我不开口，那个恶魔就永远不会为人所知了。"

我哼了一声，给了个高压的鄙视。虽然期待着对方态度骤变，但不知是不是受到了近来戾气横流的网络社会的影响，对方始终保持着和蔼的态度。

"你有线索吗？"

"啦啦啦。"

"你有线索吧。"

句尾的变化虽仅有一个字，却将警察内心的微妙之处表现得淋漓尽致。

于是我爽快地坦白了：

"从结论来说，如果有恶魔的话就是妈妈了。"

负责谈话的警察向前探出身子，负责记录的警察加快了打字速度。

"你们知道夏目漱石的《心》吗？"

我说的话令键盘声戛然而止。

"就是二年级教科书上的那个吧？"

警察难以揣测我的话中之意。

"里头应该有'不会有像是从坏人模子里铸出来的坏人'这样的说法吧，你们不觉得这个坏人和恶魔可以互换吗？"

警察推测着其中的含义。

"你母亲对你姐姐来说是恶魔，但对其他人来说就不是吗？"

"要真是这样的话，警方的调查就变成了一种不需要任何智力的简单劳动了，首当其冲会被 AI 或者机器人取代了吧。"

说到这里，警察终于表露了自己的情绪。他满脸写着不悦，似乎想将伤害警察自尊心的怨恨灌注到名为视线的长矛中。可那柄长矛却在远比点到为止还要远的距离就停止了动作。这根本构不成任何威吓，我倒是想看着那柄长矛深深地贯入我的身体。

"为了让你们能听懂，我简单地说明下吧。"

我带着挑衅的意味进行了说明：

"对爸爸来说，妈妈可以是恶魔；对哥哥来说，妈妈可以是恶魔；对我来说，妈妈也可以是恶魔。但唯独对一个人来说，妈妈不可能是恶魔。你们知道那人是谁吗？"

看来警察的工作并非只是拼装传送带上的零部件那样简单的劳动。

"对你姐姐来说，你母亲不是恶魔？"

"对。"

所以记录的内容就很奇怪，也可以说是前后不一了吧。如果硬说有个恶魔的话，那就是母亲夕绮了，可唯独不把夕绮当成恶魔的就是姐姐御锹。

"能详细说说这方面的情况吗？对你姐姐来说，你母亲不是恶魔，但对其他人来说，她就是恶魔，真实含义到底是什么？"

"细节很重要哦，俗话说细微之处有神明，请更正。"

警察"哈？"了一声，话虽如此，却暴露了原本粗野的人格。

"是恶魔——这样的表达方法是错误的。"

"？"

"我讲的是'可以是恶魔'哦。"

警察露出一副不耐烦的表情。

"也就是说，虽然今后有可能成为恶魔，但过去和现在都不是恶魔？"

"对，所以并没有恶魔什么的。"

警察一脸无法接受的表情，我这边展现了讨人嫌的最高技术，即以否定的形式开始对话。

"可是——"

这最高技术又被特地重复了一遍。

"可是事实上你姐姐留下了字条。也就是说，恶魔是存在的。请将这方面的情况详细说明下吧，你在这里所说的一切都将作为调查过程中的秘密，你的证词不会毁了你的家庭。"

"我只想问一件事。从你这边的样子来看，爸爸妈妈都没提起过我的事吧。"

这是一个毫无意义的提问。因为刚刚说过，这里的证词会被作为调查过程中的秘密，即使父母说了跟我一模一样的内容，我也无从知晓。

警察面露难色，只能毫无意义地回答说"这是调查过程中的秘密"，真是听君一席话，如听一席话。

"罢了。"

我掏出手机确认了时间。已是晚上七点，肚子也咕咕叫了。最重要的是姐姐被杀，所以我想裹着毛毯留下悲伤的泪水，买洋葱回家的话应该就能流泪了吧。

"我累死了，所以就跟你们直说了吧。说完以后，你们能放我回去吗？"

*

我们一家五口的关系，最终非但没有崩溃，反倒紧紧结合在了一起。不过成为契机的，是小姨送来的一份不受欢迎的礼物。

时间是二〇一四年。民间DNA鉴定费用降低，这是普通人也可以通过网上的手续简单地获得DNA检测套装的时代。

小姨，也就是夕绮的妹妹，或许觉得这很时髦，在圣诞节的时候，给我家送了一份DNA检测套装。

这并非调查血缘关系，而是调查易患疾病和祖先粗略的根源，可以说就是拿来玩玩的吧。

其中有两个问题。

其一，DNA检测套装是禁止送给他人使用的，小姨在这方面违反了规则。

其二，知道 DNA 检测套装只是拿来玩玩的时候为时已晚。

当我们收到这份稀奇的礼物时，都抱持着浓厚的兴趣。

只有一个人除外。

"这种东西还是不要了吧……"

夕绮以沉静却蕴含着无比强大之力的动作，开始将 DNA 检测套装塞进垃圾袋。

由于用力过猛，为了促进唾液分泌的柠檬画片在空中飞舞。或许，这柠檬像是梶井基次郎的《柠檬》一样，就是破坏我们家庭的炸弹。

"这种东西只会带来不幸……"

当时大家都从了夕绮，垃圾袋在规定的时间段被送去了垃圾站，装进垃圾车里展开了异邦之旅。但我们一致认为这事迟早要做个了断。

于是除了夕绮以外的四人——也就是父亲，哥哥，姐姐，我——都买了并非玩玩的 DNA 检测套装来检测血缘关系。就让我简单地陈述一下事实吧。

哥哥——终典非胤也之子。

姐姐——御锹是胤也之女。

我——椿太郎非胤也之子。

这对我们一家来说，是非比寻常的打击。

不过，因为这事，我们之间的羁绊反倒比以前更强了。母亲的过错并没有被责问，父亲也从未冷落没有血缘关系的孩子。我们的关系变得非常要好。

或许正因为是冒牌的家庭，才会向着真正的家庭努力吧。而这种努力原本并不会发生，所以才更显优秀。

我们一家五口和睦地生活着，是个如画般的幸福之家。

虽说现在少了两个，已经成为三口之家了。

*

"也就是说，只有姐姐和妈妈的恶魔行径没有任何关系。"

我刚说完，警察就陷入了沉思。

"不过可能是你姐姐代表你父亲、你哥哥还有你说出了心声吧。"

"如果是这样的话，就没有必要特地写一张纸条了吧？因为在我们一家人之间，妈妈的行为是公开的事实。"

"确实也是。"

说完这话，警察再度陷入了沉思，然后摆出一副似乎想到了什么的表情。

"椿太郎君，你对你母亲的行为有什么看法？"

"我很高兴哦。"

"啥？为什么？"警察对此很是困惑。

我没有回答，我认为不回答就是最大的优越。

"总而言之，妈妈的那个问题已经得到了解决。大家都以慈悲而宽容的心态接受了她，我们一家甚至比之前还要紧密地连结在了一起。"

我总结道。

"如果真有恶魔的话,那就不是如此简单的罪行,而是更大的罪恶了吧。"

*

回到家后,我们和殡葬公司的人商量了葬礼的事情。殡葬公司的人身披丧服,手上戴着念珠,在场的有那边的两人加上我们三个,总计五人。也就是说,我们家那张巨大的L形沙发还有余量。

殡葬公司的人的表情比我们这些当事人还要悲伤。我觉得这些人在自己亲人死了以后应该不会露出如此过剩的表情,而是会突然笑出来吧。

"用得最多的就是这个家庭方案。"

殡葬公司的人这般说道,向我们推荐了六种收费方案中价格第三高的方案,也就是价格第四低的方案。我觉得他们很会做生意。推荐最贵的会被当作利欲熏心,推荐最便宜的又赚不到钱。

"不了,还是最便宜的吧。"

父亲的话让我很是意外,因为这似乎并非迷茫之后做出的决断,听起来像是一开始就决定好的事情。

哥哥死的时候,葬礼是按照最贵的方案进行的。"哇,好破费啊"——我记得当时确实有过这样的想法。

可姐姐死的时候,葬礼却按最便宜的方案进行。这是有怎样的心境变化呢？我完全搞不懂，但在选择最便宜方案这一点上，我没有异议，所以就啥都没说。

谈话一直进行到半夜，等殡葬公司的人走了以后，我询问道：

"我的丧服怎么办？这是深褐色的。"

我拉了拉自己西装夹克的下摆。哥哥死的时候，我穿的应该是初中的绿色西装夹克。不过初中时代被谅解的事，到了高中时代就不一定了。

"随你便。"

父亲随口说了句，疲劳值似乎到达了顶峰。

"胤也……"

母亲的声音很是沉静，但其中隐藏着激烈的斗志，宛若一团蓝色火焰。

"为什么选了最便宜的方案？"

"心意才是最重要的吧。"

"可御锹是你唯一的、真正的……"

母亲没有再说下去。或许说不出口更准确些吧。母亲虽然被原谅了，却依旧背负着罪孽，她没有资格使用家人这个词，至少她本人是这么认为的。

"我死了会选哪个方案呢？"我唐突地问了一句。

"死之前由你自己决定吧。"父亲敷衍了事地应了一句，漫漫长夜就此结束。

我关掉卧室的灯，仰面躺在床上。我启动了智能手机上的自动关机定时器，在视频网站上循环播放米津玄师的《柠檬》。因为今天实在太累,我想从明天开始努力。

这个家里住着恶魔,候选人是以下五人——

父亲·清家胤也

母亲·清家夕绮

哥哥·清家终典

姐姐·清家御锹

我·清家椿太郎

谁是恶魔都无所谓,只不过在这个幸福的家庭里潜藏着恶魔的事实在太过有趣。我躲在被窝里并非因为淌下眼泪,而是流不出泪的干眼症。

第三章　父亲1

早晨起来，父亲正在客厅吃药。桌子上放着好几种津村的汉方药。按父亲的主张，汉方药吃多少都没问题。他撕开铝纸包装，仰天将粉末含在嘴里，用来吞药的不是水，而是卡路里伴侣①代餐果冻。父亲对美味的料理不感兴趣，只考虑营养。他所需要的就只有纯天然超复合维生素和矿物质药片、津村的汉方药、硫代维他命饮料2000②以及卡路里伴侣代餐果冻。这种极度偏食却又健康到不可思议的生活方式，产生了富于个性的音乐。据说旋律大多是在山上跑步的时候浮现在脑子里的。他创作的某首歌曲虽说已历经十年，但至今仍拥有超高的人气，持续产生着巨额的版税收入。

"学校那边不用请假吗？"

父亲看都没看我就抛出这个问题，我也没有看他，直接回了一句：

"因为没有请假的理由。"

我走进厨房，从冰箱里拿出水果，用菜刀切成小块，然后把它装进密保诺的拉链袋中，便当就完成了，这种拉链袋的好处在于只要滑动拉扣就能密封。如果是普通的自封袋，必须将凹槽啮

---

① 日本大冢制药旗下的能量补充食品品牌。
② 日本大鹏药品生产的维生素营养饮料。

合到位，那个出乎意料地难弄。所以我今天也把水果塞进密保诺拉链袋里，滑动拉扣将其密封起来。这是我目前的最优解。

*

从我家骑自行车到高中大约要花四十分钟。在八王子南高中，由于电车和公交车之类的各种不协调，交通非常不便。这并非我固有的问题，对于大多数学生来说都是平等的。

我将自行车停在停车场，混进了上学的学生人群里。深褐色的校服仿佛军队般行走的样子，让人联想到了某种昆虫。不过这反倒成了我校学生固定的自虐段子。

走进教室，我坐到了最后一排的座位上。大多数学生正和朋友闲聊，但不巧的是我并没有朋友。

若是平时，我会读英语参考书打发时间，不过今天我还有别的事要做。

我必须找出恶魔。

具体来说就是家庭成员的背景调查。

我首先尝试了网络搜索，这是身在现代，无论是谁想要调查时都会做的第一件事。

清家胤也，有专门的维基百科页面。他隶属于一家名为"完全真空"的游戏公司。不仅制作游戏音乐，还为艺人提供动漫歌曲等。这样的公共信息越是泛滥就越是容易搜索，但是个人的、私密的信息却在公共噪声的干扰下无法找到。

清家夕绮，没有信息。

清家终典，点开他的社交网站页面，完全没有更新过，看样子只是建了个账号。成蹊大学文学系，隶属于管弦乐团。

清家御锹，显示出很多新闻。主流媒体将她描述为谋杀案的受害者，但在更为大众、以广告收入为主的所谓成果报酬型广告的媒体上，则采用了另一种报道："【噩耗】超人气主播遇害"。

清家椿太郎，有个名叫椿太郎的漫画家很火，但这个人姓椿，名太郎，跟我没有任何关系。

这时上课铃响了，我将手机收进口袋。

我把班主任在班会里说的话当耳旁风，一心盘算着接下来应该采取怎样的步骤进行背景调查。

就在班会结束后，班主任走出教室时，我得出了结论。

还是按照顺序依次进行调查吧。

首先从父亲开始。

*

话虽如此，假使突然闯进父亲的职场，来一句"爸爸有没有干过什么坏事"，就算问了也得不到回答吧。

上课的时候，我的笔记本被头脑风暴带来的支离破碎的笔记所填满。多亏了这个，我的脑髓变得异常清爽，得以看清今后的前进方向。

我应该做的事，就是找到能够回答问题的人。

因为哥哥和姐姐已经不在人世了，如果我提出希望听到一些故人的回忆，亲人好友大概会眼眶湿润，或是将视线投向远方回答问题吧。

那么父亲和母亲呢？这边会稍微严苛一些。如果亮出儿子的身份，相关人员有可能会回答问题，但倘若如此，寻找恶魔的事就有可能暴露。要是可以的话，我想在私下里进行这个寻找恶魔的行动。一切水落石出之时，我打算来个戏剧性的质问，就像把人逼到两小时悬疑剧的悬崖边上一样。

"写什么呢？"

身后香皂味扑鼻而来，笔记本正被人窥视着。

我慌忙将笔记本藏起来，用上半身遮住，就像一个独占财宝的恶棍。

"给我看看又不会少块肉。"

"确实也是。"

我即刻改变了态度，抬起了趴在桌子上的身体。对方目瞪口呆地看着我，接着瞄了眼笔记本，露出了失望的表情。

"这算啥？你犯病了吗？"

就在这时，我突然心血来潮，于是说：

"其实我想调查某个人物，但网上查不出什么，只能去找相关人员了。这种时候最合适的对象是谁呢？"

"哦，原来如此。"

看对方的表情，似乎觉察到了什么。

"清家君居然会做这种事，可真没想到。"

"是吗？"

"顺便问一下，清家君想选谁呢？"

"其实答案一早决定好了。只是因为无法选择那个已经决定好的答案，所以才很苦恼。"

"谁啊？"

"家人。"

对方摆出一副来了兴致的表情，眼神也起了一丝变化。此人给人的第一印象是好色，假设是性欲的话，就是"无比纯洁的性欲"。

"为什么不去问你的家人呢？"

"当然不行的吧。如果我是在打探家人的秘密，当事人能回答吗？能让当事人知道我在刺探秘密吗？"

"真不容易啊……"

对方投来了同情的目光，不过这种事并不值得同情。家家都有本难念的经，不幸和幸福皆会突然降临。这并非我自己固有的经验，而是在任何人身上皆有可能发生的寻常事。

"顺便问一句，佐藤同学觉得应该选谁？"

"叫我比留间。"

"对对，我忘了。那么佐藤同学，问题的答案是？"

"叫我比留间。"

"佐藤同学，你的眉毛变粗了吗？总觉得你的脸比以前更严肃了。"

"啊，看出来了吗？清家君假装对别人不感兴趣，其实还观察得挺仔细呢。还有叫我比留间。"

不知不觉，比留间琉姬绕到我的前面，擅自霸占了前面同学的座位。她双腿夹着椅背，坐姿无比难看。

"你干吗突然跟我搭话？感觉像是给遗弃的小猫喂奶吗？"

"大家好像都不知道，不过我知道哦。那个新闻。"

比留间的语气低沉了下来，看样子是在哀悼。

"不过看到清家君的脸就放心了呢。"

"那是因为遗产的份额增加了。"

"看你这副样子应该没问题吧。"

我感觉到了同学们的目光，那是为什么这两个不合衬的人会凑到一起的疑问。这样的目光好似绒毛一般，撩动着我的皮肤。

"你才没问题吧，再跟我待在一起难道不怕被当成同类？"

"事实上就是同类吧，从差点被退学这一点看。"

"全体国民都应作为个人受到尊重。对于谋求生存、自由以及幸福的国民权利，只要不违反公共福利，在立法和其他国政上都必须给予最大的尊重。"

我背诵了日本国宪法第十三条。

"所以说，我拿到驾照骑着电动自行车上学，却差点被退学，这很奇怪啊。"

"是啊，校规优先于法律，这是很奇怪的事情。"

"夫妻生活美满吗？"

比留间冲我吐了吐舌头。我并不知道这个动作的涵义是什么，也不感兴趣。

"刚刚那是心理测试吧?"

比留间抱着椅背,注视着我的眼睛。

"貌似回答的人对那人来说才是最重要的。"

"是吗?家人对我来说很重要吗?这我可不知道。"

"我的话,如果有想调查的人,就会去问那人的情人吧。"

"情人吗?"

"嗯,对啊,情人。不过想找个情人,最困难的地方就是必须要先跟不喜欢的对象结婚呢。"

我们互相瞪着对方。接着响起了一记掌声。那是比留间的手发出的。这样的小手怎么会发出如此强烈的声音呢?这一击不仅震动了空气,甚至连空间本身也在震动,令我反射性地闭上眼睛。

比留间没规没矩地指着我说:

"果然家人的秘密还是该去问家人吧。"

"问你就是个错误,或者说明知是错误才问了。"

"不好意思,我讲的是不太对。不是家人,是亲戚。"

这句话值得考虑。确实,姐姐的遗书上写的是"这个家里住着恶魔",所以不在这个家里的亲戚应该没什么问题。最重要的是,亲戚只是有着血缘关系的外人,但这种血缘关系比什么都深,除了深,还又红又热又甜,而且也没法对来访的我置若罔闻。

"只要有心还是能做到的嘛,佐藤同学。"

"叫我比留间。顺便说一句,我完全不学习,考试还能拿三十名。不是有心就能做到,是没心也能做到。"

"这里面就有各种说法了。是努力到吐血得了第一,还是在空闲时间随便应付一下拿了三十名？"

"这有用吗？"

这副表情充满了善意。这样的善意充满了新鲜感，所以我也带着善意回答道：

"我是二十九名哦。"

有那么一瞬间，比留间未能理解这句话的意思。当她理解的那一刻，发出了一声僵尸般的呻吟，如果使用国际音标的话就是"ə："这样的感觉。相当于英语中"brid"一词的长音部分。

"比留间，去小卖部了。"

比留间的朋友过来拍拍比留间的肩膀。她看看那边，又看看我，然后依依不舍地转过头去。

"对了，佐藤同学。现在一起去叙叙苑①吃一顿好吗？当然是你这边请客。"

"学会看看气氛啊堀川君。"比留间朋友的脸上挂着不爽的表情。

我被起了这么一个绰号。查了一下，是动漫人物的名字。高二的冬天，我在邮局打工做贺年卡分类的时，由于贺年卡有购买定额，所以被要求买了不需要的贺年卡。我便带着处理的用意给全班同学送了贺年卡，于是就被叫了这样的绰号。我只是乐在其中地妄想着若在贺年卡上涂抹剧毒的河豚毒素，那么收到卡片的同学就会痛苦万分地死去吧。

---

① 日本网红烤肉餐厅，在东京有多家分店。

"山田同学——"虽然不能确定比留间的这个朋友是不是叫山田,但也没办法了,"你能看懂拉丁国际语①吗?"

"拉丁国际语?"

"对我来说,气氛这种东西就像拉丁国际语。"

"搞不懂你在说什么,"山田不屑地说,"比留间,走!"

比留间露出了笑容。这并非轻蔑或者恶意,也不是捧腹大笑的那种爆笑,而是温馨如日常四格漫画的那种自然的笑。

两个人就这样离开了,把我一人剩在那里。我戴上耳机,听了极度卑劣少女的《浪漫过剩》,然后吃了午餐的水果,今天的菜单是橙子、草莓和西番莲。用餐完毕后,我思考了今后的方针。

记得父亲应该有个爷爷,不对,准确地说,是父亲有个父亲,也就是说,我有一个祖父。

他似乎住在养老院里。能不能从祖父那里打听到有关父亲的往事呢?为此,有必要知道祖父的住处。这事当然不能问父母,而是得在背地里干。于是我便上网搜索了一下,网络真的是太方便了,上面简明扼要地描述了寻找不知去向的亲属的方法。

剩下的就是按照上面写的行动了。

*

放学后在体育馆里要开考试说明会,我无故缺席了。

---

① 一种人造语言,于1903年由意大利数学家朱塞佩·皮亚诺所发明,相当于简化的拉丁语。

我去的地方是离家最近的八王子市政厅的由木东办事处。入口设有银色的圆形屋檐。我停好自行车，向着自动门走去。右边写着市民中心，左边写着办事处，于是我进门后朝左手方向前进。

办事处空空荡荡，除了我之外就只有一个客人。我填写了放在桌子上的住民票申请表，并提交给了窗口。当时为了确认本人身份，我出示了我的个人编号卡①，并在椅子上等了一会儿，然后付了两百日元换来了住民票。

工作还没有结束。

我之所以要拿住民票，是因为需要知道上面所写的原籍地。

地址和原籍地是不一样的，这我也不大懂，住址表示的是居住的地方，而原籍地则表示户籍所在的地方。

而且为了寻找失踪的亲属，必须有户籍附票②。这需要在"原籍地"的政府部门提出申请，在"住址"所属的政府部门是不行的。

我坐在椅子上看着住民票，确认了原籍地。上面写着调布市的地址，我记得小时候好像是住在那里，又好像不是。不管怎么样，我现在必须去调布市政府。

现在是十六点十分，市政府通常十七点关门，不知道还来不来得及。

我用手机上装的谷歌地图查看了路线，发现最佳路线需要

---

① 写有个人编号等身份信息的IC卡片，作用相当于身份证。
② 日本特有的户籍资料之一，记载户籍档案建立时的住址，由原籍所在的市区町村保管。可以确认住址变更的历史记录。

三十八分钟,但那是穿插徒步的情况。因为我有自行车,所以时间上多少能缩短一些。

总之,我想先走一趟。

我骑自行车到了京王多摩中心站,时间是十六点二十二分。在那里坐上电车,在调布站下车,时间是十六点四十分。从那里徒步走到调布市政府已是十六点五十分了。时间相当紧张。不过根据我在电车上用手机查到的信息,调布市政府一直开到十七点十五分。这般小小的幸运也在背后推了我一把,我觉得自己正被这个世界本身引导着。

与先前的由木东办事处不同,调布市政府人满为患,内部也很宽敞。我在台子上放着的用于申请户籍附票的文件上填写了必要事项,从取号机里拿到了写有468的号码纸。

等了一段时间,号码出现在了显示屏上,我走向窗口,和刚刚在由木东办事处一样递出了文件,出示了个人编号卡。

十七点十分,就这样,我又用两百日元换来了祖父的户籍附票。

上面记载了祖父现在的住址。

世田谷区松原街●号●花穗松原705室

在调布站里,我浏览了花穗松原养老院的网站。

从整体上看,无疑是个高档而讲究的地方。要想住进这里,必须有巨额的资产,最引人注目的无疑是这里的黄金浴室。

但这并不是指在墙上贴满金箔,而是暖色的灯光,橙色的墙壁和天花板,外加桧木制成的长方体浴缸,仿佛将浴室染成了黄金的颜色。

通常人们一提起浴缸，就会想到光滑的陶器，但这里的浴缸是桧木做的，这个桧木浴缸就代表了这个养老院的一切。

我在谷歌地图上查了去花穗松原养老院的路线，从这里出发大概需要二十五分钟。

难得出趟远门，我想就这样去见祖父。

我给花穗松原养老院去了电话，自称是清家尧之的孙子，并表达了要探视他的想法，那边说晚上二十点前都接受探视。

就这样，我坐上了电车，向明大前站进发。

*

在像竹篱一样的门后，装饰着插着鲜花的花器，穿过入口便是休息室，里面放着很多沙发。

我在接待处自称是刚刚打来电话的人，那边递过来一张探视表。

填好我的个人信息和探视对象并提交后，他们将我带到一个类似护士站的地方，递给我一个纸杯，要求我去漱口，我便仔细地漱了口，然后又要求我洗手，我便用洗手皂洗了手。最后又说请用这个，于是我用他们给的酒精凝胶在指间揉搓着。

在前往会面地点的途中，我遇到了一群看起来精神矍铄的老人。在一个类似社区活动室的地方，透过敞开的门缝可以看到下棋的老人，在不远处的房间里还能听到老人们愉快的谈笑声。

我被领到了三楼的一个房间里，墙上的凹进去的地方装饰着一幅画，那是一幅描绘着大海的画。不久，祖父在工作人员的带领下到了这里。

轮椅停在了我的旁边。祖父就坐在上面，该说被载在上面才是正确的吧。工作人员询问需要两人独处吗，我回答说不用，你还是留下来比较好。

祖父的脸颊松弛得像年糕一般耷拉下来，此处蕴含着某种神圣感，大概八仙或者佛像有这样的外表吧。

我和祖父面对面坐着，我意识到必须大声说话，吐字清楚才行。

"我是你孙子椿太郎，爷爷，你身体还好吗？"

对面毫无反应。祖父那双空洞的眼睛朝向我这边，却并没有看着我。

"今天我想问问我爸，也就是你儿子的事。"

那双眼睛宛若沼泽，混浊而淤塞，失去了一切光明。

"你还记得自己的儿子吗？他叫胤也。"

依旧得不到回答，于是我决定换个话题。

"我看了图片，那个桧木浴缸真不错啊，我也想进去泡泡，果真有桧木的香气吗？"

祖父没有做出任何反应，工作人员代替他回答道：

"尧之先生腿脚不便，没法在那里洗澡。"

这时的我失去了一切干劲，好不容易出趟远门，办完各种手续来到这里，虽说已经做好了寻找恶魔一事毫无进展的准备，却没想到连在桧木浴缸泡澡的感想都听不到,这岂不是太过分了吗?

一切都变得棘手了,我从包里拿出橙汁。顺带一提,巴黎水只有在家里的时候才会喝,毕竟这世上没有什么比跑完气的巴黎水更可悲的了。

橙汁穿过喉咙,灌进了我的胃袋里。余香伴随着我的呼气飘了出来,撩动着祖父的鼻腔,与此同时,我的胳膊被一把抓住了。这劲道太过虚弱,简直不能称之为抓,感觉就像是刷毛轻抚着身体一般。

"不好了!得赶紧救他!"

令人吃惊的是,这个声音是自祖父嘴里发出来的。

祖父的眼里闪着光芒,宛若清澈的大海一般透明。

他那皱巴巴的手掌抓住了我的胳膊,我将手放在祖父的手上,确认了那好似落叶一样的干枯质感。

"没事吧?怎么了?"

"胤也被绑架了!"

祖父用尽全身的力气大喊,我闻言兴奋起来。

"被绑架了吗?什么时候?在哪?被谁?"

没有答复。

祖父眼里的光芒急遽退去,最终又回归到了沼泽一般的眼睛。

我继续抚摸着祖父那干巴巴的手背,但对方毫无感觉,只是茫然地张着嘴。虽然面朝着我,却没有看我。

"他偶尔也会恢复记忆,"工作人员悲伤地说,"但只是一瞬间，很快就会回归原样的。"

"这么说来，这是真实的记忆，不是妄想对吧？"

"不清楚。不过他说了绑架，要是真的话，报纸上的报道应该有登载吧。"

这真是个不错的指点。我向工作人员表达了谢意，跟祖父道别，然后离开了养老院。

因为手机的电量不足，我就没听音乐。窗外无聊的风景和车轮发出的刺耳噪声竟出奇可爱。在归途的电车上，我无法掩饰窃笑。

绑架，这是父亲从未告诉过家人的秘密。

第四章　母亲1

早上起床，出了卧室来到走廊上，我就闻到了一股烟味，像是母亲在做艾灸。母亲的腰不大好，偶尔会做艾灸。她用的产品有着"千年艾灸贴标准灸伊吹"这般信息过多让人一头雾水的名字。就实际情况来说，是一种点火出烟的艾灸。姐姐活着的时候，经常会抱怨那个的烟和气味。现在有无烟款，也有原本就不点火的类型，姐姐逼着母亲改变信仰，而母亲对此的反驳是，看看梅路艾姆对尼特罗的战斗。那是一部名为《全职猎人》的漫画里的情节，双方都用超能力之类的手段进行战斗，而尼特罗在攻击的时候，夹杂着合掌这种在实战中几近要命的无用动作。然而，正是这种无用的动作——合掌，才令他的攻击力超过了梅路艾姆。总之母亲的意思是，乍一看无用的东西才是事物的本质，所以点燃艾灸会冒烟，正是这种乍一看无用的火和烟，才是艾灸的本质。

走进客厅，里面一个人都没有。我们一家都是自由职业，所以经常会有这种事。哥哥死了，父亲是董事会成员，母亲不定期上班，姐姐是大学生。

当我像往常一样切着水果时，起了床的母亲坐到了厨房的桌子旁。她从冰箱里拿出麦卢卡蜂蜜，用勺子舀着送进了嘴里。然后把沾有唾液的勺子再度伸到瓶子里舀里面的东西。母亲在某些方面很是没品。比如在超市里想买胡萝卜，把胡萝卜放进了篮子里，事后又不想要了，通常都应将商品放回原来的地方，可母亲却会若无其事地把胡萝卜塞进肉架的角落。这种素质不佳的地方，偶尔会在母亲的行为中表现出来。

"今天我要上班，得晚点回家。"

一体式厨房那边传来了母亲的声音。我一面切着水果，一面问她做什么工作。

"就是常规的 debug（程序排错）。"

"你的腰没事吧？"

"现在相比腰，还是心更重要。"

"不，debug 才让人伤心呢，听说可以随便玩游戏，满怀希望来到这里的打工人，看到残酷的现实之后，心碎了一地。"

"对不起……是我推荐他来的……"

"debug 确实是消除悲伤的最佳方法了，它会令人丧失心智，失去一切喜悦悲伤和愤怒，剩下的只有虚无。"

"所以晚饭你自己想办法吧。如果去外面吃的话，我来付钱好了。"

我回了句"知道了"以后，便将水果装进了密保诺拉链袋里。

*

我进了教室，正读着英语参考书的时候，同学们的注意力突然集中到了某一点上。我也往那边看了过去，只见一个学生拄着拐走进了教室。记得名字应该是三宅吧。

朋友们立刻跑到三宅身边，问他怎么了，恐怕在同学们的想象中，应该是交通事故或是从楼梯上摔下来之类的。但自三宅口中说出的答案却不是其中任何一个。

"我被恋母控小混混打了。"

朋友们异口同声地问什么是恋母控小混混，但对于这事三宅未置一词，无论朋友怎么追问，他似乎都不想再提及这件事。

"恋母控小混混到底是什么啊？"

邻座的女生好像在向我搭话，可若不是的话，会令我蒙受巨大的羞辱，所以我选择保持沉默。接着，一只手放在了我的大腿上。

"喂，今天一起去哪里玩玩好吗？"

放在大腿上的手正抚摸着我的校服布料，缓慢而有规律，就像画圈圈一样。当手停下的时候，我转头望去，来者是比留间。

"很不巧，今天有安排了。"

"和人有约了？"

"没，就我一个。"

"那我可以跟去吗？"

我轻柔地抓住放在大腿上的那只手，就像摘掉粘在衣服上的苍耳子一样，把它轻轻地抛向了空中。

"明明都不知道要去哪里，你还想跟着去吗？要是告诉你我要去危险国家拍直播视频的话，你也跟我去啊？"

"嗯。"比留间若无其事地说。

与她那决心已定的心意相反，她的表情宛若没放油的沙拉一般清爽。

"所以你到底要去哪里?"

"国立国会图书馆。"

比留间并没有问我去做什么,特地去图书馆,而且是日本最大的图书馆,理由只有一个。

"不错不错,感觉挺硬派的嘛。"

"你无论如何都要跟过来?"

"算了吧,人家有人家的事,还是别打搅他了。"

从比留间身旁探出头来的是比留间的朋友,记得是叫山田的女生。

山田看着比留间的脸,摆出一副顾虑的表情。接着又看向我这边,朝我吐了吐舌头,当然这是在比留间看不见的情况下进行的。

于是我改了主意。

"那么我们放学后在八王子站碰头吧。"

"收到。"

我和比留间相视而笑,只有山田一人没笑,而是摆出一副猛兽紧咬牙关的表情。

"那我也去。"

那声音好像崩坏了似的,我觉得这实在有趣。

不知道是不是心理作用,有一瞬间,比留间的脸色黯淡了下去,但我不大了解这种人的心理,所以恐怕是心理作用吧。

"你要是敢丢下我,我绝对饶不了你,你这凌辱爱好者。"山田以充满敌意的眼神瞪着我。

"你可以不饶我，但我不会丢下你的，放心吧。"

"别吵得太过分了，"比留间不安地看着我和山田，"图书馆可是个安静的地方哦。"

就这样，在教室里备受瞩目的拐杖男身后，某种奇妙的交友关系破土而出了。

*

手机地图真是太好用了，我们得以毫无迷惘地抵达了写着"国家国会图书馆"的石墙前。我已经在国会图书馆的视频网站官方频道上预习了下一步该怎么办。左边是主馆，右边是新馆。首次使用的人需要先在新馆完成使用登记。因此我们沿着通道向右走，踏入了国会图书馆的新馆。

在一个用磨砂塑料板隔开的空间里填好了使用申请书，然后连同本人身份确认的资料一起提交到前台，拿到一张写有受理号码的纸条，就在这时出了某个问题。

问题出在比留间身上。

据工作人员说，国会图书馆只有年满十八周岁才能使用。

我和山田已经迎来了十八岁生日，但是比留间还没有，她才十七岁。

当然也有例外措施，如果有不得不使用国会图书馆的理由，比如撰写报告必须查阅资料，那么未满十八岁的人也可以使用。

也就是说，比留间也不符合例外措施。

在被叫到号码之前，我们一直坐在椅子上等待。

我对接下来的发展很感兴趣，所以一直关注着比留间和山田之间的事态发展。

"比留间，太遗憾了。"山田安慰说。

"嗯。"

"看来只有回去了。"

"嗯。"

"那么，明天见吧。"

山田一本正经地挥着手，可比留间并没有马上理解其中的含义。

"什么意思？"

"很遗憾，我们跟比留间要在这里道别了。"

"不是一起回去吗？"

"我有进去的资格哦。"

"那山田为什么不回去？"

"我还不想回去呢。"

两人的表情形成了鲜明的对比，比留间紧绷着脸，眼角抽搐着，山田虽然一脸歉意，但那副样子就像是一边喊对不起一边打人。

最后总算得出了结论——

"再见两位，祝你们幸福。"

比留间甩下这句莫名其妙的话，便消失在了自动门的另一边。

然后，关系比比留间的话更不清不楚的两个人被剩在了那里。

"这样真的好吗？"

我像是事不关己似的问道。

"都是你的错！"

山田以尖刀般锋利的声音回应着我。看她的表情，就像永生永世听着譬如指甲抠黑板这般糟糕透顶、恶心至极，让人不禁捂起耳朵的声音。

*

大约二十分钟后，号被叫到了，我领到了一张注册用户卡。由于馆内有随身行李的限制，所以我将包寄存在投币式储物柜里，只把钱包和手机装在透明塑料袋里随身携带。

只需拿着注册用户卡接触类似车站检票口的闸机，门就会打开，招呼客人进入本馆。

周围的书架上摆满了书，充满历史厚重感的精美室内设计令参观者心醉神迷——这是我想象中的情形。不过仔细想想，那是我在网上看到的海外图书馆的照片。国会图书馆里并没有书架，取而代之放置着许多像电脑一样的终端机，用户用它来搜索资料，申请使用。

我们在一排粗大的方柱的某处找了把椅子坐下，面朝终端机。流程我已经事先调查过了。

这次寻找有关父亲被绑架的新闻报道，最大的问题是不知道日期。要是知道日期，搜索起来会很容易，可要是没有，就得用父亲的名字搜索，也就是说，需要搜索文章正文的关键词。

能做到这个的东西，是名为"明索"的明治报纸数据库。它可以检索一九八七年以后的报道的关键词。要是报纸上刊载了我父亲的名字，就应该可以搜索到。

我用终端机操作着"明索"的时候，山田在一旁做作地转过身去。没什么好顾虑的，但比起被人饶有兴致地窥视着屏幕，我还是觉得轻松了不少。

键盘声响了起来，我在屏幕上输入了"清家胤也"。

然后点击搜索。要是绑架是真的，那一定会出现在报纸上——

搜索结果为零。

于是我在这里开始思考。

可能性有数条。

一、绑架是祖父的妄想。

二、绑架发生在一九八七年以前，所以没法搜索关键词。

三、绑架案是发生了，但没有登上报纸。

我哼哼着，坐在椅子上向后仰倒，不停地敲打着脑袋，就像小孩子得不到想要的东西时耍赖皮一样。这已经是我最大的让步了。我又不是小孩子，没法怪叫着跑出去，更何况这里是幽静的图书馆。

"看起来不大行嘛。"

山田的话里毫不掩饰地嘲笑着我战况不利。

"喂山田，现在我可以全裸着到处跑吗？"

"不要，我可不想看见你那肮脏的裸体。"

"不脏的，毛都剃了。"

"啊？哪里的？"

"全身。VIO 也做了。"

"VIO 是什么？"

"就是私处。"

"哇，真的啊，虽然很败兴就是了。"

"为什么？干干净净不是很好吗？"

"不，那个……"

山田欲言又止，手指扭扭捏捏地碰在一起，以拖拖拉拉的辩解口吻说道：

"如果我和男朋友发生那种行为时，他那里的毛被剃掉的话……"

"会败兴吗？"

"嗯。"

山田实际上并没有见过我被剃光的私处，却像是真的看到了一样。她脸上露出了轻侮的笑容，仿佛在嘲笑我那寒酸的样子。

"不好意思打搅到你了，请继续干活吧。"

我决定重新开始搜索。虽然没有父亲的情报，但我想先搜索一下其他家人的信息。

我首先搜索了清家御锹。关于最新谋杀案的信息理所当然有好几条。可这些都未超过从警察那边听闻的范畴，所以没有看的意义。

接着搜索清家椿太郎。搜索结果为零。

接着搜索清家终典。我本以为报纸上会刊载哥哥的死讯,但从世界层面来看,他的死讯实在是太过微不足道。搜索结果为零。

最后搜索清家夕绮。搜索结果为零。

就在这时,我突然想到了一件事,可以算是一时兴起吧。母亲以前有一个不同的名字,也就是她的旧姓,竹村夕绮。

我在键盘上输入这个名字时,并没有期待什么。

搜索结果,一条。

是一九八九年八月十二日的报道,标题是《车撞护栏,死伤两人》。

正文如下——

"十二日下午三点左右,一辆轿车在涩谷区的路上和护栏发生碰撞,坐在副驾驶上的竹村夕绮小姐(17岁)死亡,驾驶座的辉男先生(47岁)负轻伤。"

这时,我先是一阵大笑。这是第一波。在瞬间的情绪爆发之后,是持续性的情绪高涨,平静的笑意自心底涌起,根本停不下来。我压低声音继续笑,这是第二波。

"怎么了?好恶心啊。"

一旁的山田以惊讶的目光看着我。

我冷静地在脑子里思考了一下。母亲现年四十七岁,生日是八月二十日。报道是三十年前的事,当时母亲正是十七岁,与报道的年龄一致。或者说是同名同姓的外人?要是夕绮的父亲真叫辉男的话,便可看作这种可能性几乎不存在。

"喂,你对比留间说了什么?"

我似笑非笑地看向旁边。我知道这很失礼,但我还是无法止住溢出来的笑意。

"你说啥?"

"这不是很奇怪吗?"

"奇怪?"

"为什么比留间会对你……"

山田摇了摇头。

"不不,不是那么回事。奇怪的不是那里。"

"你想表达什么?"

山田眯起眼睛,向我投以估量的眼神。或许是想透视我内心深处吧。

不久,山田或许厌腻了耍这种心眼。她靠在椅背上,歪着头朝斜上方看去。

"没啥。"她敷衍了一声。

"别在意嘛。"

"今天我想和你单独聊聊,但看你那半笑不笑的脸,我就明白跟你聊什么问题都解决不了,你就这么半笑不笑地继续搪塞下去吧。"

"你说的是佐藤同学的事吗?"

"你看,就是这个,就是这个啊清家椿太郎。"

"啦啦啦。"

"佐藤同学成了比留间同学,现在她有了丈夫,婚姻生活和学业都得以兼顾呢。"

"然后差点就被退学了。"

"所以呢?所以你们两个……"

"我们两个怎么了?"

山田说不出话来,这并非什么都没想,而是考虑太多,超出处理能力了吧。

因此山田的言辞略有飞跃。

"为什么比留间会结婚呢?"

我抱着胳膊想了想,只能这么回答:

"因为想结婚了吧?"

*

我和山田来到了位于图书馆六楼的餐厅"美食歇脚处"。我原以为山田一定会打道回府,没想到她摇摇晃晃地跟过来了。

我一边看着橱窗里展示的食品模型,一边斟酌着想点的单。山田说了句"差不多得了,我想快点吃",于是我们即刻进入餐厅,走到了餐券机前。

山田选了超大份咖喱(720日元),我选了图书馆咖喱(570日元)。今天母亲不在家,这就是我的晚餐。

这里的餐厅是像美食广场那样的自助式餐厅。当我们把餐券递给配餐的阿姨时,被她用锐利的目光看了过来。那道目光并非朝向我，而是指向山田。

"这个相当大份呢，比想象的还要多出好几倍，能吃得下吗？"

"你以为我是谁啊。"

山田报之以无畏的笑容。

超大份咖喱真的是超大一份，在电脑显示器大小的托盘上，直接装着米饭和咖喱。而图书馆咖喱的牛肉盖饭和咖喱被中间的米饭分成左右两半，就是普通的分量。

我和山田面对面坐在座位上。山田心不在焉地持续往嘴里送着咖喱，虽然感觉她游刃有余，但我还是更早吃完了。

我用手机收集着必要的信息。要怎样才能知道夕绮父亲的名字呢？用上回用过的户籍附票似乎不行。因为夕绮的户籍在清家这边，而夕绮父亲的户籍在竹村这边。

在进行调查的过程中，我发现户籍誊本① 似乎是必需的。那里记载着户籍内人员的信息，就连父母的姓名也不例外。也就是说，夕绮的条目下还登记了夕绮父母的名字。

若要拿到户籍誊本，只需像上次那样在原籍地的政府机关申请就可以了。在相应地区的便利店似乎也能申请，但遗憾的是调布市并不支持户籍誊本的便利店申请，哪怕可以受理，手续也需要五个工作日左右，所以还是明天去市政府比较快。

回过神来的时候，山田已经不见了。超大份咖喱的托盘也被收拾干净，存在的痕迹如露水般消失无踪。有种一开始这里就没

---

① 相当于户口簿的副本，写有户口下全员资料的副本称为誊本，个人的称为抄本。

有任何人的恐怖感。我正想着她究竟是去洗手间还是自管自回家了，可答案却不是其中任何一个。

山田端着超大份咖喱的托盘又回来了，那里盛满了山一样的咖喱，看得我错愕不已。

"什么情况？"

当超大份咖喱的托盘被粗暴地放在桌子上时，发出了"咚"的一声震撼人心的响动。

"这点哪里够，根本不够。请给我装满，装得满满的。"

山田带着阴恻恻的表情，开始往嘴里送咖喱。

我想她应该是吃不胖的体质吧。

山田吃完第二盘咖喱后，前来收拾餐具的配餐阿姨朝她竖起了大拇指。

"你真牛啊。名字是？"

"山田深红。"

此刻我才头一遭知道山田的名字。不对，应该是首先意识到了山田这个姓氏确实没错。

"好的山田，下次还来吗？"

当配餐阿姨以电视综艺节目《笑一笑又何妨！》的腔调说出这话时——

"我想大概是不会来了吧。"

山田给了这样一个无情的回答，然后就以快得过头的步伐匆匆离开了。她和比留间走的时候并没有这么快，不过这种快得过头的步伐才是山田的实体吧。一定是迄今为止的她都为了配合比留间而刻意削弱了自己,就是这样的友情。隐藏自我,对想说的话缄口不提,等回过神来的时候已然错过,就是这样的青春。

我们坐电车回家了。当我用耳机听着 KEYTALK[①]的《爱我》的时候,肩膀被人拍了一拍,于是我摘下耳机转向山田。

"你是自己剃的毛吗?"

"这样的话剃不干净,实在很麻烦。我是在类似医院的地方做了全身脱毛。"

"那地方叫啥名字?"

"湘南美容诊所。"

"要多少钱?"

"男女好像不一样吧。我的话,做了六次大概五十万日元。"

"……"

听到这个数目,山田似乎丧失了一切兴趣。

"好吧,我的这套可以说是最贵的方案了,所以你也不用那么犹豫哦。"

"白痴。"

山田突然就开骂了。

"蠢货,智障,脑浆熔点五度,性欲山地大猩猩,死吧死吧死吧!"

于是我重新戴上耳机隔绝了噪声。但是山田还是继续往我大腿上敲了几下。其中并无憎恶,却饱含着亲切感,这应该是错

[①] 日本男子四人组摇滚乐队。

觉吧。

在八王子站下了车，我们在停车场骑上了自行车，天空虽然昏晦，却也算不上太暗。

"喂，堀川君！"

山田下面的话是这样的——

"明天见。"

于是我俩便分手了。如果市政府晚上也开门的话，那么来这里之前就能顺道去调布市申请户籍誊本。可行政方面的事根本不可能如你所愿，没想到在这般年纪还会为了这种事情发愁。

明天我将去调布市申请户籍誊本，以确定夕绮父亲的名字。要是上面的确写着"辉男"，这就否定了另一个同名同姓人物的可能性。

现在，夕绮确实住在我家，把嘴里含过的勺子再度放回麦卢卡蜂蜜的瓶子里，带着实体活着。

即便如此——

我的母亲大约在三十年前就去世了。

第五章　哥哥 1

家里没人，我将晚饭的图书馆咖喱（570 日元）的小票放好，做好了明天早上餐桌上会放着五百七十日元的布置。

我望向空无一人的客厅，这里的室内设计，用母亲的话来说就是无国籍料理。这并非削减各国元素，而是反其道而行之，通过将各国元素杂乱无章地填充进去而实现的。母亲喜欢外国货，所以我家客厅里日本产的东西少得惊人。

直抵天花板的棕榈，绘有青鸟的彩色玻璃，波斯地毯，跟乐高玩具一样五颜六色的桌子，无火壁炉，迷幻的灯饰，双翼机模型，亚马逊 Alexa 智能音箱，戴森吸尘器，牡鹿的头部标本，西洋骑士的甲胄，钢鼓，鲤鱼模样的花瓶，侧向安装在墙上的站牌时钟，玻璃器皿，排列着田字形的图案几何学漏花窗，褶边窗帘，心形镜子，迷你 LED 电视，指纹识别式保险柜，超大的 L 形沙发。

虽然陈设如此之多，可每当客厅又添新东西时，反倒会觉得空虚。这是为什么呢。可能就像光的三原色一样，颜色叠得越多就越白的悖论吧。

我深切感受到此刻这个家中只有我一人，这并非为了获得沉浸在感伤之中的权利，而是昭示了更为实际的好处。

现在可以在这间房子里进行寻找恶魔的工作。

这个家里，个人所住的房间位于二楼，一楼是活动空间，二楼是个人空间，三楼是娱乐空间。

登上楼梯，我首先去了父亲的房间。

父亲的房间很是简洁。写字台上放着电脑，代替电脑键盘的是乐器键盘。是科音的KRONOS编曲键盘，电吉他是Telecaster①和Les Paul②。几种扬声器散落在房间各处。还有各式各样的耳机，耳机线像藤蔓植物一般从架子上垂落下来。对父亲而言，工作和生活是同义词。边工作边休息，边休息边工作，所谓开关并不存在。大概就像是生活在战场中间一样。

然后我去了母亲的房间。

母亲的房间四面都是书架。在那里摆着数千本书籍，甚至一直堆到了手都够不着的天花板。那里全都是漫画。母亲只看漫画，而且只看纸质书。我联想到了艾灸的事情。母亲说过，实体的纸这种乍一看无用的要素才是书的本质，所以母亲只读纸质书，还特地用上了梯凳，以便把手伸到够不着的地方。

然后我进了姐姐的房间。

姐姐的房间就是普通女大学生的房间，设有书桌和椅子，与卧室不一样的地方是没有床，但摆着一张可以睡觉的长沙发。

因为姐姐已经不在人世了，所以在房里翻箱倒柜也不会被人骂。这点和父母的房间是不一样的。

我拉开书桌的抽屉，那里只有大学教科书，没找到什么好玩的东西。

---

① 由美国Fender公司于1950年发售至今的经典电吉他。
② 由美国Epiphone公司出品的经典款电吉他系列。

我就这样重复着开关抽屉的动作。虽然丝毫没有内疚感,却有相当大的徒劳感。

然后我去了哥哥的房间。

哥哥的房间乱成一团,这并非哥哥死后被糟蹋的,而是在他死前就是这副鬼样子。一张矮脚桌子上摆着一台笔记本电脑,旁边是无腿靠背椅。从笔记本电脑延伸出来的 USB 线与某个设备相连。我不知道那是什么设备,因为上面蒙了布。

我拉开了桌子的抽屉,里面有本日记。哗哗地翻了一翻,真是典型的三分钟热度,只在最前面的一页上写着字。更确切地说,翻开封面后的右页只是用来记录日记开头年月日的地方,再翻过一页的左页才是日记的第一页。

#

2012／11／19

她死了,好像是自杀的。

可她绝不会自杀。

因为她是■■■。

#

只写了这么一点,其余部分全是白纸。只是这本日记有点奇怪。

写有日记的第一页倒也还好,问题是右边的第二页。第二页是空白的,可大约有四分之一的部分被剪刀剪掉了,好像有人故意把所写的内容藏匿起来了一样。

我思考了一下这篇日记的内容。二〇一二年哥哥还是个高中生,当时哥哥谈了个女朋友,哥哥确信她不是自杀的。

我是头一回听说这事。但要说她的自杀与哥哥的自杀有关的话，那么事情的发展就很自然了。我不清楚这个■■■应当写作什么，但我更在意的是书页上被剪掉的地方，上面究竟写了什么，还有剪掉它的人是谁。

我决定先把日记放回抽屉，然后去找找别的地方。

一开始我就很在意那台用布遮住的机器，试着将布揭下来，里面是一台激光打印机，作为商用的嫌小，作为家用的嫌大，差不多就是这样的尺寸。那台激光打印机上放着便利店的袋子，袋子里有几张复印纸。

我把纸拿出来看了看，只见最顶上的纸写着标题和作者名。当我意识到这是哥哥写的小说时，便兴奋地翻了一页。

#

异国情调

小池始丞

#

有一句言语

刺在了你的身上

自伤口渗出的液体

将之形容为

"爱"

——DECO*27[①]《马赛克卷》

[①] 日本作曲家，主要使用VOCALOID软件进行创作。

\#

她死了，好像是自杀的。

可她绝不会自杀。

因为她是■■■。

\#

那天，小池始丞和她相遇了。

始丞在监控室里监视着卡拉OK包厢的影像。

某个包厢的影像映入眼帘——两个男人想要脱掉女人的衣服，女人在拼死抵抗。男人打了女人，女人号泣着。

始丞冲了出去，猛地打开那个包厢的门闯了进去。

"要打就打我吧！"

两个男人惊慌失措，一个衣衫凌乱的女人躲到了始丞身后。在场唯一不为所动的是一个坐在沙发上优雅地喝着果汁的女人。

"请报警！"

身后的女人用颤抖的声音说道。始丞回答道：

"好。"

\#

那个脸肿的女人自称筱崎。

"真的是太谢谢了。"

筱崎和始丞坐在医院的候诊室里。

"这是我的联系方式。"

始丞将写有邮箱地址的纸条交给筱崎。

"如果还需要帮助的话，请联系我。"

筱崎接过了那张纸,小心翼翼地捧在怀里。

"谢谢。"

"这是我应该做的,但愿不会再有那种事了。"

"是啊。"

不知为何,筱崎露出了悲伤的表情。

"不过那两个人好像会被逮捕,应该没法再袭击你了。"

突然,筱崎开始抽搐,嘴里吐出泡沫。

始丞抚摸着她的背,让她平静下来。

"不舒服吗?不舒服的话就叫医生吧。"

始丞让筱崎喝了宝特瓶里的水,筱崎冷静了下来。

"不是三个人吗?"

"三个人?"

筱崎的身体瑟瑟发抖。

"被逮捕的是两个人?"

"筱崎小姐说的是在场的那个女人吗?"

"是的。"

"那个人好像是受到男人的胁迫,所以被释放了。"

筱崎抱着始丞的胳膊,牙齿打颤,面色苍白。

"她才是最该被逮捕的……"

\#

小说自此结束。这是稿件的最后一页。页面上还写有一小段后续,但由于打印机故障导致墨水飞白而无法阅读。

恐怕是这么回事吧。

哥哥写了这部小说，想把它投给某个新人奖，但是被印坏了。哥哥懒得很，他没有把印坏的稿件扔进垃圾桶，要么就是想当作草稿纸二次利用吧。此刻我读的正是哥哥没有扔掉的印坏的稿件，所以应该另有完整版。

我觉得电脑里可能会有原稿数据，想到这里，我尝试启动笔记本电脑，但因为需要密码无法打开。

我将哥哥的房间恢复原样，最后来到了我的房间。

我的房间里空无一物，这么说可能有点语病吧。换个说法，我的房间里就只有一个蓝色的平衡球，必要的东西基本都放在卧室里。

我跨上平衡球，一面灵巧地保持着平衡，一面操作着手机。

搜索小池始丞，找到一个热门的个人博客。里面未经授权转载了某文艺杂志的内容，文中记载了文学宝石新人奖的二次通过者、三次通过者和最终候选者。在二次通过者的栏目上，写有小池始丞的《异国情调》。

哥哥起码还不算烂泥扶不上墙，要是他活着的话，搞不好有朝一日会获奖，或者他就是因为落选才自杀的吧。我心想有必要拜读一下。

用手机查询了宝石新人奖。这是光文社主办的小说新人奖，是纯文学的新人奖。

纯文学感觉很符合哥哥的风格。哥哥是个情感细腻的人。如果生在合适的时代，就是那种罹患结核病在疗养院休养的男人；而他从一流的大学中途退学变成家里蹲，并以文学为目标，这也是很自然很现代的版本了。

我打开光文社的网站，首页下方有咨询页面。我从那里找到链接，点进了联系人列表的页面。

上面列有"女性自身"编辑部，"FLASH"编辑部，"JJ"编辑部，"CLASSY."编辑部，"小说宝石"编辑部，"光文社新书"编辑部等联系方式，就是没有最重要的那个。

在那之后，我花了很长时间进行调查，但一直查不到文学宝石编辑部的联系方式。

姑且还有个博客账号，标注是文学宝石编辑部的官方账号。

看来只有联系这里了。

我觉得使用大号总比用那种迟早会被封的小号能给人留下更好的印象，于是便打开个粉丝只有一位数、专门用来欣赏可爱动物的账号，关注了文学宝石编辑部并发送了私信。

回信很快就来了，来自文学宝石编辑部的消息把我吓了一跳。

"因为要邮寄，请告知地址和真名。"

我突然害怕起来。我怀疑这个文学宝石编辑部的官方账号其实是假货，是诈骗团伙的假冒账号。

话虽如此，我还是想读稿件，所以得想办法在不给出自家地址的情况下拿到稿件。

好像有个邮寄暂存的业务，即将邮件放在邮局，自己去取的办法。

我回复了私信，留了多摩市中心邮局的地址。至于本名就没办法了，只希望清家椿太郎这个名字不要被恶意利用吧。

结果收到了这样的回复——

"还是太麻烦了，不如直接见面吧。"

我愈发害怕起来。与此同时，躯体深处有股痉挛的热流，也可以说是飘浮感吧。就像被带到了未知的场所一般。

私信最后是这样结束的——

"你现在能来新大谷酒店吗？"

*

从京王多摩中心站乘坐电车抵达新宿站，换乘后在四谷站下车。再从四谷站出发，从上智大学的旁边经过。

到达的时候已经过了二十一点，新大谷酒店为夜景所点缀，入口处被灯光照得金碧辉煌。

一进去就看到里边装饰着气派的插花，路线已经事先预习好了。先往左走，然后右转，再直走，穿过写有"主楼"的拱门，经过半圆形的窗口，就到了花园休息室。

"你就是清家吗？"

这是个年轻女性。她穿着T恤和牛仔裤，打扮得很随意。而我穿着优衣库的连帽衫，所以算得上半斤八两。

"不是。"我回答说。

女人看上去挺尴尬的样子。

"是椿太郎哦。"

"真是的！"

她做了个打我的手势，不过拳头自然碰不到我的身体。

"别小瞧大人啊！"

"要是看不起你就不会特地花时间到这里来了。"

"是吗？"

然后女人咯咯地笑了起来。

"不好意思，现在可以说些失礼的话吗？"

"事先征得同意就好了。"

"椿太郎，可真是个好名字啊。"

"我倒是很希望别人能经常这样说我，但首先就没人会这么说，因为我没有朋友。"

那个女人笑得更欢了，招呼我说"进来吧"。

于是我走进花园休息室，与她面对面坐了下来。沙发相当宽大，与其说是匚字形，倒不如说是凹字形，与那粗犷的外形相反，坐着还挺舒服的，就像把身体包裹起来一样。

我们先看了看菜单。女人点了豪华牛肉汉堡（2500日元），我点了新鲜橙汁（1300日元）。

外边可以看到一个宽广的日式庭园，灯火通明之下着实如梦如幻。

"挺奢侈的呀，你是学生吗？"

"是的。"

"那可是一千三百日元的橙汁哦。"

"我爸妈会掏钱的。"

"真是个好家庭呢。"

"我想马上进入正题。"

"编辑嘛，是根据见面的地点来决定对方档次的。"

这女人明摆着想让我着急。

"和无关紧要的人在家庭餐厅见面，和一般人在咖啡店见面，和重要的人在酒店餐厅见面。"

"那我属于重要的人吗？"

"太自负了吧！"女人笑得露出了一口白牙，然后低声说，"不过猜对了呢。"

此刻女人的嘴唇动作，宛若涂了蜜的果肉，带着光泽和弹性滴落下来。

"椿太郎君。"

女人呼唤着我的名字，听起来有些生硬。只见她撑起手肘，用手捂着脸颊，凝视着我的脸。

"你是重要的人哦。橙汁我请了，一千三百日元就算在经费里了。"

"那太谢谢了。"

"你想马上进入正题吗？"

"不了，喝完再说。"

女人恢复姿势，靠在了沙发上。

"偶然是很重要的。我们就这样在这里见面了，你不觉得这很不可思议吗？"

"是不可思议呢，明明都没用交友平台。"

女人眯起眼睛。

"你是想泡我吗？"

"不，我对年轻女人不感兴趣。"

"你这点年纪还背负着一身罪孽呢。"

"你说的是用交友平台吗？"

"喜欢什么样的类型呢？"

"人妻。"

"背负的罪孽可不少啊。"

女人硬忍住笑。而我扭过脖子看了看后面，回了句：

"我想没有吧，因为我没看到。"

"话说回来，还没做自我介绍呢。"

只见女人从包里取出一张名片递了过来。

"我是原文学宝石编辑部的仙波沫璃。"

名片上的头衔是一家出版社的名字，不仅不是文学宝石编辑部，甚至连光文社都不是。

"原？"

"发生了很多事情，比如停刊后跳槽到其他公司吧。"

女人的脸上写满了倾诉的愿望，于是我便顺从她的意愿听了下去。

"喜欢的小说是？"

"请不要想着从这个问题里了解到什么，如果你发誓不去了解的话，我就回答你。"

"我不发誓。"

"是吗？"

这句话连同新鲜橙汁一起送到了我的面前。我用吸管啜了一口。

"好喝吗?"

"我最喜欢的小说是《了不起的盖茨比》,至于我为什么喜欢,是因为我读了之后完全不懂它的意思。"

"是原版书吗?"

"村上春树的译本。"

"那你就去读原版吧,兴许能明白你搞不懂的意思。"

"能算在经费里吗?"

"不行!"

女人脸上挂着笑容,但声音尖刻。正当我品味着那让人心地舒畅的沉默时,汉堡送到了女人手上。

女人用刀叉把汉堡切开,咬了一口,嘴里嘟囔着好好吃。然后像是重度的厌食症一样,将刀叉放回了盘子里。

"每次编辑部都会收到上千份稿件。"

伴随着这样的话,女人拿手向前一挥,仿佛那上千份稿件就堆在眼前,带着重量存在着一样。于是上千份并不存在的稿纸在空中飞舞,散落在了地板上。

"几乎全是垃圾。我们的任务就是寻找埋藏在垃圾堆中的钻石。"

"真不容易呢。"

女人把汉堡送到嘴里,一番咀嚼吞咽后看向了我。

"你想读你死去的哥哥的稿件吗?"

"是的。"

"那种东西怎么会留下来啊。垃圾也罢，钻石也罢，全都用碎纸机打成渣，再由商家用药品溶解后化为乌有了。"

"可你说因为邮寄太麻烦，所以想直接见面的啊。"

"我是想帮你一把哦。"

"那你把我叫到这里的理由是什么？"

"我是觉得或许见面后就能明白什么。我相信这样的奇迹哟。"

"小池始丞的《异国情调》，你还记得这部小说吗？"

女人并没有回答，而是把汉堡送到嘴边，硬憋住不笑。

"新人奖中有稿件重复使用的问题。将落选稿件再次用在其他奖项的行为，意外地好分辨呢。人的记忆力不容小觑。出乎意料的是，不管是垃圾还是什么，读过的人一样都会记得。"

"文学宝石新人奖的二次通过作品，小池始丞的《异国情调》，你还记得吧？"

"我不记得了。但如果有'两个'奇迹的话，我可能会回忆起来。"

"两个奇迹？"

"要是我之前读过那部小说，现在再让我读那部小说的一部分的话。"

我从包里拿出文件夹，将夹在其中的两张复印纸递了过去。就是哥哥懒得扔进垃圾桶，或是准备拿来当草稿纸的印坏了的稿件。

女人接过稿件，暂时搁在一边，从包里取出眼镜盒，戴好了眼镜。

"她死了，好像是自杀的。可她绝不会自杀。因为她是■■■。"

女人读了文章之后，摆出一副波澜不惊的样子，拿稿纸扇着风。

"因为她是■■■，喂椿太郎君，你觉得适合这个■■■的词是什么？"

"天晓得。"比起这个，我更在意女人的圆框眼镜。

"喂，椿太郎君，所谓的纯文学，被称作故事和语言的战斗呢。归根到底，就是小说是否需要故事性的问题。小池始丞的《异国情调》，从这层意义上说，这部作品并不像是纯文学，它有着明确的故事线，甚至还准备了推理小说的反转。硬要说的话，差不多就相当于中村文则的低配版吧。"

"所以■■■到底是什么？"

"正如我刚才说的，稿件被碎纸机和药品溶掉了。所以倘若之后依靠我的记忆讲述《异国情调》的话，那就不再是小池始丞的故事了，而是成了我，仙波沫璃的故事。这样也可以吗？"

"这样好。细节根本无所谓，我只想知道大体框架。"

"不要侮辱小说啊——"声音虽很可怕，但她的脸上仍带着笑容，"不过也是，细节什么的都无所谓，这就是时代的潮流呢。"

"无论是读原版，还是读村上春树的译本，我觉得都没有什么区别。"

我补足道。

"一样的道理呢。由你说也好，由哥哥说也好。"

"能给我一点时间吗？"

仙波郑重其事地将两张印坏了的稿件夹进文件夹，塞到了自己的包里。

"我得好好想想。"

"不用客气，我等你十年。"

"那我就四十了啊。"

"现在三十吗？"

"而且还是人妻哦。"

"有孩子吗？老公是做什么的？住哪里？"

"喂喂，来劲了啊。你为什么会喜欢人妻呢？"

"因为欲上先下吧。"

"听不懂啊。"

不过，仙波又说：

"或许是有这样的事呢。因为你我在这里相遇，原本就是不可能有的奇迹。"

我们互相凝视着。灯光照射下的日式庭园，低调地缀饰着这个奇迹。

第六章　姐姐 2

如前所述，当天放学后，我去调布市政府拿到了户籍誊本，看到了上面赫然写着的"辉男"，这就排除了同名同姓的另一个人的可能性。不过在这之前，还发生了几件事。

早上起床进了客厅，图书馆咖喱五百七十日元的小票已经不见了，取而代之的是一张五千日元的纸币。所以说就是这样的家庭呢。

在班会前，比留间一脸失落地问我"昨天的图书馆怎么样呢？"，当我回答说"无聊死了"时，比留间的表情瞬间明快起来。这种操纵对方心理的感觉令我乐在其中，于是便得意忘形地说了句"山田好像对全身脱毛很感兴趣呢"。"去死吧堀川君！"伴随着一声尖啸，一记手刀冲着脑袋挥落下来，我趴倒在了地上。当我爬起来的时候，比留间的脸又转为失落了。

课上有很多亟待考虑的事情，这自然跟上课的内容毫无关系。

父亲的绑架。

母亲的死亡报道。

哥哥的女朋友。

但此刻占据我内心最大比例的，并不是这三个人。

姐姐的凶杀案。

迄今为止，我对父母和哥哥进行了调查。之所以没调查姐姐，是因为我觉得这块交由警察处理会更有效率。但事实并非如此，警方的调查举步维艰。

不知道究竟是警察太过无能，还是凶手太过优秀，唯一可以说的，就是调查越困难，我就越乐在其中。

就这样，我来到了姐姐的遇害现场。

*

放学后，我去调布市政府拿到户籍誊本后，先回了一趟家。

三楼的厨房原本是为了一边喝酒一边看电影的时候搞点简单的下酒菜而设置的空间，而今已然改头换面，再也不是做下酒菜的地方了。

这里成了姐姐的根据地。

这里到处摆着三脚架，顶端装着摄像机，是型号为"SONY HDR-CX680"的便携数码摄像机，用于从不同角度拍摄视频。要是走路不够小心的话，就会被三脚架绊倒。

姐姐就是在这里做鱼的。她最后一次上传的直播回放，拍摄日期为九月九日。"今天的鱼叫千年鲷，是一千年才能捕到一次的鱼哦，虽然这都是瞎掰。"她一边介绍鱼，一边观察鱼。用摄像机仔细拍了鱼的眼、鳍、嘴等部位，然后硬是把比砧板还大的鱼摆进了厨房的烹饪区。观察结束后就开始刮鳞，用专用的刮鳞器沙沙地刮着，任由鳞片弹飞，全然不顾鳞片乱溅到水槽或是地板上，只是一门心思地刮着鳞片。当鳞片去尽，鱼的表面变干净之后，还要把鳍切掉，那是因为被尖锐的鱼鳍扎到是很危险的。再根据不同的部位分别使用菜刀和剪刀。被除掉鳍的鱼，依稀让人想起穿着短裤和背心的乡下的光头少年。去鳍之后是去头，这次需要费点力气。把菜刀插入鳃盖后缘，伴着清脆的响声，用尽全力切断骨头。因为头也能吃，所以要把鳃摘下来做成鱼头片花。如此粗暴的动作竟然是在毫发无损的光滑手掌中完成的，着实令人吃惊。接下来取出内脏。"看！这些内脏脂肪。"——这是姐姐的台词。之后将鱼腹洗净，务必清洗仔细，以免留下血合肉和脂肪。搞定之后将鱼切成三段。在腹部和脊背下刀，将菜刀插入骨头和身体的缝隙。脊柱和菜刀摩擦发出了咯吱咯吱的声音，两片鱼身就和一条骨头分离了。然后剥去腹骨，能少就少，尽量不浪费鱼身。接着除去带血的骨头，将切下的鱼段中间去掉，分成两半。至此预处理就完成了，剩下只需把鱼肉片成薄片即可。如此一来，鱼就化身为刺身。最后将鱼片像花瓣一样盛放在有田烧的盘子里，端到房间角落早已准备好的漂亮的用餐区。

姐姐的直播频道"女大学生厨师长"关注数达一百三十万人，如果引用那些广告媒体的煽情词句，可以说她是一个人气超高的主播吧。注册日期是二〇一五年，上传的每部视频大约都有百万次点击。大多是处理鱼的视频，通过引进各种新品鱼类和珍稀的海鲜，来解决内容容易变得千篇一律的问题。

原本女大学生的身份就有利于观众点击视频，至于颜值很高的姐姐就更不用说了。露脸的美女精湛地处理鱼会形成鲜明的反差。然而，这样的话题性只在最初吸引观众时才有效，马上就会失去意义。而在姐姐的视频中，观众并没有把姐姐当成女大学生看待。姐姐被认为是手法精湛的做鱼匠人，或是烹饪佳肴的厨师。也就是说，把姐姐换成大叔也没有问题。姐姐和大叔可以相互对调。就是如此超乎想象。

有一次，我问姐姐为什么要做主播，姐姐是这样回答的——

"比方说，我买了四万的鱼，带来四万的收入，实际上就等于白吃了四万的鱼吧。"

对姐姐而言，对拍视频的爱，或是主播梦，似乎从一开始就没入她的法眼。她只是想吃最爱的鱼吃到饱，只有这样的心情罢了。话虽如此，直播平台的广告收入大约是每一次播放 0.1 日元，所以百万次点击的视频就有十万日元的广告收入。也就是说姐姐还有得赚。即便她没有这样的打算，这也是一桩超赞的生意。姐姐几乎每天都会买几万日元的鱼做生鱼片，剩下的鱼就成了我们餐桌上的晚餐。尽管如此，资产却与日俱增，真是意义不明的炼金术。

我在三脚架间穿梭，离开三楼的厨房，然后坐在休息区的懒人沙发上，拿出手机，搜索了姐姐的遇害现场"德拉吉工作室"。

网站建得很简单，我看了交通路线，从京王相模原线京王堀之内站出发只需步行两分钟，于是我决定骑自行车出门。

*

德拉吉工作室里头凌乱不堪，接待处摆着很多吉他弦之类的音乐用品，似乎是拿来卖的。内侧挂着数不清的琴弦，收纳有看似没在用的吉他和贝斯，还有很多塞满 CD 的箱子。不知为何，店主手里拿着一把手鼓。我向他打了招呼。

"你是头一次来吧，啥事都可以问哦。"

"我想参观一下杀人现场。"

店主拿着手鼓的手僵住了。和蔼的笑容转为僵硬的笑容。

"是媒体的人吗？"

这或许是对我的深褐色校服的讽刺吧。

"我是受害者的弟弟。"

我听到后面传来椅子翻倒的声响。回头一看，那里有个简单的休息区，墙上挂着像唱片封面一样的正方形照片和演唱会告示模样的海报，架子上立着音乐杂志之类的书籍，拐角堆放着纸箱。五位客人坐在破旧的圆椅子上，围着一张廉价的圆桌。其中一人猛地站了起来，发出了像是椅子倒地的声音。

"弟弟？"把椅子弄倒的年轻女人问道。

"对。"

"御锹的？"

"对。"

对话中止了，气氛起了显而易见的变化。看来坐在圆椅子上的五个人都跟姐姐有关。

"你为什么会来这里？"

额头中间有颗痣的年轻女人目不转睛地瞪着我，她向我伸出了紧握的拳头，因为看不到的缘故，不知那里握着的是麦克风，还是淬了毒的西洋剑。

"我想调查这桩案子。"

我不好意思地挠了挠头。不管怎么说,撇开警察都是傲慢的行为。不过大家都没笑,女人过来拍了拍我的肩膀。

"我带你去看看谋杀现场吧。"

我和女人走下了通往地下的楼梯,通道上有三扇门,我们在第二扇门跟前停了下来。门上贴着写有"本房间可用"字样的磁贴。这是一扇厚重的金属门,上面没有小窗,所以看不见里边。

女人插上钥匙,门打了开来。

里面小得出奇。

占地最大的是架子鼓,其次是四个放大器,再往下是键盘,最后是立起来放的电吉他。

这里只有音乐,并无赘余之物。

我们走了进去,即使只有两人也挨得很近。要是刚才那五个人,加上姐姐一共六个人,想挤进去恐怕相当不容易吧。

"这么小的地方能练习吗?"

"全员练习的时候,会使用学校的社团楼。"

"那么这里只是偶尔用用是吧?"

"没那种事,几乎每天都在用。"

"成员一个个轮流进去用吗?"

"不一定是一个人,就经验来说,最多可以容纳四个人。"

"哦,四个人应该很难受吧。"

"是啊,不好受,但也不是不可能。"

"这个房间面积多大？"

"长三米，宽三米。"

"太窄了啊，应该找个大点的工作室嘛。德拉吉工作室也不是没有这样的房间吧？"

"对于无偿赠予的东西我们没理由说三道四。"

"是无偿的吗？"

"是的。"

这块似乎有着什么复杂的情况，而且对方脸上也流露出了不想解释的神情，所以我就没有继续说下去，而是环顾了一圈工作室。

大概是为了隔音，墙上开了小孔，里面塞着类似海绵的东西。地板是带着木纹的 PVC 薄片。房间的形状就像一个立方体，其匀称的结构本应让人安心，但在得知这是案发现场这一事实后再看过去的话，就会觉得是无机质，没有血肉，冷冰冰的构造。

"姐姐就是在这里被钉死的吗？"

"我没亲眼看到，不过听说是立在这个位置。"

女人指了指镜子，用手比画出十字架的形状。那是这间狭窄的工作室里最空的地方。

细长的镜子映出了我们的身影。

"没有照片吗？"

女人眯起眼睛，朝我投以讶异的目光。我想可能是我的话没说全吧，于是又补充了一句：

"姐姐被钉十字架的照片。"

"有的话又怎样？"

"我真的很想看看。"

"为啥？"

"想看美丽事物的心情还需要理由吗？"

"我觉得不需要理由。"

女人虽然在言语上赞同了我，但表情不以为然。只见她眯起眼睛，蹙起眉头，神情极为不悦。

"可那并不美哦。"她说。

女人的话里缺少了一些重要的部分，但大致意思还是传达到了。

"那就是意见相左咯。"

"你当真？"

女人的嘴角微微上扬，不知何时，不快的表情已然消失无踪了。她卷起衬衫袖子，双手叉在腰间，像是在试探我似的。

女人的穿着很是轻便，她衬衫上第一颗和第二颗纽扣已经解开，脖子上松松垮垮地挂着一条黑色领带。

"说说看，美在什么地方？"

那是极富魅力的低语。于是我回答，或者说是被逼着回答道：

"死亡很美。"

"我也这么想。"

"钉十字架很美。"

"我也这么想。"

"姐姐很美。"

"我可不这么想。"

我俩对视着。女人既没有笑，也没有发怒，眉间并未蹙起，嘴角也未上扬。我觉得只有女人额头中间的那颗痣似乎盯准了我。

"我只想告诉你我的真实感受。"

有那么一瞬间，女人露出了悲伤的表情。

"想法务必好好传达，等传达不到再后悔就晚了。"

那样的悲伤，似乎通过口中的叹息，连空气一道自身体中抽离而去。

"你叫什么名字？"

"清家椿太郎。"

"我是中谷彩友歌。"

她伸出手来，似乎是在寻求握手。于是我也伸出跟对方同一边的手，也就是向着对方的右手伸出了我的左手。

那只敏捷的手敲了下我的手背。

"完全不像啊，你们真的是姐弟吗？"

"倒也不是不想跟你说，不过关于我们的家庭状况，说来就话长了。"

"没有血缘关系？"

"一半吧。"

"明明很短。"

"细节往往会被删掉哦。"

为了联络葬礼事宜，我们交换了联系方式。离开工作室后，我悄悄把"本房间可用"的磁贴翻了个面，变成了"本房间使用中",结果被发现挨了一顿骂,她说要是在里面没人的情况下挂上"使用中"的话,别人就永远都没法进去了。

之后爬上楼梯,回到接待处。和刚才一样,剩下的四名成员都在那里。

"那个,称呼清家君就可以了吧,"其中一个男人靠了过来,"本该直接联系你父亲的,但我没有他的联系方式。"

"那我把他的联系方式给你吧。"

"不不,这样会给你添麻烦的,今天就这样吧……"

那人吞吞吐吐地说道。

"没什么麻烦的。"

"哎,可是……"

"先来个自我介绍不好吗?"另一个男人朝旁边那人的屁股上踹了一脚,"我是关口智贵,吉他手。"

看他头发剪得很短,真是个爽朗的好青年。

"塚本纯造,鼓手,"这个男人一头金发,耳朵上戴着耳钉,不过银框眼镜给人一种知性的印象,"你是高中生吗?能给我介绍一个正点的高中妹子不?"

不对,这男人给人的印象就是一个傻子。

"下条最……"这是一个声音低沉、长长的刘海盖住了眼睛、白色手套遮住了双手的阴郁青年。

"这家伙是负责作曲的。"关口替他说道。

"中谷彩友歌,目前是键盘手。"这样的说法似乎蕴含着某种深意。

"你能帮忙转告下你父亲吗？这应该是最省事的办法了……"还没有自报家门的男人继续着刚才的话题。

"别废话了，快自我介绍吧。"关口再次踹向他的屁股，这次他躲开了。

"哦，我是前田柳，声部是贝斯，我是所有人里水平最高的哦。"

明明是乐队成员却穿着正式西装，一言以蔽之——怪。

"那么，关于赞助人的事……"

前田话音刚落。关口就一脸不悦地"喂"了一声。

"人死的时候说这种话……"

"赞助人是谁？"

我这么一问，所有人都沉默了。就连第一个开口的前田似乎也不想多说的样子。

传来了敲击手鼓的声音，接着又传来了挥动手鼓的沙沙声。那是接待处的店主干的好事。

"钱没了，缘分也就没喽。"

店主爽朗地笑着，其中并无恶意，反倒有种企图以笑容驱逐不幸的温柔。但从乐队成员阴沉的脸色中，可以窥见这是个严重的问题。

前田转向了我。

"我们是认真在搞乐队，不是玩玩。最终目标是正式出道。"

"出道不是终点，而是起点吧？"

"这只是一种表达方式。出道后去武道馆开演唱会，销量破百万，豪宅盖起来。"

"这个乐队没有主唱啊。"

"这个……嘛。"

前田发出了走调的声音，关口则望向远方说道：

"主唱是御锹啊……她是最棒的主唱。"

沉寂在空气中流淌着。

"话说主唱该怎么办？"下条说，"让初音未来上？"

"主唱也是个问题……"塚本用手推了推眼镜，"但还是赞助人的问题比较紧迫。"

"其实我在做发声训练——"

中谷的话音未落，就被前田打断了。

"清家君！"

他再度转向了我。

"我们有赞助人，在赞助人的出资下才能签下工作室的年度使用合同。所以没有赞助人的话，虽然不是不能搞音乐活动，但活动规模会缩小很多，这是铁板钉钉的事。"

"那个赞助人就是我爸？"

"真是明鉴！"前田的脸上浮现出感谢的表情，"所以你会跟你父亲说的吧？"

"喂！"

伴随着这声冷静的恫吓，气氛骤然一变。

"现在御锹死了，御锹的爸爸没有理由给我们出资！"

关口所言显然是正确的。

"别给人添麻烦了,已经差不多了。"关口这话大概是说给自己听的。

"那要怎么办啊。这五十万让我们自己付吗?"前田没好气地说道。

"一年人均十万,按月算就是八千三。"塚本说。

"没那么多钱。"下条应道。

"在这之前都这么破费啊。"关口一脸如梦初醒的表情,"以后就不长租了,只在必要的时候才租。"

"杀死我姐的凶手就在你们几个里吗?"

空气被声音割裂,然后猝然粉碎。那些碎片以慢动作散开,像镜子一般映照着我们。

镜子消失后留在舞台上的,唯有现实这一涂满黑色的背景。在这漆黑的舞台上,演员们只是站在那里,连跳舞都不会。

没人说话。大家都无话可说。其中大概只有我是观众,只有我能发笑。

*

作为观众的我,本可以用掌声给迈不开步子的演员们鼓劲,但我还想多享受一些时间,所以便离开了工作室。

顺带一提,那个发言并非信口胡诌,而是逻辑推理。

进入作为杀人现场的工作室时,中谷是用钥匙开的门。倘若进入杀人现场需要钥匙的话,凶手势必是有钥匙的人。也就是说,凶手是乐队成员。话虽如此，也有受害者把没有钥匙的凶手带进来的可能。从这层意义上说，也可以算作信口胡诌吧。

时间是十七点。我走进与京王堀之内站毗邻的VIA长池购物中心，在三楼的麦当劳坐下。因为并不想吃什么，我就点了个菜单上似乎最便宜的汉堡，打算不吃直接扔。

我拿出手机上网确认了下。结果，我按原定的计划把一口都没啃过的汉堡扔进了垃圾桶，去了并不在原定计划里的永田町议员会馆。当然，在我掏出手机的时候，并未想到会有这样的事。

第七章　母亲2

在营销博客上刊登了一则消息，那是在圈子里很有名，可我完全不了解的名人博客上的帖文——

"唉，被要求删掉的东西不删是不行的吧。"

帖文附上了图片，图片是未经授权擅自转载别人图片社交平台的内容。那个被擅自转载的消息的发布者是名为清家夕绮的人物，内容里显示了照片和文字。

照片正是在警署拍摄的十字架照片。

文字如下：

"我女儿被杀了。是在十字架上被钉死的。警察让我把这张照片删掉，可我怎么都删不掉。凶手仍旧逍遥法外，希望早日破案。"

名人的帖子被转发了一万多次，意见各不相同。不过这些八竿子打不着的人的意见对我来讲都无所谓。重要的是那则消息的后续。

营销博客在这篇文章中，贴出了一位政治家的帖文。

正能美映，自民党众议院议员。

她引用了之前那个名人的帖文，写了这样的评论——

"这位遇害女孩的母亲是我高中时代最好的朋友，如此大的冲击令我现在感到不知所措。"

现在这人似乎已经被冲击得不知所措了。不过对我而言，这位政治家的发言令我感到冲击，却并未不知所措。

这位政治家声称对母亲的高中时代有所了解，这就是说她知道那起交通事故，也知道那则死亡报道的事情。她知晓真相。

我在维基百科上查阅了这个名叫正能美映的人物的资料。

高中辍学后，通过大学入学资格检定，考上了东京大学经济学系，在大型咨询公司麦肯锡工作后，于二〇一四年参加自民党竞选并首次当选，现在以政治家的身份活动。

我在网上查询了和政治家会面的方法，结果显示，似乎可以用请愿的办法。所谓请愿，即到议员会馆的办公室向政治家表达意见和诉求。并不需要什么复杂的手续，任何人都能随便去。也就是说，我也可以。

议员会馆位于千代田区永田町。

我觉得还是立刻动身过去看看吧，接着便在手机地图上搜索了路线。

*

从京王堀之内站乘坐电车在新宿三丁目站下车，然后换乘丸之内线在国会议事堂站下车，此刻已经过了十八点。

我顺着指示牌往前走，来到了一条通道上。根据指示牌，去议员会馆的人可以走这条路。所以我按照指示往左走去。下了缓坡，爬上自动扶梯，再爬了个坡，最后走到尽头。右边是持有通行证的人员专用通道，左边是普通人用的通道。我强忍往右走被保安拦下来的冲动，转而向左前进。到达地面没走几步路，就到了众议院第一议员会馆。这是一栋很大的建筑，进了玄关，从右侧入口进入大楼。内部人烟稀少，显得冷冷清清。那里有个类似机场行李安检处的空间。穿过金属探测门，被人用 X 光检查装置检查了拎包，确认安全之后，终于得以进入玄关大厅。

那边要求我填写接待表。于是我从前台拿了接待表，填好日期、时间、议员姓名和我的个人信息后，笔骤然停了下来。

在"事宜"一栏上，列有六个分类。

请愿，问候，联络，公事，业务，私事。

那么，我这到底该算个什么事呢？

犹豫了片刻之后，我在私事上画了个圈，然后看了办公室一览表，确认了正能美映的办公室在七楼，便将房号也写在了接待表上。

将接待表提交到前台后，女接待员拨去了电话，其间她一度把耳朵从听筒上移开，问我是什么私事。

"私事就是私事，私人的事。"

女接待员鄙夷似的朝我的深褐色西装夹克瞥了一眼，然后将耳朵放回听筒。她和电话另一头的人还在交谈，但看起来进展并不顺利。

又经过一段时间的等待，她给了我一个挂在脖子上的通行证。

看样子许可批下来了。我仔细地环顾周遭，确认没有什么人的视线后，乘上议员专用电梯。里面并没有特别豪华，就是普通的电梯。在七楼下了电梯，楼道里人迹全无，一片寂静。我在正能美映的办公室前驻足,敲了敲门等待回应。可迎接我的并不是正能美映,而是一个秘书模样的男性。

他把我带到一个类似接待区的地方,我们面对面坐在了沙发上。

"那么,这次是有什么事呢?"

"我想直接跟正能议员会面。"

男秘书的脸上浮现出了深深的笑容,那是关爱孩子的温暖目光。

"目前国会闭会,正能议员人在长野,不好意思,现在是不可能在这里直接见面的。"

"电话联系可以吗?"

"这是必须正能议员出面的事?"

"是私事。"

"不好意思,请问你和正能议员是什么关系?"

"好友的儿子。"

男秘书露出一副察觉到什么不对劲的样子,接着又是一副抹消了不对劲的表情。他似乎正在手机上键入文字,和正能取得联络。过了一会儿,秘书抬起头来对我说:

"现在正能议员忙不过来,要等一个小时才能抽出时间。"

"那我就等等好了,"我往沙发上一靠,"下盘将棋吗?"

"不了吧,将棋有点……"

"那就打牌吧。"

那个男秘书忍不住笑出声来。

"还是下将棋吧。"

然后我们用百元店买来的那种简易的将棋盘和棋子展开了对局。

对局以惨淡收场。

男秘书压倒性胜利,只在手机上学过将棋规则的我压根不是他的对手。

"我彻底输了,现在算是懂了你先前拒绝的理由,原来是为了我好啊。"

"没有的事。"

男秘书阴沉着脸,以粗暴的动作将棋子收进盒里,似乎透出自暴自弃的情绪。

"其实你不喜欢将棋?"我问。

"嗯,我不喜欢。"

"比方说参加了奖励会①,想成为职业选手,结果却没有成功?"

"就是这样。"

待男秘书收拾完棋子后,温和的笑容又回归到了他的脸上。

"好久没对局了。将棋果然不好玩啊。"

"几年没玩了?"

"六年……大概。"

"你最后一次觉得将棋好玩是什么时候的事?"

"什么时候……"男人一副若有所思的样子,"我是从什么时

---

① 日本将棋联盟的职业棋手培训机构。

候开始没法享受将棋的呢?"

"这种事情听起来像是有什么深奥的情节,其实是没有的,用我哥哥的话说,只不过是脑内分泌物的多寡而已。"

"真是尖刻呢。"

"意外的是,相比将棋,还是吃药更容易嗨起来吧。"

看到他诧异的表情,我补足道:

"当然这都是在医院合法开来的药了。"

这时手机铃响了起来,男秘书接了电话,然后看向我的脸。

"正能议员说,要是不介意的话,请告知一下你的电话号码。"

于是我报了我的手机号。男秘书挂了电话。这次电话打到了我的手机上,我接起了电话。

"我是正能美映,首先请教一下,你的目的是什么?"

"请告诉我有关我妈妈的事。"

那头沉默了片刻,然后传出长长的吐气声,气息通过手机向我直扑而来。不知为何,总觉得那口气里有股烟味。

"那可太好了。我还在想,要是恐吓的话,该怎么办才好呢。"

"我不会做那种事的。"

"我和夕绮是高中同学,学校是多摩综合工科高中。由于是工科学校,女生非常少,所以我和夕绮很快就成了好友。那地方偏差值很低,治安也不好,我也做了很多不足为外人道的事。"

"这有啥?还年轻嘛,年轻的时候起码也该杀个人哦。不管怎样,你不也成了个优秀的政治家吗?"

"你啊,那个……好像不是什么模范生呢。"

"你吸烟吗？"

"啊？嗯嗯，吸的。"

"果然呢。"

"你吸吗？"

"吸烟是不行的吧，我还未成年呢。"

"那你成年后会吸吗？"

"我还没成年，所以不知道哦。"

"你这话可真有趣呢。"

"报纸上说，我妈十七岁时就死于车祸了。"

电话里传来了倒吸一口凉气的声音。

"这到底是怎么回事？"

只听见电话那头"唔"了一声，我还以为她是在犹豫该不该回答，结果完全不是这么回事。

"到底该选哪边好呢？"

正能大概是在明知不审慎的前提下乐在其中吧。

"是给答案，还是给提示呢？"

"提示。"

我立即应道。因为这样会更加有趣。

正能"嗯"了一声，声音变得沉稳起来。

"就在那天，那个地区发生了另一件大事，所以新闻记者对那起交通事故的调查马虎了。记者是根据三条零碎信息做的推断——第一，车里坐着的是父亲和上高中的女儿；第二，一人死亡，一人轻伤；第三，严重损毁的左侧座位和毫发无损的右侧座位。"

"好了，那么这个世纪误报，究竟是怎么发生的呢？"

正能这般说道，可以看到电话那头的她考验我的眼神。

于是我想了一想。

"完全搞不懂。"

"你得慢慢思考。在提示之上叠加提示。不过务必注意我每一个词的选择方式哦，清家君。"

"如果是邀请我约会的话，我会很高兴的。"

"说什么呢？呵呵，这玩笑开得像个傻子一样，就是——"

那边压低了声音，感觉气氛为之一变。

"你姐姐的事情，可真是太惨了。"

"老实说，姐姐的事我根本无所谓。首先，你没有给我带来关于姐姐的新情报；其次，哀悼的话已经听腻了。请不要通过我，直接跟姐姐讲吧。如果你拿出选举时用的扩音器，对着天空大喊大叫，兴许你的悼词姐姐会收到的。"

"真可惜呢，扩音器是选举期间租来的，现在已经没了。"

"多少钱？"

"不知道，都是打包签的合同。"

"要是你贿赂我，我就投你的票。"

"玩笑归玩笑，不过政治家可不是行贿的人，而是接受贿赂的人。"

"好吧，那我就一边贿赂你一边给你投票。"

"不好意思，以我的立场不能多开玩笑，所以玩笑话就到此为止吧。"

"没有在录音哦,请放心。"

"顺便问一下,你有选举权吗?"

"有啊,不过正收在桌子里吃灰。"

"我觉得桌子里是不会有灰的呢。"

"也是。"

"你对政治没兴趣吗?"

"有啊,只是政治对我没兴趣。"

"呵呵,要是跟你聊的话,聊多少话都行呢。"

"那就拜了个拜。"

还没等对方回应,我就掐了电话。要是像"再见""再见""回聊""回聊""保重""保重"这么讲的话,会一直失去挂断电话的时机,从而陷入没完没了做着空洞道别的境地。

"问题解决了吗?"

男秘书对我说道。对此我回应说:

"这一带有没有好吃的馆子?我不心疼预算。"

*

在归途的电车上,我一直思考着。

夕绮和辉男坐在车里。辉男开车,夕绮坐在副驾上。车撞上护栏,左侧严重受损,右侧完好无损。这样的话夕绮就会死亡,辉男则会生还。这与报道的内容相符,但与现实不符。

这样的想象到底错在哪里呢？为了证实这点，那就首先考虑正确的地方，即正能口中的三条零碎的事实。这应该是确凿无疑的。一，车里是父亲和上高中的女儿；二，一方死亡，一方轻伤；三，严重受损的左侧座位和完好无损的右侧座位。

接下来列举作为现实的确定事实。现在夕绮还活着，也就是说夕绮在交通事故中受了轻伤，死亡的是辉男。

再考虑车的状况。左侧严重受损，也就是说左边的人死了。右侧完好无损，也就是说右边的人是轻伤。看到这些情况，也难怪新闻记者会搞错。因为坐在左侧副驾上的是夕绮，右侧驾驶座上的是辉男，所以最后就得出了夕绮死亡，辉男还活着的结论。

这就是说，错是出在这里。让我们抛开先入为主的观念，仅凭确定的逻辑来组织推理吧。

左边严重受损，左边的人死了，也就是说左边坐的是辉男。

右边完好无损，右边的人受了轻伤，也就是说右边坐的是夕绮。

照这样看，夕绮是坐在驾驶座上，而辉男则坐在副驾上，这太奇怪了。倘若有可能并非如此的话——

"是无国籍料理！"

我不由得叫出声来。电车上的乘客都以围观怪人的眼神望向我这边。而我既不慌张也不害怕，只是玩着手机，尽量不和这声怪叫联系到一起。

无国籍料理——母亲如此称呼我家的客厅。这里并非没有国籍，而是国籍太多。我家客厅里日本制造的东西少得吓人，母亲特别喜欢用外国货。

要是车也一样呢？

外国车是左置方向盘。驾驶座在左，副驾在右。

严重损坏的左侧驾驶座上坐着辉男，而完好无损的右侧副驾上坐着夕绮。

回想起来，正能既没有用副驾这个词，也没有用驾驶座这个词，这就是提示。要是外国车的话，一切都说得通了，哪里都不存在矛盾。

我将电车里混合了体臭和香水味的空气吸入胸腔，一边体会着成就感和满足感，一边大大地伸了个懒腰。

我戴上耳机，听着 KEYTALK 的《夏日维纳斯》。电车外一片漆黑。不过成就感和满足感就只有短短一瞬。没过多久，一股无穷无尽的渴望涌了上来，烤干了我的喉咙。

某个疑念正自心底萌生。

第八章　父亲 2

我校每年都有几个周六是要上课的,差不多二十次吧。这是为了缩短平日的上课时间,充实放学后的学生活动。于是九月十五日星期六,我骑自行车去了学校。

在教室里,比留间和山田谁都没跟我搭话。甚至比留间和山田之间也没有交流,她俩都坐在椅子上玩着手机,一副神经过敏的样子。这大概是在冷战吧,理由肯定也是些无聊的东西,比方说——"咖啡最好是黑的吧""黑的只有苦味""啥,你不喝黑的吗""不喝""连黑咖啡都不喝啊""废话真多""小屁孩""绝交"之类的。

班会结束时,班主任用他那一如既往的疲惫不堪且毫无干劲的表情说道:

"清家,我有话跟你说。结束后到办公室来一趟。"

我充满期待地走向办公室,来到班主任的办公桌前面,班主任把转椅偏过四十五度转向了我。

"你翘了考试说明会对吧?"

"这里面……其实并没有什么深刻的缘由。"

"你在搞笑吗?"

班主任拧巴着脸,怒吼声响彻现场。假使我耳朵里有味蕾的话,那就是被塞满了磨碎的花椒的麻味所带来的连绵不绝的麻痹之感吧。

班主任粗暴地把圆珠笔一扔，圆珠笔在桌面上滚动着，发出了令人心中一紧的声音。

"我不是为了你而生气的，我是为了自己生气。经常有人生气的时候说都是因为你，但那并不是真的，这些都是为了自己。我想澄清一下，你的破事我半点都不关心，我现在会在这里生气只是为了消除自己的压力。"

我还没来得及说些什么，班主任就迫不及待地往下讲道："今天放学后，还会给缺席的人再开一次说明会，你去参加吧。"

"好的。"

"一点十分在高三（8）班教室，别再给我翘了。"

"老师知道这句话吗？有二必有三。"

"你才第一次。"

"也是哦。"

"好吧，如果你想断送自己的人生，那就再翘一次吧。大学是很重要的，最终学历会伴随着你的一生。"

"顺便问一句，老师的学历是？"

"我不想回答。"

"那咱就不翘了吧。"

"喂，那咱就？那咱就是什么意思？啊？"

周六的四节课上完，时间是下午一点，到了班会结束的放学后，我的午饭仍被暂时搁置着。

高三（8）班的教室里还有几个人。我没有理会他们，径直坐在最靠前的座位上。距离说明会还有一些时间，正当我掏出手机的时候，旁边坐下了一个人。

我被那人扯了扯袖子。

"你志愿的学校填了哪个？"

这是个我不认识的女生。她穿着一件白褐相间的千鸟格子背心，这显然表明了这女的脑子不正常。

我校的女生校服里有这种千鸟格子背心，这是在典礼的时候都没人会穿的玩意儿，其压倒性的土气被全校女生所嫌弃。高中三年里我从没见过这种千鸟格子背心，而这位女生就穿着这个。

"那我先说吧。我是东大。"

我的目光始终无法离开千鸟格子。

"真厉害。"

"没什么厉害的。目标是崇高的，跟以崇高为目标的自己是崇高的，两者是似是而非的东西吧。"

"这倒也是。想考的话谁都能考。"

"喂，现在轮到你讲了。"

"琉球大学。"

"呃，冲绳啊？为什么？"

"因为离你最远。"

女生掰开橡皮砸向了我，剩下的就只有被掰得不成样子的橡皮。

"那么哥伦比亚大学不是更好吗？去那里怎样？"

"嗯，我会考虑的。"

"哇，真狂妄呢。你以为你能进哥伦比亚大学吗？"

"我还是第一次看到有人穿这条背心呢。"

女生用手指拽着千鸟格子背心。

"哦这个啊，这个……不对，别把话题岔开啊。"

"不管什么事情不试试是不知道的吧。虽然我也不想试。"

"你志愿到底是哪个啊？"

"哥伦比亚大学在哪？"

"大概在……哥伦比亚？"

"啊，我想到了一个好主意。你考你的东大，我去考冲绳或者北海道的 F 级大学就行，这样就能离你相对远点了。"

"喂，清家。"

"嗯？"

"你不是第一次看到这件背心。"

她的语气是笃定的。即使说得不对，给人的感觉是事实会被重写，替换成她所说的话。

"你知道我的名字吗？"

"等几分钟再说吧。"

"那我就不说了。"

谈话就此结束。教室里大约有十五名学生，老师进来后便开始分发资料，我们花了一个小时左右的时间听取了大学入学考试的说明。

说明会结束后，我离开了教室，后面跟上来了一个人，就是刚刚的那个女生。我无视了她,到了换鞋处把鞋子放在了地上。可鞋子却被飒爽地夺走了,像兔子耳朵一样举在了那个女生头上。

"喂清家,接下来你要去哪?"

我尽量选择了女生不会跟过来的地方。

"养老院。"

"真巧啊,我也想去养老院。"

"你能把鞋子还给我吗?"

"不穿鞋哪都去不了吗?人类是从什么时候退化成这样了呢?如果实在想躲着我,那就光着脚拼命逃吧。这才是拒绝别人的做法,如果办不到的话还是接受好咯。"

"我接受。"

女生满意地笑了,将鞋子毕恭毕敬地放在我的面前。

怎么就变成这样了呢?

我们按照手机地图的指引骑自行车到了八王子站,再坐电车到了明大前站,之后从那里步行到了花穗松原养老院。

*

在此期间,我俩的对话只有两次。首先是坐电车的时候有一次——

"是怎么样的养老院?有虐待行为吗?"

"是一个有黄金浴室的地方。"

"哇,我也想进,我也想进!"

"想要进的话你就得快点变老了，努力努力，三天左右应该能行吧？"

"等等，你这话什么意思？"

接下来是边走边聊的一次——

"你肚子饿吗？"

"看，小林同学，那里长着可以吃的杂草哦。"

"真的，那就尝尝看吧。"

"做成天妇罗应该很不错吧。"

"不用了，生吃就行。不过我不是小林。"

就这样，我们到达了花穗松原养老院。在接待处填了姓名，然后漱口、洗手、涂完酒精凝胶后，工作人员提议说"天气不错，去屋顶见面也挺好的"，为了保住他的颜面，我们来到了屋顶。

屋顶是花园，斗状的花坛里种植着花木，斑斓的色彩蔓延开来。我们在一张带有遮阳伞的桌子边等着祖父，眺望着蓝天配白云这般的老气横秋的风景。

不久，工作人员推着轮椅，带着祖父尧之来到了这里。那双一如既往沼泽般淤塞的眼睛，朝向我却没在看我。

"爷爷，我是你的孙子椿太郎，还认识我吗？"

没有反应。虽然不出所料，但这到底是怎么回事呢？

"还在继续做着这种无用功吗？"

这句话纯粹是合理的疑问，女生的表情也好，声音也好，都不包含一丝恶意。

"这只是自我满足嘛，关心痴呆老人的我好了不起啊——像这样。"

"我可没这么想。只是这老头知道一个重要的事实，得想办法问出来。"

"看样子不大可能啊。"

"之前清醒过的，虽然只有一瞬间。"

"你相信这样的奇迹，所以经常过来看看吗？"

"也算不上经常吧，差不多五十年来一次。"

"刚才我就在想，在昭和年代的动画片里，显像管电视坏掉的时候，妈妈过来砰砰一拍，不就修好了。"

"那是虐待老人。"

"我不是说老人，我说的是电视。"

"啦啦啦。"

"上次清醒过来是什么情况？"

"啥叫什么情况？"

"应该是有什么清醒的条件吧？比如天气啦，时间段啦，周边状况啦，自己的行动啦。要是试着再现之前神志清醒时的状况，说不定爷爷又能醒过来了呢。"

我试着回忆以前的光景。

"是橙汁吗？"

女生歪着头等我把话说完。

"我喝橙汁的时候，爷爷突然就醒过来了。"

"也许橙汁的香气可以刺激到记忆吧。"

我和女生下到一楼，在自动贩卖机上买了纸盒装的橙汁，然后回到了屋顶。

　　我把插入吸管弄成可以喝的状态，然后把橙汁送到祖父嘴边，轻轻将吸管送入他嘴里。半透明的吸管内侧透出颜色，可以看出橙汁正被吸出来。虽然只是微弱的吮吸，但祖父确实在喝，确实还活着。

　　那双眼睛蓦地睁大了。

　　清澈得宛如明胶一般的瞳孔。

　　祖父将嘴从吸管上移开。

　　我将橙汁拿了回来，和祖父对峙着。

　　"是谁……"祖父环顾四周，努力地把握着自己所处的状况。

　　我伸出手来。

　　"我是你孙子清家椿太郎。"

　　祖父的脸色一下子明亮起来。

　　"哦哦是椿太郎啊！都长这么大了。"

　　我的手被握住了。祖父的手干得像枯叶，感觉要是握得太紧就会四分五裂的样子。祖父还想继续握着我的手，但被我硬掰下来了。

　　"感觉怎么样？"

　　"清醒得很哦。椿太郎，你肩膀上有线头呢。"

　　我看了眼肩膀，将上面的黑线扯下来扔掉。

　　"现在上几年级呢？在学校里怎么样？边上的人是谁？"

　　"我是久门真圃。"

　　"爷爷，现在不是讲这个的时候。"

我将橙汁放在了桌子上,轻微的声音令气氛为之一变。

"反正你终究会忘了一切的。即使现在在这里听了我的事情,也会回归原状,忘得一干二净。可不能为了这转瞬即逝的无用满足感而浪费宝贵的时间。要是听懂了的话,就请回答我的问题吧。"

祖父先是一怔,然后流露出悲伤的神色。

"你想问什么?"

"胤也被绑架的事情。"

祖父看着我的眼睛,似乎明白了一切。或许在那一瞬间,他就彻底看穿了我这个人的本质。

"忘不了啊,那是一九八九年七月四日,胤也十五岁的时候。"

我将祖父说的话以描述的形式记录如下——

*

"你儿子在我手上。想要我还回去的话,就准备好一百万。要是报警你儿子命就没了。我会再联系你的。"

那是变声器的声音,尧之还没来得及说什么,电话就被挂断了。房间里只留下了心神不宁的尧之。

尧之是卡车司机。对于并不高薪的他而言,一百万日元是一笔巨款,但也并非拿不出来。为了供儿子上大学他有一笔存款,那个账户里正好有一百万左右。

虽然舍不得这笔钱,但要是能换儿子的命,那也没办法了。就这样,当他算好了钱稍稍冷静下来的时候,意识到了两个问题。

首先是儿子是不是真被绑架了的问题。

尧之来到儿子房间，木制的书桌上摆着课本和笔记本，胤也并不在房间里。

胤也拒绝上学。本以为他有什么不想上学的严重问题，他本人却回答说是因为"隐约的不安"。尧之觉得要是开不了口那也罢了，学校并非一切。即使不去上学，人生也总会有出路的。

尧之给中学去了电话，问胤也有没有去上学，那边回答说没有。

他又打电话给中央图书馆问儿子有没有去那里。得到的回复是那边已经特地找过了，但馆内并没有初中生模样的人。

胤也没有朋友，所以也不会在朋友家吧。

那就没有其他可能会去的地方了。原本儿子就蹲在家里，除了图书馆以外哪都不去，所以绑架应该是真的了。至此，第一个问题就有了结论。

第二个问题是究竟要不要报警。

虽说被告知报警后儿子就没命了，但要是偷偷报警，或许就不会被发现。儿子没命这话可能只是一种威胁，并不是认真的。尽管如此，尧之还是没能给警察打电话。

唯一可以肯定的是，只要不报警就抓不到犯人。也就是说，在逮捕犯人和保护儿子的安全之间究竟该选哪个。

他并没有得出答案。取而代之的是等待着绑架犯的第二轮电话，烟灰缸里的烟头越积越多。

电话铃响了，尧之反射性地跳了起来，然后战战兢兢地拿起听筒。他又听到了变声器的声音。

"你食言了,打电话给警察了对吧!"

"我没有!"

"谈判破裂,下次见到你儿子就是一堆骨头了。"

"我没报警!真的!"

电话挂断了,尧之呆呆地望着天花板,然后电话很快又打了过来。

"你真的没报警?"

"对天发誓真的没有!"

"那就先去银行把一百万拿出来吧,然后——"

"在那之前先让我听听胤也的声音!"

"好吧。"

胤也没有哭喊,也没有大叫,他的声音毫无生气,仿佛失去了一切活下去的希望。

"爸爸,救救我……"

尧之不确定这个声音是不是胤也,但他也没有勇气向被绑架的儿子询问这样的事情。

"没事,我一定会来救你的。"

"够了,"声音的主人又换成了用变声器的男人,"那就先从银行取一百万,然后去调布市附近的'巴比伦'咖啡馆,看一下七号桌的背面。要是今天之内没有全部搞定,你儿子大概就没命了。"

尧之拼命地记了下来,就在他做笔记的时候,电话挂断了。

之后尧之很快行动起来,他先驱车赶往富士银行,在ATM机上取了一百万日元，再从那里快步赶往车站前，向周围的人问到路后，进了咖啡店"巴比伦"的门。

"不好意思，请问七号桌在哪里。"

在收银台问了店员之后。店员说就一位吧，然后领他去了七号桌。

途中发生了麻烦的状况。

"哦，这不是清家嘛，真是奇遇啊。"

坐在座位上的某人摆出一副很熟的样子过来搭话，可现在根本无暇顾及。

"抱歉，我现在赶时间。"

"喂，你这是对待上司的态度吗？"

"你真的是我上司吗？"

"你真的是我上司，竟然说这种话……"

男人好像放弃了搭话。尧之一到七号桌就查看了桌子背面，那里用胶带粘着纸和钥匙模样的东西。

撕下来拿到手里，果然是纸和钥匙。钥匙上有个印有205的号码牌，纸上写着这样一句话——

"去车站的投币式储物箱看看里面的东西。"

尧之什么都没点就出了店门，马上到储物箱那边打开柜门。里面有一大堆类似项圈的东西，另外还有一张纸条。

"去前田宠物店，花一百万日元买十条狗，然后看看入口处电线杆上的贴纸。"

尧之将项圈放进背包里，有相当的分量。他向路人询问了宠物店的位置，因为离得不远，所以就快步走过去了。一进宠物店，就看到很多猫猫狗狗被关在笼子里，再查看售价，有卖五万一只的，有卖十三万一只的，很难精确凑出一百万日元。

尧之直奔收银台，然后像扔垃圾一样将一百万日元甩在了收银台上。

店员吓了一跳，交替看着成捆的钞票和尧之的脸。

"卖十条狗给我，就这一百万，品种就交给你选了。"

店员咽了口唾沫，说了句请稍等，就退到了里面。

过了一会儿，拴着狗绳的十条狗被带了过来。

狗狗们吵得不行，由于有十条，所以吵闹声也是十倍。从宠物店出来后，尧之看向电线杆，很快就找到了贴纸。

"野川公园的新干线游乐器材。"

将十条狗塞进车里的过程真是乱作一团，好不容易把狗放到后座开动了车，狗狗们还在不停地吵闹，有的爬到驾驶座上汪汪叫着，甚至还飘来了一股狗屎的臭味。

到了野川公园，沿着散步道往下走去。狗狗们想到处撒尿做标记，所以尧之就硬拽着它们，在路人好奇视线的洗礼下遛着十条狗。不一会儿，他就看到了游乐区，那里有新干线的游乐器材，就是那种骑上去摇晃弹簧玩耍的单人用游乐器材。

尧之先将绳子绑在柱子上不让狗逃走，总算把十条狗全都搞定了。然后往新干线游乐器材的底下摸了摸，那里用胶带贴着一张纸条。

"给十条狗戴上你从储物箱里拿到的项圈，然后把绳子解开，让狗逃走。我这边确认完毕以后，就把你儿子放回去。"

尧之从背包里取出项圈，逐一给狗戴上。狗狗一边吵闹一边挣扎，尧之拼命忍住想揍它们一顿的冲动，给十条狗全部套完项圈之后，取下绳子释放了它们。

狗狗们采取了各种行动。

有原地不动，警惕地盯着这边的，有为获得自由而乐，马上就一溜烟跑远了的，也有在周围东跑西窜的。但是一段时间之后，十条狗全部失去了踪影，已经不知跑到哪里去了。

在看不见狗的游乐区，只剩尧之独自伫立着。骄阳似火，暑气逼人。尧之在这之前都没有注意到，自己的衬衫已然吸满了汗液，一拧就会滴出水来。

尧之把狗绳和犯人的纸条等垃圾塞进背包，开始沿着原来的路往回走。

一切都结束了。

即便这样想，尧之悬着的心还是未能放下。

犯人的所有要求全都荒诞不经，虽然自己一切听从指示，可犯人的目的仍旧让人一头雾水。唯一说得上来的是，自己就这样损失了一百万日元。

只要胤也能平安归来——

当尧之打开公寓门的时候，手抖得厉害，都没法顺利地插入钥匙。费了一番周折才插进钥匙打开了门，里面并无人影。

"胤也？"

没有回应。

家里一个人都没有。

尧之冷静下来。犯人说一旦确认到狗跑出去后就把儿子还回来，那么现在肯定是在确认吧。虽然不清楚这样的操作有何意义，但至少可以肯定的是，这需要花费相当长的时间。

尧之就这样等着，他唯有等待儿子自己回来。烟灰缸里满是烟蒂，但除此之外已经没有力气做任何事了。

简陋的公寓里没装对讲机。看了看钟，时间是十七点三十分，这时玄关的大门响起了敲门声。

尧之先是僵在原地，然后缓缓地站了起来，蹑手蹑脚地走向门口。

他从门里问道：

"胤也？"

"嗯。"

尧之兴奋过度，动作反倒变得迟缓。他慢慢地解除门锁，拧动把手，就这样打开了门。

那里站着一个少年，手里拿着一本破烂的书。

尧之自然而然地想要拥抱对方，可转念一想，这可能会给对方带来困扰，于是为了拥抱伸出去的手像是录像回放一般缩了回来。

回过神来的时候，尧之的眼睛里已经噙满了泪水，但他还是拼命将其隐藏起来，故作冷静的姿态。

"没事吧？有没有受伤？"

"嗯，还行。本想反过来打倒犯人的，但最终放弃了，搞不好会有同伙。"

"绑架犯是什么样的人?"

"我不知道,眼睛被蒙上了。爸爸,要报警吗?"

尧之这时才想起这事,在儿子平安获释后,就没有理由再对报警一事有所犹豫。

"报吧……还是这样比较好。"

"最好不要吧。"

"为什么?"

"犯人说要是报警的话,后果会很严重。"

"是吗?"

"嗯。"

"那就不报了吧。你真的没受伤吗?那边没对你做过什么吧?"

"嗯。"

"是吗。那太好了,这本书是什么?"

"加缪的《局外人》。"

"为什么拿着这个?"

"犯人给的。"

"那种东西还是扔了好。"

"站着说话太累了。"

"哦哦,不好意思。"

两人进门回到屋内,晚饭吃了外卖寿司,就像在庆祝一般。

从那以后,父子间就再也没有提过绑架的事,与其说绑架成了禁句,倒不如说他们原本就是交流不多的父子吧。

尧之看起了综艺节目，想利用这些愚蠢的内容忘掉绑架的事。他无意间往旁边瞥了一眼，男孩正专心致志地读着那本破破烂烂的文库本。被绑架的受害者读起了犯人给他的那本加缪的《局外人》，到底在想什么呢。或许只要鼓起勇气问一句，就能简简单单地得到答案，可最终尧之还是没有这样的勇气。

*

我们坐在遮阳伞下静静聆听着祖父那长长的故事。

祖父的眼睛渐渐失去光芒，看来橙汁的有效时间并不是无限的，在他的目光回到淤塞沼泽的状态之前，祖父像是遗言一般留下了这样一句话——

"这是第一次绑架……"

我一愣，然后问他：

"第一次，就是说还有第二次？"

祖父没有回应，他那沼泽一般的眼睛明明朝向我，却没在看我。

"回答我吧，我很在意这个。"

我摇晃着祖父的肩膀，可祖父还是没有反应。

"为啥不给他再喝点呢？"

千鸟格子的女生拿起橙汁，喊了声"哇，好黏啊"，然后将吸管送到了祖父嘴里，祖父吸了吸，确实在喝里面的东西。

但这次没有起效，沼泽般的眼睛并没有清澈起来。

"可能需要一段时间充电吧。隔一段时间再来如何？"推轮椅的工作人员这般说道。

*

我和千鸟格子女生走在去往明大站的路上。
"喂，小林同学，我是在什么时候见过这个千鸟格子的？"
"我不是小林。"
"久门同学。"
"好吧，我可以回答你。不过有个条件，那就是找出绑架犯是谁。"

久门看起来很快活的样子，完全是一副不知他人辛苦的天真面孔。她究竟有没有想过这桩案子的受害者有多么痛苦，直至今日还抱着多少创伤呢？反正我是没有，所以我也摆出一副和久门一样愉快的表情开始了推理。

"一般来说，可疑的人只有一个。"
"是吗？完全看不出来啊，我难道是连简单的事情都想不明白的傻子吗？"
"在这起绑架案中，获利的人只有一个。"
久门似乎注意到了。
"宠物店？"
"是的，宠物店卖出了总价一百万的狗，真正获利的就只有这家宠物店。"

"原来如此，宠物店就是犯人啊。"

"不过这也太普通了吧。最后只是没有报警，所以侥幸没被发现而已。要是警察仔细调查的话，马上就会发现宠物店的可疑之处，接下来只需要通过严刑拷打让他们招供，事情就解决了。"

"那宠物店又不是犯人了？"

"这种情况下，犯人如何获利就成了问题。"

"那不是很简单吗，以你的脑子三秒钟就能想明白了。"

然后三秒过去了。

"还没想明白吗？"

"嗯。"

"啊，傻子。哥伦比亚大学就别想喽。很简单啊，简单到让人恶心，就是这么回事。十条狗不是都戴上项圈了吗？那上面有发信器，事后被犯人回收了。"

"于是他拼了老命把十条狗抓回来，卖给另一家宠物店？"

"对。"

"我开始觉得我真能考上哥伦比亚大学了。"

"好吧，我只是开个玩笑。"

久门突然露出冷冷的表情，吐了一口气。

"我倒是很在意那个在咖啡店突然撞见的上司。"

"对话确实很奇怪呢。"

"对着上司说你真的是上司吗，应该不可能吧？"

"可能是儿子被绑架，所以思维多少也有些不正常了。"

久门伸出拳头轻轻捶了下我的背。

"差不多该认真推理了吧。"

"犯人并不想获利,他的目的是让受害者损失一百万,也就是说动机是怨恨。"

"唔,这倒有可能呢。"

"还有就是一百万日元这种金额。绑架赎金么,一般都是针对大富翁的儿子索要一个亿的嘛。"

"但这通常会导致失败,重要的是不能勾起人的欲望。事实上,犯人大体上还是按计划推进的,虽然不清楚是什么,但还是取得了一些成果,欧耶。"

"欧耶。"

久门踹飞了掉落在人行道上的小石子,然后说道:

"那本《局外人》讲的是什么故事呢?"

"阿妈死了的故事。"

"什么叫阿妈,是指母亲吗?然后再去探寻母亲死亡的真相?"

"不,杀人是因为太阳太晃眼了。"

"莫名其妙。"

"但这些都是事实。"

"啥?这都什么跟什么啊,这种话我只听开司说过,算了,我自己读吧。"

久门掏出手机看了起来,是低头族呢。

"哇,连 Kindle 版都没有啊,我不想看了。"

"你说啥?纸才是至高无上的啊。纸张摸起来难道不舒服吗?我整天都在摸纸,多亏了这个,手指上的指纹都磨没了。"

"啊，不过漫画版的话有 Kindle 的呢，只是……"

"看漫画版无法真正理解吗？"

"才不会。从试读上看，作品风格太过实验性了。"

"那就只能看纸制的文库本了吧。"

"就不能用卡夫卡的《变形记》替代吗？这本书 Kindle 上是免费的呢。"

"不用做这种事，只要使用图书馆这种合法的非法下载，就可以免费阅读了。"

"这只是一种表达方式。"

"走路玩手机是非常危险的，请不要这么做。"

"那就跑步玩手机咯，我是一休哥吧？"

我期待着久门突然跑起来，却没能如愿。久门边走边盯着手机屏幕，她的手机是没有任何保护罩的裸奔状态，要是掉下来的话，液晶屏会呈放射状碎裂，这将会很悲惨吧。

我们抵达了明大前站，从这里乘上电车。电车上我们并排坐在一起，先开口的是久门。

"听说明年新生的校服就要换新了呢。"

"蟑螂色还健在。"

"千鸟格子背心已经被废除了。"

"都没人穿，那当然了。"

我本以为久门会对千鸟格子背心被废除的事态发表什么感伤的言论，不料从久门口中说出的却是毫不相干的话。

"下回什么时候去呢？"

"去哪？"

"养老院。"

"你还要跟过来吗？"

"我问你什么时候去。"

"你得流感动不了的那天。"

"好吧。爷爷好像需要充电时间，那就隔开一天，下周一再去吧。那天是敬老日，不是刚好吗？"

"行吧。"

就这样冒出个不得已的同行者。不过，喝橙汁的主意是久门想出来的，说不准还能派上用场。

这时口袋里的手机振动了一下，我的手机一直在小心翼翼地整理着系统，根本不存在毫无意义的日常对话。于是我掏出手机，通信软件的通知映入眼帘——

"明早八点在幕张国际会展中心集合，据说那里将举办一个名叫 RAGE①2018 秋季线下赛的活动。"

这是名为仙波的编辑发来的消息，至于这段类似道听途说的文字究竟有何意味，我决定放到见面后再说。

*

在京王八王子站和久门分别，骑自行车回家的时候已经是傍

---

① 卡牌游戏《影之诗》的线下大赛，一季度一次。

晚时分了。我眺望着三层楼的自家,穹顶状的无敌城堡,然后打开大门步入了它的庇护之下。

进了客厅,父亲正在喝红酒,虽然用的是高脚杯,却没有捏着杯脚,而是握住杯身,感觉就像个粗野的水手,无所谓味道似的大口灌着。

"喝少点的话,酒可以当药吗?"

听到我的声音,父亲转过身来,那副有害健康的醉态让我有些不安。迄今为止对健康非常注重的父亲,喝了许多从来不喝的红酒,还拿高盐分的风干香肠当下酒菜。

"这种东西再少也是毒。"

"那你为什么喝?"

"人要死的时候就会死,不管有多健康,该死的时候就会死。"

这大概指的是姐姐吧。与此同时,我想起了我得询问父亲有关姐姐的事。

"听说你是乐队的赞助人?"

父亲灌了口酒,以充满血丝的眼睛看着我说:

"原则上是。"

我又重复问了一遍。

"原则上是。"

当酒杯喝空时,父亲又从瓶子里倒了些红酒,毫无气氛可言。就像拉面店老板往深底锅里倒酱油一样粗暴。

"合同上是我签下了工作室,交了年租。"

"但实际上不是吧。"

"租金都是御锹自己付的。"

父亲又灌了一口红酒，他满脸通红，眼神呆滞，但口齿却很清晰。

"这种为了不让朋友感到多余的自卑，正是她的风格，是为朋友着想的巧妙安排。"

姐姐在直播平台上有收入，所以付钱本身应该很轻松吧。

"御锹可是个好孩子，对吧？你也是这么想的吧？"

"嗯，应该吧。"

"为什么被杀的是御锹？为什么御锹会被杀？不是御锹，换个其他人不行吗？"

"你喝醉了吗？要是醉了的话，差不多得了。"

"她是个令人惋惜的人才啊。头脑好，性格好，颜值好，运动神经好，连声音也好听。"

"可是会被动物讨厌。"

"是啊，御锹是被动物讨厌，琳丽一看见御锹就吓得跑开了，修学旅行回来还愤愤不平地说自己被大猩猩扔了大便。"

"这是唯一的弱点。"

"是啊。再完美的人也有弱点，但这不如说是……"

"亲近感？"

"不如说是……"

父亲把杯子放在桌子上，跟刚刚那种粗暴的饮酒方式不同，那是温和而怜惜的放置手法。

就在那声小鸟啄窗般的声音响起后不久，这个词就像是硬挤出来似的自父亲口中蹦出——

"爱。"

听到这个词的时候，我联想到了大型千斤顶，即把车抬起来的工具。就是那个玩意撬开了父亲的嘴。在这种状况下，相当于大型千斤顶的东西就是醉意了吧。父亲的话仿佛从微张的嘴角缝隙里爬了出来，伤痕累累地来到了我的身边。要是这个词脱口而出的话，我只能将其评价为临时起意的肤浅言辞，但从撬开嘴硬爬出来的经过来看，我以为这个词并非逢场作戏的话，而是具有持续执行力的永恒之言。

父亲站起身来揉了揉眼角，把喝了一半的红酒搁在一边，说了这样一句话：

"你听过御锹唱的歌吗？"

"没。"

也不知道他有没有听到我的回答，只见父亲摇摇晃晃地走出客厅，接着传来了肩膀撞上楼梯间墙壁的声音。我收拾好父亲留下的一整套红酒，简单冲洗了下红酒杯，将其放入了洗碗机里。

第九章　哥哥 2

"RAGE 2018 秋季线下赛"是电子竞技，即打游戏的赛事。每年四次，分春夏秋冬四个赛季举办。活动的主要内容是名为"影之诗"的卡牌游戏大赛，优胜奖金四百万日元，在预选赛胜出的八名选手将围绕着这四百万展开角逐。而这场决赛将于今天举行。

这都是我昨天临时抱佛脚查到的信息。

早上四点起床，洗了个热水澡清醒一下，挑选了连帽衫和工装裤的穿搭，在六点零五分离开了家。

骑自行车到京王多摩中心站，然后乘坐电车到新宿站，在新宿站转车到西船桥站，再在西船桥站转车到海滨幕张站下车。虽然前一天在视频网站上预习过路线，不过意义并不大。那是因为同去 RAGE 的大队人马会给我带路，我只需跟着。中途走上人行天桥向前走一段路，翻过巨大的台阶，就到了幕张国际会展中心。

时间是八点二十六分，恰好是碰头时间。我以举办 RAGE 的八号厅为目标，走进入口后先直行，然后向左前进。

老实说，是我小看了这个活动。

八号厅入口前排起了长队，这些都是来看 RAGE 比赛的观众，开场前就来了这么多人，要是正式开场了，究竟会增加多少人呢?

仙波在远离队伍的地方，倚在柱子上操作着手机，于是我向仙波走了过去。

"迟到一分钟咯。"仙波一见我就露出不爽的表情。

仙波身穿一件碎花衬衫，下摆塞在牛仔裤里。

"不好意思，我会求神明给你续上一分钟寿命的。"

"不过，该道歉的是我。"

"为什么?"

"不得不白白排那么久的队。"

我们站到了"普通入场队尾"的看板下面。

"排队真讨厌啊。"

或许仙波动不动就闹情绪的原因并非因为我迟到了，而是那长龙一般的队伍。

"或许再晚点到的话，用不着排队就能进去了呢。"

"你是头一回看 RAGE 吗?"

"那当然了。"

"这是当然的吗?"

"我对这玩意儿不感兴趣。"

仙波睡眼惺忪地打了个哈欠，也不知这样的睡意是因为早起还是别的什么缘故。

"明明不感兴趣还来参加?"

"要是只做自己感兴趣的事，世界是不会扩展的吧。哪怕是不感兴趣的事，只要尝试一下，说不定也会乐在其中呢。话虽如此，积极参加不感兴趣的事还是挺困难的,所以我不会积极参加。但是当被迫参与不感兴趣的事情时,也不该拒绝。我以为这是拓展世界的机会,所以不得已也会参加。要是觉得有趣的话,世界就会扩展,人生也会变得丰富。"

"你是被迫参加的吗?"

"我同事有票,可是因故去不了。哦,对了。"

仙波拿出了手机。

"椿太郎君,你去下个口袋演出的应用小程序吧。"

"好。"

在手机的应用商店里一搜,似乎是一款电子票务的应用小程序。

"我把票送过来,你先注册一下。"

于是我注册了账号。

"搞定了。"

"那我就把票送过来吧,真麻烦啊,邮箱地址还得自己输入。"

说出这句话的同时,仙波皱起了眉头。手指敲击液晶的力度也越来越大。经过一段时间的连击之后,仙波抬起了拿着手机的手,就在即将把手机摔到地上的那一刻,好歹按捺住了这个念头。

"这玩意儿真是的,票发不出去吗?"

"是邮箱地址之类的问题?"

"根本就没有转给朋友的按钮。"

"原本可以转给朋友吗?"

"嗯。"

"那我们肯定不是朋友了。"

"现在不是说笑的时候,没票就不能入场了吧。"

"不,应该是能免费入场的。"

"是吗?"

"你这票是什么票呢?"

"唔……"

仙波盯着手机。

"是指定席的票,这是要钱的哦!花了三千呢。"

"不是别人送你的吗?"

"是啦。"

"那我去查查吧。"

我查了下应用小程序里的使用说明。

"好像只有购买人才有权限转给朋友。"

"所以我就送不出去了吗?"

"要把票给我,好像你要先把票还给购票人,再从购票人那边把票转我才行。"

"哈?这么麻烦啊!"

"不过大概还有更好的办法。"

我又查了下使用说明的页面,然后得出了结论。

"其实只要你用手机出示两人份的票就可以了。"

"搞什么,这样的话送票的功能就没用了吧。"

"你干吗要把衬衫下摆塞进去?"

仙波发出了"昂"的一记无比难听的声音，嘲讽似的把牛仔裤往上拽了拽。

"有意见吗？"

"很奇怪。"

仙波耸了耸肩，仿佛只有傻子才会生气。

"那是你的价值观吧，都是你的主观吧。你自己把衬衫从裤子里拿出来就行了，我从今往后千秋万代也会把衬衫塞进裤子里，OK？"

"啊，已经开始入场了。"

九点大厅开门，队伍顺利地前进着，我们终于踏入了RAGE会场的内部，会场很宽广，虽然不是很亮，但各处都有强光照明，所以也不算暗。

影之诗的舞台就在刚进去的地方，大量的位子还没坐满，台上一个人都没有。三个方向都准备了用来播放对战的大屏幕，这时离正式开战还有半个小时。

"要不要看看纪念品呢？"

于是我们前往了周边贩卖区。

那里不仅有影之诗的商品，还有今天在另一个舞台登场的虚拟主播的商品。有T恤，毛巾，圆形徽章等各式各样的东西。

"有想要的吗？"

"能算在经费里吗？"

"算不了的，你个笨蛋。"

从字面上看，这是相当激烈的词，但我得补充说明一下，实际上仙波当时的语气是非常融洽和蔼的。

"要是你想要什么，我可以给你买哦。"

"没啥想要的。"

"我就知道你会这么说，正因为预料到你会讲这种话，所以我才说要给你买的，其实我根本就没给你买的意思。"

"你怎么知道？"

"因为你不就是那种人吗？所谓的铁石心肠。"

"没有人情味吧。"

"对对，你经常被人这么讲吧？"

"我倒是想说自己经常被别人这么讲，不过根本就没有会这么说我的朋友。"

"那就由我来告诉你吧，别耍帅，再热情一点。"

"不要，会场已经够热了。"

"人可真多啊。"

会场开始混乱起来，周边贩卖区的人也变多了，于是我们暂时离开了那个地方。

"肚子饿了吗？"

"可是饮食区写着十点开卖。"

"啊，真的呢。去你的，买不了啊。"

不知是不是渐渐暴露出了本性，在对话的各个环节，仙波的措辞变得越来越粗野，我也逐渐注意到了这一点。

由于无事可做，我们便向工作人员出示了电子票，然后在指定席上坐下。与自由席相比，这里显得更为宽敞，而且处于更容易看到舞台的位置，因此可以安心舒适地欣赏比赛。不过要是有人问我这个地方值不值三千，虽然作为白拿的一方很难开口，但说实话，不值。

"椿太郎君玩影之诗吗？"

"昨天开始的，是为了提早预习。"

"好玩吗？"

"很好玩，尤其是完全赢不了的地方。"

"一般不是反过来吗？赢了才好玩吧？"

"能赢的话赢就是常态，万一输一把会很恼火，但要是赢不了的话，输就成了常态，所以赢了就会很开心。"

"唔。"仙波给了个似懂非懂的暧昧回答。

"我也试试看吧，好像是基本免费的。"

"我能看到你花十万不停抽卡的未来。"

"真烦人，工资要怎么用是我的自由吧。"

"那我们什么时候进入正题。"

"你干吗穿这么厚啊？"

仙波显然是想让我着急，这也算是一种形式美吧。

"我觉得不算厚哦。"

"还穿着这样臃肿的连帽衫，没看见周围都是短袖吗？"

"我很怕冷的。"

"哇，像女孩子一样呢。"

这时仙波突然"啊"了一声，像是注意到了什么。

"那个，我现在可以做一件相当失礼的事吗？"

"仙波小姐,你是在问一个人'现在能杀了你吗',如果对方回答可以的话就留他一命对吧?"

"嘿!"

仙波抓住我连帽衫的下摆飞快地往上一掀,露出了我那寸草不生光滑溜溜的肚子。

"哇!"

仙波慌忙放下我的连帽衫下摆,将我光滑的肚子用布遮了起来。

"果然是这样啊。"

"什么叫果然是这样?"

"你连帽衫下面为啥是真空的?"

"你说为啥?答案一早决定好了啊,因为太热了。"

仙波一时间无话可说,积攒的能量一下子被释放了出来。

"真怪,这很奇怪啊。连帽衫下一般不都穿着T恤什么的吗?因为连帽衫可是外套,套在衣服外面的才是外套。"

"这只是你的主观想法吧。"

"不,是社会常识。"

"是社会的主观吧。"

"啥?社会的主观?我还是第一次听说。"

"主观就是主观,总有一天会被颠覆的,这才是没法回头的事。比如现在谋杀是犯法的,说不准十几年后就合法了。"

"现在把连帽衫塞进裤子里是犯法的。"

"才不犯法。"

"这点我们彼此彼此吧。"

"我们把将主观强加于人的行为称作讨论。"

仙波微微颤抖着,这似乎并非因为屏幕上显示的倒计时。

60,59,58,57……随着背景音乐响起,蓝色的数字在蓝色的背景上一亮一灭。

"现在我想起来了。"

那句话被背景音乐轻而易举地淹没了。

"这句台词出现在了小池始丞的《异国情调》里。"

对话没有继续下去。起码周围的人都很期待演出,不能让我们吵吵嚷嚷的谈话打搅到他们。

3,2,1,0。

0字熊熊燃烧起来,彩色的灯光开始转动。

写在墙上的大赛的标志被点亮,舞台中央的奖杯熠熠生辉。

屏幕上开始播放选手的宣传影像,播放完毕后,三名主持人登上了舞台。

短暂的闲话之后,舞台被灯光渲染成了蓝色。伴随着门后冒出的白烟,八名决赛选手就此登场。

在进行完讲解和介绍之后,选手们坐在位子上做好了对战的准备。第一轮第一场比赛开始了,与此同时响起了一阵难以听清的口号声。

"3,2,1,开始!"

舞台的地板喷出了烟柱。

*

决赛开始了。

由"啊啊啊啊"对战"林间／森之家"，胜利的一方会欢喜而颤抖，失败的一方会流泪而懊恼——这似乎并非因为即使输了，也能拿到第二名的一百万奖金，虽然差了三百万，但实际上两人距离胜利都只有一步之遥。

时间到了下午五点半，会场气氛达到了高潮，屏幕上放出了游戏画面，"啊啊啊啊"一开始分到的手牌非常强大，全场沸腾起来。

"椿太郎君。"

仙波为了不被现场的欢呼声压倒而抬高了声音。她并没有用力量型的办法，而是用了在耳边说话的智慧型办法讲出了这句话。

"差不多该回去了吧。"

我和仙波来到了八号厅外，从厅内的热气中解放出来，感觉皮肤上的汗水正在蒸发。

"不看到最后不要紧吗？"

"因为讨厌喜欢的歌放完，所以我都是在歌曲结束之前就不听了。"

"这不是唱歌，是游戏。"

仙波兴致索然地眯起眼睛。

"有意见就找 S 先生吧，这话不是我说的，而是 S 先生说的①。"

仙波开始走了起来，我也跟在后面。会场人山人海，可一旦走到外面，就像核战之后的世界一般杳无人迹。

"你听过《马赛克卷》吗？"

"嗯，这是我第一次听V家歌。"

"你觉得怎样？"

"便宜货耳机还是不行啊。用扬声器还能正常听听，但用耳机的话，低音就会显得特别憋闷，特别是前奏部分……"

"不，我不想听乐评。"

"是歌词吧？"

"嗯。"

"歌词什么的都无所谓，音乐就是旋律吧。"

仙波拿出手机操作起来，一开始音量太小，仙波长按音量键后，扬声器里传出了大音量的音乐。

那是《马赛克卷》的前奏，放完后是歌曲的第一段——

\#

有一句言语

刺在了你的身上

自伤口渗出的液体

---

① 指VOCALOID作曲家sasakure.UK创作的一首巡音流歌的歌曲，全名《大好きな歌が終わるのが嫌だから、曲がフィナーレを迎える前に聴くのをやめるの。僕の心の中で大好きな歌はずっと続くんだ。》，大意为"因为讨厌喜欢的歌放完，所以我都是在歌曲结束之前就不听了。我最喜欢的歌会在我心中永续。"

将之形容为

"爱"

\#

自此仙波停止了播放。幕张国际会展中心的通道上再度恢复了核战后世界的寂静。

"好累啊。"

"看了都十个小时了。"

"开心吗?"

"嗯,我挺开心的,你怎么样,世界扩展了吗?"

"你现在有什么安排?"

"没啥。"

"要来我家吗?"

仙波的声音在颤抖,那是不习惯说这种话的人特有的笨拙语气。

从海滨幕张站乘电车到西船桥站,再换乘到四谷站,从那里徒步四分钟左右就到了公寓。

走过树木环绕的道路,在入口处将钥匙插入自动锁里,自动门就打开了。我斜着眼睛穿过一个高档的休息室,在电梯间上了电梯,到五楼下电梯后,往右走可以看到一扇门,那里就是仙波的住处。

我们在玄关脱了鞋后走进客厅。仙波打开灯照亮了室内。房间收拾得干干净净,显得非常讲究。

"房租多少?"

"一般会这么问吗？"

"你老公在哪？"

"虽然我知道你不一般。"

"这可是件好事哦。那些拥有无限可能性的孩子，在公共教育中被扼杀了个性，成了凡夫俗子。"

"房租二十万。"

"高级公寓呐。"

"和丈夫分居中。"

"你老公不会突然出现在这里吗？"

"她死了，好像是自杀的。可她绝不会自杀。因为她是■■■。"

仙波坐到了沙发上，我也在稍远的位置坐下，故事似乎已经开始了。

"那天，小池始丞和她相遇了。小池在卡拉OK店打工的时候，看到监控录像里对女性施暴的场面，于是赶赴现场阻止了犯罪。他与受害者筱崎一起去了医院。在候诊的时候，小池说两个犯人被逮捕了，筱崎口吐白沫晕倒在地，问'不是三个人吗'，小池问'你说的是在场的那个女人吗'，筱崎说是的。小池说在场的女人只是受到胁迫，已经被释放了，筱崎说'她才是最该被逮捕的……'到此为止都是前情提要，话说你饿不饿？"

我说别管我了，仙波说自己饿了，然后就去了厨房。她问我冷冻披萨行不行，我说什么都行，于是她便将冷冻披萨扔进烤箱，转动了定时器，房间里回响起了烤箱的声音。

"筱崎告诉小池那个女人有多可怕。据她所说，那个女人无恶不作，不仅做过欺凌，恐吓，强奸，甚至还杀过人。筱崎瑟瑟发抖，她害怕那个女人会来报复。小池问了那个女人的名字，筱崎说她叫间宫令矛。小池说不用担心，自己会保护她的。他抱着筱崎的肩膀，像哄婴儿一样拍着她的背，让她平静下来。"

仙波打开冰箱拿出啤酒，伴随着悦耳的声音站着拉开了拉环，将里面的东西灌进胃里。

"从那时起，视角发生了改变，变作以筱崎的视角描绘了安稳的日常生活。并细腻地描写了筱崎和小池感情逐步升温的过程。但筱崎依旧不安，担心有朝一日间宫会不会前来报复。对此小池表示绝无可能，可当筱崎问起他为什么这么笃定时，小池的回答支支吾吾不得要领。从那时起，筱崎就产生了怀疑。"

仙波拿着啤酒坐到了沙发上，烤箱仍然在发出响声。

"她试着邀请小池一起看电影，但他以打工为由拒绝了。可筱崎知道小池那天轮休。因为她非法闯入小池打工的卡拉OK店，确认了排班表，所以不会有错。小池在隐瞒着什么。筱崎在秋叶原购买了窃听器，装在小池的房间里。那是伪装成插座转换器的东西。但是并没有得到有用的信息，从窃听器里唯一听到的，是小池唱V家歌的声音。"

烤箱烹调完毕的铃声响了，仙波站起身来走了过去。

"有一天，筱崎鼓起勇气邀请小池去做那种事，两人都已经来到了情人旅馆的门口，这是筱崎安排好的情节，可小池还是拒绝了。筱崎哭着问为什么，小池并没有回答，只是说了声对不起。

筱崎逃也似的离开了那个地方。从那时起的每一天,她都在等待着机会。"

仙波将热腾腾的披萨放在盘子里端了过来,芝士已经融化,表面在余热的影响下起泡。仙波用菜刀将圆形切成了扇形。

"因为她偷瞄过小池解锁屏幕,所以知道小池的手机密码。之后只要能接触到小池的手机就行了,只是一直没这个机会,小池无论去哪都机不离手。不过或许是运气站在了自己这边,机会很快就来了。"

一片披萨递到了我的手上,不过我没有动。仙波从下面接住了快要液化流淌下来的披萨尖端,任其流进了嘴里。

"正好门铃响了,快递送来。小池为取快递离开了房间,现场留下了小池的手机。筱崎的动作很快,她拿起手机输入了四位数的密码,打开通信软件,然后点开聊天的图标,显示出了消息列表。看到名字的瞬间,筱崎就明白了,'二七'——这大概是取自《马赛克卷》的作曲者,小池最爱的 V 家 P 主[①] 'DECO*27',当然这不是本人。筱崎用颤抖的手指戳了下屏幕,显示了小池和二七的对话。"

仙波将刚咬过一口缺了尖角的披萨送进嘴里,当她咀嚼到披萨烤硬的边时,传来了清脆的声音。

"最新的对话是:'明天十八点在书道教室''明白'。这时传来了上楼梯的脚步声,筱崎慌忙退出界面,让手机进入睡眠状态,

[①] 创作或二创VOCALOID歌曲和视频的UP主。

140

将其放回了原来的位置。这时小池回来了,看他的样子,似乎并未发觉手机被人偷窥过。筱崎的心脏怦怦直跳。尽管这样,要做的事情还是决定好了,明天十八点去书道教室。"

仙波用纸巾擦了擦嘴边沾着的披萨酱汁,然后将嘴贴到了啤酒罐上。

"筱崎第一次造访了小池的高中,那是以筱崎的学力无论如何都进不了的学校。她看了学校的导览图,确认了书道教室的位置,然后就把自己关进厕所的单间里,等待着时间到来。待到了十八点,为了能得到无可抵赖的绝对场面,她决定再等十分钟。到点后筱崎离开单间,走向书道教室,悄无声息地沿着走廊往前,在书道教室前停下脚步。门背后没有声音,看不出里面有人,但筱崎知道二七和小池就是在这里见面。筱崎默默地做了个深呼吸,然后无声无息地拽了拽门。门锁着。她把藏好的铁丝插入钥匙孔里,轻轻一拨,传来了开锁的声音。筱崎猛地拉开了门,冲进了书道教室。里面是学校常见的瓷砖地面,其中有一部分铺着榻榻米。小池就躺在榻榻米上,眼睛被蒙住,连榻榻米一起被塑料绳子捆成一团,赤身裸体,动弹不得。"

仙波用手指在喝空的铝罐侧面用力划出一道斜着的凹陷,再将其朝着凹痕相同的方向一扭,罐子就瘪了。最后再用手按扁,扁罐子制作完成。

"女人手上拿着书道用的毛笔,用那支笔挠着小池的皮肤,小池痛苦抑或欢愉地挣扎着,扭动着被捆住的身子,下身直挺挺地立着。这个女人并未被闯入者吓到,也没有丝毫动摇,而是大大方方地转过身来。现场不明白事态的就只有被蒙住眼睛的小池。"

仙波像抛飞盘一样扔出了压扁的铝罐,铝罐仿佛被吸入似的落入了垃圾箱。

"筱崎认得这个女人,永远忘不了,她就是间宫令矛。"

我屏住呼吸,这样的反应正是仙波所期望的。

"无恶不作,甚至杀过人,还唆使男人强奸筱崎的女人——间宫令矛,就是那个间宫在戏弄着一丝不挂的小池,筱崎一瞬间全明白了,尽管如此,她还是忍不住质问:'你俩什么关系'?'谁在这儿?'现场响起了小池的叫声,但没人理会他。间宫回答说:'我们正在交往。'筱崎虽然快哭出来了,但还是挤出了声音:'这一切都是一开始就设计好的吗?'间宫回答说'不是',接着又说:'多亏了你,我们才相遇的。'卡拉OK包厢中的情景在筱崎的脑海中复苏,那个时候,小池真是在看自己吗?是不是根本没在看呢?那个时候,小池真正看到的,不正是间宫的模样吗?"

"那么——"仙波这话似乎不是作品中的故事,而是对我说的。

"这样开头那句话的意思就很清楚了——她死了,好像是自杀的。可她绝不会自杀。因为她是■■■。"

"那么——"仙波又重复了一遍,"椿太郎君,你觉得填入■的三个字应当是什么呢?"

我略一思考。

"因为她是'杀''人''者'?"

仙波心满意足地笑了。

"优秀。"

她边鼓掌边说道。

"这篇推理小说的机关很巧妙。所以我记得很清楚。小池的女朋友表面上是筱崎,其实是间宫。自杀的那个是间宫。"

"间宫令矛……"我带着敬畏说出了这个名字。

她在现实世界中也是同一个名字,还是像小池始丞一样是用化名替代的呢?

"你不吃披萨吗?"

"还是继续吧。"

"今天就到这里了。"

这个时候,我完全理解了被暂时不给投喂的狗狗的心情。

"别摆出这副表情,我也想全部说出来,但是记忆还没有整理完呢。写稿子得花很长时间。"

"你是在写稿子吗?"

"嗯,不过我是以记忆为基础重新构筑小说的,将这作为故事的梗概。"

"居然能做到这种程度。"

"好吧,我就先做个预告,从间宫自杀的场面开始,然后开始调查自杀之谜……差不多就是这样。"

"下次什么时候见面?"

"唔,暂时未定?"

"末班车已经没有了哦。"

"啊,还有的吧。"

仙波笑了出来，她好像有些醉意了。

"难道这算是邀约吗？啊，是这样的邀约方式吗？这样的邀约方式能行得通吗？"

"谁知道呢，毕竟是第一次。"

"呜哇！这样的邀约方式简直太棒了！"

仙波骚动了一阵以后，带着忧郁的眼神说道：

"不过……还是算了吧。"

"讨厌我吗？"

"要是认真起来就麻烦了。"

仙波并未和我对视，没有对视反而昭示着今后的可能性。

我在仙波的目送下走出公寓，从四谷站乘坐电车回家。突然心血来潮在手机上搜索了一下，获得RAGE冠军的正是最强量产型选手——"啊啊啊啊"。

第十章　弟弟 2

今天是国定休息日。休息日我通常九点起床，平日里睡不好的忧郁在身体里充分消化产生气体，所以口气会变重——我不知道是不是有这样的说法，但我的休息日是从认真刷牙开始的。我用了牙线，不是常见的 Y 字形的那种，而是像鱼线一样卷起来的纯粹的线。先将其剪成足以在手掌上绕两圈的长度，然后在一只手的中指上绕三圈，在另一只手的中指上也绕三圈，这样就准备完成了。剩下的就是把牙线穿过牙缝使劲摩擦即可。待刷完所有牙缝之后，被牙线缠着的中指会充血并肿胀成暗紫色。取下牙线时可以感到温热的血液缓缓地流动起来，这才是生命本身。正因为血流停止了，所以流动的时候才会感到温暖，如果一直在流动的话，就不会意识到那份温暖。我们的心脏一次又一次地跳动着，而在那一次又一次的间隙之中，存在着没有心跳的瞬息，在那一瞬我们是死去的。正因为如此，我们才能真切地感受到自己还活着。

刷完牙后我从冰箱里拿出巴黎水喝。此处有一点建议，巴黎水的瓶子不能放在冰箱门上的格子里，因为开关门的震动会令碳酸排出，要把瓶子横躺着放在冰箱最深处才行。

摄入足量的碳酸之后，我坐在客厅的沙发上摆弄起了手机。我父母通常会出门或待在自己房间里，所以我可以独自占据巨大的L形沙发，头枕靠垫躺在上面，在交友平台上搜寻目标人妻。我的个人资料里写的是"请让我感受四五十岁成年人的性感"，所以很多看见一线希望的上了年纪的人会给我发来消息。

虽然有人会使用各种不同的平台，但我并没有那么精明，所以只注册一个平台，从两年前一直用到现在。

两年前，十六岁的我还在为十八岁以上才能使用交友平台而苦恼，有些可疑的平台没有年龄认证，但我还是想用安全且有人气的正规平台。

于是我的想法就是借用哥哥的驾照。当时哥哥已经死了，所以准许使用门槛很低，而且当时平台的认证比较宽松，只要看到名字和出生年月就行，可以把大头照遮起来。所以我只需把驾照不想被人看到的部分用笔记本的一角遮住，再用手机拍下哥哥的驾照就搞定了。

问题是授权登录。现在该交友平台可以用手机号注册登录，但在当时除了用其他社交网站的账号授权登录外没有其他办法，而且认证条件是好友达十人以上。当然了，我没有朋友，就算有，高中生也不怎么玩社交网站。

因此，我为了满足十个好友的条件，自导自演弄了十个账号，然后加成好友，顺利地完成了注册。

在接下来的两年里，我作为年付两万日元的付费计划的会员，不停地给运营商上供。因为说实话，免费会员几乎什么都做不了。尽管如此，女性似乎可以免费使用和男性付费版相同的功能，这是希望女性能多多注册交友平台吧。

我以仰卧或趴倒的姿势，一边尽量减轻手臂负担，一边快速浏览自己账号上的信息。在很早之前，我就几乎不主动寻找对象了，只是机械地处理对方发来的信息，当然基本上都是无效劳动。

目前我已跟四位人妻交换了联系方式，在彼此方便的时候见面，当然是为了那种行为。

这时手机的提示音响起，我换了个姿势，正好其中一人发来了信息。

是墨田汐。

我的脑海中浮现出了与她的丈夫在浴室里见面时的场景。

"我不是来要你还的，但是请告诉我，你为什么要偷？"

墨田汐发来的信息完全让人摸不着头脑，所以我也回了个不明所以的信息——

"是鲁邦式的吗？那家伙果真偷走了了不得的东西，是你的心对吧？"

"别开玩笑了，说正经的。"

"我偷了啥？"

"一万日元。"

"那我给你一万不就得了。"

"为什么偷？"

"用手偷的。"

"别开玩笑了。"

"哦那算了吧。在我看来是你在开玩笑，因为我根本没偷什么钱，就算真偷了，十倍奉还不就解决问题了。"

"都怪你……我的家庭……"

"莫非……我要被捅了？"

"怎么可能捅你！"

"那就冷静一下，找个安静点的公园，一边喂鸽子一边聊天吧。"

"确实，总有一天要见面的，到时候再解决吧。"

"啥时见面？"

"到时候再联系吧，我被监视了。"

谈话就此结束，我放弃向她介绍哥哥去过的医院。因为被出轨的丈夫会监视出轨的妻子，肯定是世间再寻常不过的事情。

我躺倒在沙发上，仰面望着天花板，顿感疲惫缠身。一想到接下来要和久门见面，就愈发累得不行。

第十一章 父亲 3

久门一身男孩子气的打扮，上身是蓝色牛仔外套，下身是非常合腿的黑色紧身裤，外加运动鞋。由于她原本个子高又是短发，所以远远看去很有可能被误认为男生。

我们在明大站前会合，从那里徒步前往花穗松原养老院。

"橙汁我带来喽。"

久门从包里拿出宝特瓶装的橙汁展示给我看。

"比自动贩卖机上的便宜哦。"

"吸管呢？"

"带了啊，没这点脑子是进不了东大的。"

"巧克力呢？"

"啊？干啥？"

"拿来喂狗好把它毒死。"

"……"

"骗你的，因为我想吃啦。"

"对不起，我不知道，现在就去做。"

"去做？"我重复了一遍。

"必须先从种可可树开始……"

"当真？"

"完全不。清家君就喜欢这样的对话吧。"

"你很懂嘛，我甚至想把你的尸体做成标本，装饰在客厅里哦。"

"你喜欢村上春树吗？"

"一般般吧。"

"伊坂幸太郎呢？"

"一般般吧。"

"喜欢的作家是？"

"我曾经被人这样问过，搞得像是通过这种问题就能把人看透似的。"

"哦，是拉面店的秘制面汤。"

"拉面店的秘制面汤？"

"秘制面汤的配方就是秘密，总觉得这里面用了什么厉害的材料对吧？可恰恰相反，根本就没用什么了不起的东西，压根没啥可隐瞒的。所以拉面店才把面汤说成秘制，以隐瞒它根本就没啥可隐瞒的事实。"

"原来如此，那我就告诉当事人咯。"

"别。"

"那就来个交换条件。"

"你看到千鸟格子是在一年级的白桦祭上。"

对话就此结束。固然有我们已经抵达养老院的理由，但更重要的原因是，我被那不同寻常的景象惊呆了。

平时空空荡荡的停车场上挤满了车，甚至因为空间不够，都停到了人行道上。

"怎么这么多人?"我目瞪口呆。

"你知道今天是什么日子吗?"

"你的忌日?"

"恭喜中大奖了。我会赏你一记巴掌当作奖品。"

走进养老院内部,大厅里人山人海,沙发几乎全被填满,全家出动的也为数不少,年幼的孩子们正精神抖擞地跑来跑去。

漱完口,洗完手,抹完酒精凝胶之后,把探视表交给工作人员,工作人员说今天是敬老日,来了很多家庭,可供闲聊的空间都被挤满了。我问他该怎么办,他说就去尧之先生房间吧,于是我们便去了祖父的房间。

这是一个朴素的房间,只有一张床和一套桌椅,除了一个小物件以外,屋内别无长物。

所谓的例外之物,指的是架子上的一个相框。里面是胤也、夕绮、终典、御锹、我,外加尧之的合照,大概是十多年前的吧。我看上去像是在读小学低年级。我们站在薰衣草田一样的地方,被大片的紫色包围着,大家都在笑。这应该是北海道旅行时的照片,记得是在富良野吧。能回忆起的唯有旅行的事实,但细节完全没有记忆。于是乎可以下个结论,没有什么比年幼时候的旅行更没意义的事了。

尧之躺在床上,但他并没有睡着。只见他睁着双眼,沼泽般的双眼里映着毫无情趣的天花板。

工作人员向祖父打了招呼,然后操作着床上的按键,电动床升了起来,尧之变成坐着的状态。

"爷爷您好。"久门问候道，那边当然全无反应，明知这事的我自然不会去打这种无谓的招呼。

久门拿出宝特瓶装的橙汁拧开瓶盖，将吸管插了进去，递到祖父嘴边。

祖父吸着橙汁，我期待他的眼睛能变清澈，意识能清醒起来——

可那双眼睛仍旧如沼泽般淤塞着。

"咦？"

久门在瓶中的橙汁减少到一半的时候，强行从祖父嘴里抽出了吸管。

我和久门面面相觑，即使不用交流也能知道，橙汁已经不起效了。

"可能产生耐药性了吧。"

工作人员见状开口说道：

"毒品之类的东西，起初少量服用就能起效，但随着耐药性增强，不增加剂量就不大有效果了。"

毒品一词用得很妙。

"怎么办？"久门说。

"怎么办呢？"我说。

"那就换个种类看看吧，"工作人员说，"即使对大麻产生了耐药性，如果换成兴奋剂的话，就可能没有耐药性了哦。"

"你对毒品非常了解嘛。"

久门锐利的目光投向工作人员，而工作人员的眼神显得有些疲惫。

"是很了解啊。不过毒品太贵了，我可买不起。所以我才会想象着炙烤大麻叶吸入烟气，把海洛因注射到胳膊的静脉里，和水吞服摇头丸，然后竭尽全力完成这项辛苦的工作。"

这是护理人员悲惨的现实，不过这些对我而言都无所谓。

我跟久门下到一楼，站在自动贩卖机前，在那边一瓶接一瓶购买饮料——咖啡、绿茶、碳酸饮料、乳酸菌饮料、运动饮料、能量饮料。

当我们回到尧之的房间时，我们所要做的是和红酒评鉴会一样，既不优雅也不奢华且毫无意义的工作。

拧开瓶子插上吸管，递到祖父嘴边，祖父仿佛自动机械一般吮着吸管。要是那沼泽般的眼睛毫无起色的话，就换下一瓶饮料。

变化发生在给他喝葡萄味芬达的时候，祖父吮吸管的力道明显变大了，身体中似乎充满了活力，就好像婴儿拼命地吸着母乳一般。随着时间的推移，祖父的眼睛逐渐明亮起来，当他喝完一整罐葡萄味芬达时，眼睛已经变得清澈如水了。

祖父眨了眨眼睛，认出了我们的脸。

"哦哦椿太郎，你来了啊。"

祖父握着久门的手，兴奋且笑逐颜开。

"爷爷，我是久门，椿太郎在这里。"

"哦哦，对不起。"

祖父握起了我的手，将他那干巴巴的皮肤触感传给了我。然后祖父的脸上泛起了悲伤。

"反正我也会忘了今天的事，对吧？"

"既然知道的话我就直说了吧，我想听的是关于第二次绑架的事情。"

祖父流露出死心的表情，尽管如此，他还是说了一句：

"话说葡萄味芬达的口感还真是从一开始就没变过呢。"

"这些怎样都好。"

祖父苦笑着，那是心如死灰的人才会有的绝望笑容。

"第一次绑架的一个月后，发生了第二次绑架。"

在此将祖父所述的内容和我之后去国会图书馆查阅的《周刊宝石》旧刊内容合并起来整理如下——

*

平成元年（一九八九年）八月十二日下午二点三十一分，警视厅通信指令本部接到了一个电话。

"我绑架了一个小孩，要是觉得我在骗人，就打电话到×××-×××-×××× 问问看吧。"

说完这句话，电话就挂断了。

此刻，接到通报的通信指令官脑海中浮现出如下疑问——

为何犯人要特地报警呢。

通常情况下难道不该叮嘱受害者不要报警吗？不过即使有了这样的疑问，接到绑架报案也是不争的事实，因此通信指令官拨打了疑似犯人的男子所说的电话号码进行确认。

当告知警方从犯人那里接到了孩子被绑架的报案，询问是否确有其事时，对方男性给出了肯定的答复。

"对，犯人打来电话说绑架了我儿子，如果想让他活着回去，就交一千万赎金。"

"他有没有叫你不要报警？"

"说了，所以我就没报。"

"关于为什么犯人会直接联络警方，你能想到些什么吗？"

"哦，大概因为我是这样回答的吧——"

男人的语气里完全没有紧迫感。

"我是不会付赎金的，要杀就随你好了。"

然后警方询问了受害者姓名住址等个人信息，并告知现在要前往家中进行调查。

就这样，绑架案得以确认，情报经由通信指令部直通出去的电话线，振响了警视厅特警队绑架案专用电话。

特警队接到电话后迅速展开了行动，几辆便衣警车鸣着刺耳的警笛朝目的地驶去。中途便衣警车分别去往不同方向，有的警车前往日本电信电话公司追踪电话，有的警车赶赴设置于调布市警署的指挥本部，还有一辆直奔受害者的家。开往受害者家的警车在接近目的地时，为了不被犯人发现，会关掉警笛继续前进。

到达受害者家后，警车停在了住宅区停车场非私人车位的地方，然后三名调查人员登上了受害者居住的富士见第一市营住宅C栋的楼梯。

调查人员各有分工，有的负责搬运必要器材，有的负责听受害者说话。

即使调查人员来了,父亲楠本旭仍旧一脸不耐烦地抽着烟,客厅里到处都是空啤酒瓶。

从事先得到的信息来看,父亲似乎并没有救出儿子的想法,这是令调查人员感到不安的地方。

"你儿子叫什么名字?"调查员问道。

"楠本朋昌。"

"年龄?"

"十四,初二。"

"在哪所学校就读?"

"啊,想不起来了,你们自己查吧。"

"你有你儿子的照片吗?"

"要是以前的可以的话。"

旭将摆在电视机上的相框递了过来,上面摄有一个举着剪刀手的少年,那张照片立刻通过传真发送到了调查人员手上。

"你最后一次见到你儿子是在什么时候?"

"差不多两年前吧。"

调查员一时语塞,大脑的认知和对方所说的话无法很好地联系在一起。经过一段时间的沉默之后——

"你是说他两年前就被绑架了?"

"不,是离家出走。"

"那就是你离家出走的儿子这次被绑架了吗?"

"就是这么回事。所以那家伙回不来也无所谓,因为他原本就不在这里。"

其他的搜查员正在搬运器材，有用纸片增加体积的假一千万日元钞票，还有自动录音机。

犯人再次打来电话，是在搜查员抵达这里两小时后。这时，侦查方已经准备就绪。

受害者楠本旭接起电话。

"喂？"

犯人没有回应，是无声电话。虽然意图不明，但可以争取到追踪的时间，所以这对侦查方来说正是求之不得的事态。

"是调布帕可的公用电话！"

调布帕可是今年新开业的时尚购物中心。

调查人员即刻展开了行动，待命的调查员们立即驱车前往调布帕可购物中心。

过了两分钟，犯人总算开了口：

"要是不利索点的话，你儿子就没命了。"

电话就这样挂断了，调查人员之间弥漫着紧张的气氛。然而当事人楠本旭却一脸无所谓地抽着烟。

调查员们联系了调布帕可购物中心的负责人，获取了调阅监控录像的许可。在监控室里观看了相应时间段的公共电话录像，录像里拍到了一名少年。

通过调取数个监控录像追踪少年的行踪，发现他正在七楼的一家餐厅里。

调查人员混在群众中间去了七楼餐厅，只见受害者楠本朋昌和疑似犯人的少年正相对而坐，调查人员首先包围了犯人以确保人质的安全，然后向受害者询问："你是楠本朋昌君吧？"只见朋昌一脸困惑地回答说"是的"。

就这样，嫌疑人和受害者都被控制住了，对两人的调查在调布市警署进行。

受害者楠本朋昌表示自己"完全不知道被绑架了"，他一脸呆呆的表情，看起来丝毫没有受到伤害。

另一边，嫌疑人一方却支支吾吾，问话艰难地继续着。

"朋昌和爸爸关系很紧张，所以我想要是绑架了朋昌的话，他爸爸就会回忆起对他的爱吧。"

犯人清家胤也是这样说的。

当时犯人清家胤也年仅十五，根据当时的法律，未满十六岁适用于少年法，所以不能问罪。

事实上，这虽是一起绑架案，但受害者并未受到任何伤害。再加上动机也非恶意，考虑到这些事实，这起绑架案便以给与犯人严重警告的方式结案了。

胤也被警察抓获的消息自然也传到了父亲尧之那里，当胤也耷拉着脑袋回家的时候，尧之只说了一句话——

"去吃点好吃的吧。"

他俩去了一家中华料理店，在那里吃了芙蓉蛋、鱼翅汤、麻婆豆腐以及炒饭。

两人沉默不语，尧之不知道该说些什么，最后只说了这样的话：

"你是有朋友的啊。我还以为你一直孤零零的，这样也算放心了呢。要是这次的事情真是为了朋友，那也没有办法，朋友可要好好珍惜哦。"

"嗯。"

胤也低头应了一句。

就这样，第一次作为受害者，第二次作为加害者的两次绑架宣告结束，清家一家又回归了日常生活。

第二天，不可思议的事情发生了。

尧之早上查看信箱的时候，发现里面有个信封，里面有一沓钞票。一数正好九十张，

那是一沓总计九十万日元的万元大钞，至于这九十万为何会在邮箱里，姑且可以给出这样的解释——

也就是说，犯人从第一次绑架夺走的一百万中，只抽取了十万，将余下的钱退了回来。

尧之也不明白为何会发生这种事，即便如此，他还是把这九十万当成了奇迹。

这样就可以送胤也上大学了。

*

所有的事情讲完之后，尧之的眼睛依旧是清澈的，葡萄味芬达的效力似乎还残留着。

"喂，椿太郎。"

尧之萎靡不振,他的声音里洋溢着对行将到来的精神死亡的恐惧。

"你今后还会来这里吗?"

"我想我可能一辈子都不会来了吧。"

"是吗,那也没办法啊。"

尧之仿佛预料到一半,淡然地接受了事实。这里我一时兴起地说了句:

"爷爷,反正你也会忘掉的吧,你想知道我们家现在变成怎样了吗?"

"当然想。"

"终典自杀了,御锹被人杀了。"

祖父的眼睛急遽退去了光芒,不久之后,两只沼泽般淤塞的眼睛就这样凝视着虚空。

但他还有反抗的能力,祖父的眼睛在临界点上又恢复了光亮。

"过去的事……就不提了。"

祖父的每一句话似乎都要耗费大量精力。

"就讲讲未来,讲讲我死后世界的事情吧……"

祖父拼命地反抗着,在逐渐淡薄的意识中,即使明知自己会遗忘,也不得不提出问题。

"椿太郎将来想成为什么呢?"

"雨。"

"雨?"

"嗯,从天而降的那种。"

祖父没问细节,只是慈祥地笑了笑,然后阖上了眼睛。

当眼睛再度睁开时,祖父的眼里已经黯然无光,那是宛如沼泽一般吞噬万物的无底幽暗。

我在祖父面前挥了挥手,他毫无反应。

入口大厅里有很多家庭正融洽地谈天,恐怕祖父也渴望看到这样的光景吧。我跟久门穿过了嘈杂的空间,离开了花穗松原养老院的大楼。

当我俩走在通往车站的路上时——

"为什么要说那样的话呢?"

久门似乎在跟我怄气,这种愤怒并未表现在声音上,而是体现在她粗暴地踏着地面的脚步上。

"哪样的话?"

"说你一辈子都不会来了什么的。"

"这是事实。"

"这不是很过分吗?"

"过分什么。"

"也给他多一点希望啊。"

"温柔的谎言和残酷的真相,你选哪个?"

久门并未回答这个问题,而是"啊"了一声,似乎想到了什么。

"对了,加缪的《局外人》我读过了哦。"

"觉得怎样?"

"老实说,我不懂为什么会有这么高的评价。"

"这是值得高兴的事情,能从不同的角度看出与他人不同的感受也是一桩好事。"

"不,其实我也能够想见,就是因为主人公莫尔索的人物塑造过于前卫,在母亲死后第二天和恋人一起玩耍,因为太阳太过晃眼而杀人,失去了和正常逻辑的一致性吧。"

"应该是吧,因为这个功绩,他还获得了诺贝尔文学奖。"

"但我并不认为莫尔索有多前卫,这是时代的原因吗?还有……"

"还有啥?"

"我是这样想的——有啊有啊!真有这样的家伙!"

"他在哪?"

"那家伙就在我的旁边,对我来讲莫尔索只不过是他的翻版,所以很难评价。"

"真想会会那个莫尔索。"

"喂清家,你愿意和我交往吗?"

这句话说得非常自然,自然得像清风吹拂花儿摇曳一样,所以我对这话的答复也跟一脚下去把花踩烂一般自然——

"温柔的谎言和残酷的真相,你选哪个?"

"温柔的真相。"

"我喜欢你这点。"

"喂,为什么我不行啊?"

"直截了当地说,是因为没有好处吧。"

"那么要是有好处的话,你就愿意和我交往咯?"

我考虑了一下，然后得出了结论——

"理论上是。"

久门的脚步变了，就似踩在云端上行走一般，轻快而不稳定。

当我看向她的脸时，她挤出哈姆太郎般的嘴形，以扬扬得意的笑容盯着我看。

第十二章　姐姐 3

久门在多摩中心站下了车，我并没有在这里下，而是在下一站——京王堀之内站下了车。那是距离姐姐的遇害现场——德拉吉工作室最近的车站。

刚刚对父亲进行了调查，下次对母亲的调查因而只能在工作日进行。哥哥的调查则需等待仙波的联络。这样的话，现在能做的就仅限于姐姐的调查。因此我为了调查姐姐的事去了德拉吉工作室。

进去之后，接待处除了店主以外一个人都没有。休息区的廉价圆椅上空空如也，房间角落里堆积如山的纸箱摇摇欲坠，着实令人不安。

店主立刻注意到了我，他似乎对我还有印象。

"清家君，你又来了啊。"

店主手里拿着没有连接放大器的电吉他，拨弄时会发出清脆的声音。

"莫非今天也是来调查吗？"

"嗯，要是能在方便的范围内跟我讲讲关于案子的情况，那就太感谢了。"

"我会把我知道的全都告诉你的。"

店主很是配合，倘若因为我是遇害姐姐的弟弟——如此悲剧色彩的设定让他对我抱有同情的话，那对于我来说就是不必要的同情。我真想把它分给别人，比如明明是强奸案的受害者，却在网上遭到攻讦的人。

店主出了接待处，朝这边走了过来，然后坐到了圆椅子上，示意我也坐下。

我们坐在廉价的圆椅上，面对面隔着一张斑斑驳驳的圆桌。

店主自称吉里昭一郎。

"说实话，会发生这样的凶案或许是我的错。"

话虽这么讲，可他的脸色并不阴沉，这表明他的话并不是真正的道歉，充其量只是打预防针的意思。

"事发当日是九月十日，星期一。那天我为了参加葬礼去了北海道，因为这样工作室就没法使用了，所以我留下了钥匙。我把钥匙藏进了门口侧边的砖缝里，然后告诉想进店的人用这把钥匙。"

"你经常藏钥匙吗？"

"没有，这是第一次。"

"知道钥匙藏在这里的人是谁？"

"那六个乐队成员。"

按吉里的说法，就是关口、下条、中谷、前田、塚本、清家。

"没有其他客人吗？"

"这六人签了年租合同，所以不一样，其他客人的话只要告诉他们当天因故歇业就好了。"

"也就是说，事发当天，只有这六个人可以自由出入这里是吧。"

"是这样，"然后他又补充说，"要是我没留下钥匙的话……"

"除了这六人之外，其他人有可能进入这里吗？"

"没有，虽说确实可以进到店里，但是想进工作室的单间还需要其他钥匙，而带着那把钥匙的就只有那六个人。"

"原来如此。换句话说，想进现场需要两把钥匙。"

"就是这么回事。"

"不过也有这种可能性吧。受害者御锹带着两把钥匙进了工作室的单间，然后她喊来了成员以外的其他人，那人通过了两扇已经打开的门来到现场，然后开始行凶。"

"这也不对，因为尸体被发现时现场是上锁的，御锹的钥匙就在室内。"

"原来是密室啊。也就是说，凶手没有单间的钥匙，出了现场就不能上锁了。"

"就是这样。"

"不对，不也可以这样吗？就是那种常见的诡计，凶手在现场外将门锁上后，再用线把钥匙送到里面。"

"那也没可能。工作室是完全隔音的，门上一点缝隙都没有，就算受害者再怎么哭喊，声音也不会漏出去。"

"那么是不是在凶手离开后，御锹用最后的力气自己锁上了门呢？"

"那也不行啊。御锹被发现的时候是被钉在十字架上的，在这种状态下不可能自己锁门吧。"

"除了入口以外，还有什么别的办法能进这栋房子吗？"

"没有。"

"比如说爬窗进去。"

"这栋房子没窗。"

"有密道之类的吗？"

"怎么可能啊。"

"那么根据以上事实，我已经判明了推理的重要前提。"

我正了正姿势，然后一脸严肃地宣告道：

"有作案可能的就只有乐队的五个人。"

吉里露出了失落的表情。

"果然是这样啊，虽然不愿意相信。"

"好，我想从这里开始追查真凶的真身，提示是——"

"那是……"

"十字架。"

听到我这句话，吉里并没有露出意外的表情，反倒是一副恍然大悟的样子。

"确实呢，或许可以从十字架上找出凶手。"

"很难想象那个巨大的十字架是从外边带进来的，这种尺寸难以隐藏，万一被人看到就出局了。所以这个十字架应该原本就是在工作室里的吧。"

"没错。"

"关于十字架你有什么情报吗？"

"用来制作十字架的木材是我私下买来DIY用的，九月三日纳入了仓库。"

"也就是说，十字架是在九月三日以后被做出来的吧。"

"所以要是你想知道到底是哪个家伙做了十字架，就只需查看九月三日以后工作室的出入情况就可以了。而且仓库设在地下，所以一楼的出入情况不用管，只看地下的就行。"

吉里拿来了放在接待处的笔记本，那里写着一周内地下工作室的出入情况。

9/3（星期一）：清家，关口

9/4（星期二）：前田（蟑螂）

9/5（星期三）：清家，前田

9/6（星期四）：清家，关口，下条，前田，中谷，塚本（地毯）

9/7（星期五）：清家，下条

9/8（星期六）：清家，关口，中谷，前田，下条（地毯）

9/9（星期日）：前田

"除了这六个乐队成员，还有人去过地下吗？"

"地下是包租的工作室，还有一组人包年租了另一间地下工作室。不过他们利用大学暑假环球旅行去了，所以这段时间没有出入。"

"这个蟑螂是什么？"

"蟑螂啊，就是前田那个家伙大呼小叫说有蟑螂的那天。"

"地毯又是什么？"

"那是铺地毯的日子和收地毯的日子。"

"铺过地毯吗？"

"是啊，我在他们租的工作室里铺了地毯，他们一帮人突然买了地毯要我帮忙，所以我也参与铺了。"

"为什么刚铺好又马上拿掉了？"

"他们说是果然还是没有比较好，真是够蠢的。铺地毯的时候把工作室里的东西搬出去再搬进来花了一个小时，收地毯的时候把工作室里的东西搬出去再搬进来又花了一个小时，蠢到家了。"

"不是挺好的吗？有种青春的感觉。"

"哪有？"

"存放木材的仓库所有人都能自由进出吗？"

"嗯嗯，没有特地锁门。"

"能参观一下仓库吗？"

"当然可以。"

仓库在地下走廊的最深处，里面摆了很多木材，还放置着用于加工木材的各种工具。我摸了其中一根木材，确认其触感。

"这些就是做十字架用的木材吗？"

"嗯。"

如此大量的木材，看起来都是统一的规格。

"看起来都一样大啊。"

"是啊，全都一样的。"

往立起来的木材边上一站，比我的身高还高。

"什么规格？"

"1×4 的板总长 6 英尺。"

"能换算成米吗?"

吉里拿出手机帮我查了一下。

"长约1829毫米,厚19毫米,宽89毫米。"

"我可以借用一下这把卷尺吗?"

我指了指架子上放着的卷尺。

"请便,不过你要用来做什么呢?"

我先将一块木头斜靠在墙上,然后把卷尺拉长,测量出距离地面一米六五的位置,用手指压住代替标记,然后在一米六五的位置上交叉叠放了另一根木材。

就这样,跟存放在警方的证物保管室里一模一样的十字架就完成了。

"这就是跟案发现场的十字架一样的东西,觉不觉得有哪里不对呢?"

"确实有些不对劲呢,感觉头的部分太短了。"

"这让我联想到了埃及十字架。"

"这是什么?"

"有这样一本小说,作中将没有头的十字架称作埃及十字架。"

"那玩意儿和这次的案子有什么关系?"

"天晓得。"

我拆掉十字架,将木材放回原位,然后在仓库里踱来踱去。

仓库里看起来就只有木材和工具,不过角落里还有一块卷起来的布。

"这是啥?"

"这就是那块地毯。"

吉里拍了拍那卷地毯。

"花了不少钱买的，太浪费了。"

我也拍了拍卷起来的地毯，那是一块绒毛很长颜色黯淡的普通地毯。

"事发之前，有没有什么不自然的事情呢？"

"没啥。"

就在这时，远处传来"喂"的一声，于是我们出了仓库，走上楼梯。

那里站着前田，他穿着正式的西装。

"也太疏忽大意了吧，"前田露出了责备的表情，"照刚刚那副样子，想要什么都可以随便偷了。"

"前田同学，你来得正好，能跟我说说案子的事吗？"

听我这么一讲，前田露出了阴沉的表情。

"我想练习，没工夫在这陪你。"

"请跟我说说乐队的人际关系吧。"

我自作主张地开始提问，前田挠了挠头，无可奈何地回答道：

"都是杂音。"

然后他接着说：

"音乐不需要那种东西。"

最后又加了句：

"我们只追求音乐。"

直觉告诉我问这个人有关人际关系的问题是没有用的，即便如此,直觉也经常会跑偏,所以我决定继续下去。

"有谁对谁心怀怨恨吗?"

前田没有回答,而是深深地吐了口气。

"我没有喘息的工夫,必须全力奔跑,直到站到武道馆的舞台上为止。我才不管什么案子。"

正当我沉吟不语,手里的笔记本和自动铅笔在空中停滞不动的时候——

尖叫声响了起来。

只见前田抱着脑袋缩成一团。

"喂,怎么了?"吉里揉着他的背问,"有蟑螂吗?"

前田喘着粗气。

"别把这东西——"他敲着廉价的圆椅子喊,"对着我!"

他气喘吁吁地指着我,我一时间不明白什么意思。过了一会儿,才意识到手里正拿着自动铅笔。

于是我将自动铅笔收进了口袋里。

前田正了正姿势,似乎恢复了平静。

"到底怎么了?"吉里很是困惑。

"我受不了尖的东西,"前田稍稍调整了一下呼吸,恨恨地看着,"所以别在我面前拿着这种玩意儿。"

"抱歉,"我先道了句歉,然后小心翼翼地问,"你这是尖端恐惧症吗?"

"非要我给这难以忍受的心情起个名字的话,那就是'真想把你连人带笔一起砸烂'!"

"真对不起。"

"没事。比起这个,我想开始练习,你还有什么问题吗?"

"没了。"

于是对话就此结束,前田走下通往地下室的楼梯,在沁满姐姐尸臭的3米×3米×3米的立方体中奏响音乐一定很美吧,可惜那里并没有观众。

我和吉里被留在了休息区。

"真是的,清家君也真是不幸啊。要是警察能及时抓住凶手就好了。"

"是啊,这样的话我也不用搞这种调查了。"

"你爸爸也来过这呢。"

这是我头一回听说这事,所以一下子来了兴致。

"我爸?"

"说是信不过警察,所以亲自跑来调查。不愧是父子啊。"

"我爸说了什么吗?"

"没。我告诉他的也和今天跟你讲的一样,对凶手是谁并没什么特别的想法。"

"是吗。"

"清家君有什么发现吗?"

"不,没啥。"

"啊呀!"

这时吉里想起了什么,突然怪叫了一声。

"对了,我有样东西要交给你。"

吉里进到接待处内部，不多时，他手里拿着什么东西回来了。

那是一只牡鹿的工艺品。

"这是御锹的私人物品，是从警察那里还回来的，我觉得应该把它交给家属。"

我接过了那只牡鹿的工艺品。鹿角的部分摇摇晃晃，试着拔出了角，里面出现了一把尖嘴钳。尖嘴钳的柄是角，底座则是牡鹿的头，真是有趣的设计。

"这个在乐队里被称作守护神哦。"

"守护神？"

"哈利·波特的守护神就是牡鹿，守护神咒，你知道吗？"

"我知道。这就是守护神吗？"

"乐队里的大家都很崇拜这个守护神，它就在放大器上的伪神龛上守护着练习的大家，就像是吉祥物一样。"

"尖嘴钳是拿来干什么的？"

"调整吉他弦之类的，相当重要呢。"

"那就请乐队的各位继续使用吧。"

我把牡鹿还给吉里，吉里小心翼翼地接了过来。

"可以吗？这原本是你父亲送给女儿的礼物，是重要的纪念品呢。"

"比起这个，我有件事想问你。"

吉里直了直身子。

"姐姐的乐队叫什么名字？"

吉里放松下来，然后回答道：

"钻心咒①。"

这就是钉十字架之咒。

*

家门口停着一辆警车,我满怀期待地踏进了穹顶状的完备要塞之中。

客厅里,父母和警察正在交谈。

"御锹的遗体还是不能还回来吗……"

母亲以卑屈的声音问道,眼神里却饱含着坚定的决心。

"对不起,还在调查中。"

警察一脸抱歉地回复着这般例行公事的话。

即使无法接受这样例行公事的措辞,反抗也是不可能的。母亲脸色阴郁,或许是为了减压,她啃起了大拇指的指甲。

于是话题转移到了我身上。

"椿太郎,我们等你很久了。"

父亲向我招了招手,让我坐在 L 形沙发上。

等待着坐上沙发的我的,是放在乐高似的桌子上的一张纸条。

"这个家里住着恶魔。"

上面写着的是可爱的手书圆体字,纸面还带有横线,可以推测是从笔记本上剪下来的纸。它被装在带拉链的塑料袋里,小心

---

① 出自《哈利·波特》,三大不可饶恕咒之一,在日本有"磔の呪文(钉十字架之咒)"的别名。

收纳着以免沾上指纹和污渍。

"这就是放在御锹钱包里的遗书。"警察是这样说的。

"椿太郎,你怎么看?"

父亲的言下之意我已然全盘领会了。

"这不是姐姐的字迹。"

听我这么一说,父亲就说果然是这样啊,母亲则说要是他俩都是这个意见的话,那就错不了了。

"这么说来,请等一下。"

我出了客厅,快步走上楼梯,刚进哥哥的房间,就拿起那本三分钟热度的日记本回来了。

我摊开日记本,放在乐高模样的桌子上。

我将那张纸条对准笔记本上被剪掉的部分。

两者完全吻合。

大家都很吃惊,每个人都在等待我的解释。

"这不是姐姐写的。"

我回答道。

"姐姐是把哥哥的日记剪了下来,然后放进钱包里了。"

——这个家里住着恶魔。

这不是姐姐说的,而是哥哥说的。

究竟是什么意思呢?

第十三章　母亲 3

已知可能的情况有二——

一、姐姐知道恶魔的情况。

二、姐姐不知道恶魔的情况。

让我们从第一条开始看，姐姐知道这个家里住着恶魔，这时，她发现哥哥的日记里也写了同样的事情，哥哥和自己想的一样。她对这件事产生了共鸣，这才小心翼翼地把它收在钱包里，借此怀念哥哥。

然后是第二个情况，姐姐不知道这个家里住着恶魔。在这样的情况下，从哥哥的日记中得知这个家里住着恶魔的事，她决心找出恶魔，并将此深藏心底，然后将纸条小心翼翼地放入钱包，以此当作教义。

目前我还没有答案，不过即使有了答案，也无法查明恶魔的身份。

于是在第二天清早，我切了些水果，装进密保诺的拉链袋里。

然后我联系学校说我发烧不能去上课，顺便还补充了句，要是烧退了的话或许还会去学校，这样就能给人一种努力的印象。事实上事情应该能在上午搞定。

骑自行车到多摩中心站坐上电车，在新宿站换乘，坐到霞关站下车，从那里一直走，在花岗岩上刻着的"检察厅"三个字前停下了脚步。

这是中央合同厅六号楼 B 栋，东京地方检察厅的大楼。

时间是八点五十分，时间正好。上网查了一下，申请时间是在八点半到十五点半，没法等到放学后再来申请，因此我才不得已逃了学。

门口站着保安，我的深褐色西装夹克明显和现场格格不入，所以当我走向门口时，自然而然地被叫住了。

"对不起，请问有什么事？"

"我是来申请阅览刑事案卷的。"

由于我的语调非常流利，保安虽然对那个西装夹克抱有不信任感，但还是把我放进去了。

一进去就是森严的戒备，由于是罪犯送检的地方，所以也算理所应当的吧。穿过金属探测器的门，对随身物品进行 X 光检查，甚至还进行了搜身，完成后才得以进到里面。

看了下指示牌，记录管理科好像在三楼，所以我便乘电梯上了三楼。

我站在记录管理科的窗口前，跟一位女性事务官搭话道："我想阅览刑事案件的记录。"

女性一脸提不起劲的态度，而且似乎丝毫没有掩饰的意思。

"是什么时候的案件？"

"三十年前。"

"不好意思，不能阅览判决后三年以上的记录。"

"那是诉讼记录的情况吧。"

女性眯起眼睛盯着我看，是想判断我到底是可爱的小动物还是肉食动物吧。

"我想看的是判决书，判决书应该不在那个规定里。"

"那个……确实是这样呢。"女性支支吾吾地说道。

"就算真想看诉讼记录，我想看的记录的保存期应该是五年或八年，所以大概已经销毁了吧。"

事前上网调查是有价值的。发觉我具备专业知识后，女性的态度就不一样了。

"知道了，那边有登记用的文件，请填上必要事项后拿过来。"

我在登记台上开始填写文件。首先填写好申请人的住址、职业、姓名、年龄、电话号码并盖章，然后填上受审人的姓名，到这里为止都很顺利。

问题出在下面——罪名，因为我不知道，所以留空。

然后是一审判决的年月日和法院名称。我不知道年月日，但知道是哪里的法院。因为是涩谷的案子，所以写成东京地方法院就可以了。应该没有二审和终审吧，因此该栏留空。确定的年月日，即判刑的日期，这个我也不清楚，因此仍旧留空。

申请阅览记录有三种类型，必须选择其中一个分类。

1. 关于被告案件的诉讼记录（2除外）

2. 关于被告案件的判决书

3. 其他

这次我要看的是判决书，所以在"2"上画了圈。

接下来是阅览目的，这里填写因为该案牵涉到目前还未解决的杀人案。

申请人和被判决者的关系，这里填写儿子。

期望阅览的日期时间，我觉得反正也不能如我所愿，因此干脆填上了现在的时间，意思是希望能够立刻阅览。

然后我拿着到处都是扎眼天窗的申请书，再次去了窗口。

看到那些空栏，女事务官貌似很快活的样子。

"不好意思，不知道罪名的话就不能阅览记录。"

"我记得东京地方检察厅有个叫'东京地方检察厅计算机系统'的东西，只要知道姓名就可以检索。"

"……"

女人一脸怄气的表情，但还是很开心地笑着。

"你这条阅览目的，填的是牵涉到目前还未解决的杀人案，什么意思？"

"我就简单说明下吧，那个被谋杀的受害者就是我姐，遗书的内容是'这个家里住着恶魔'，说不准那个恶魔就是凶手。所以我现在正在调查我的家人，作为其中的一个环节，今天来这里申请阅览判决书。"

"啊，真不容易呢。"

"没法阅览吗？"

"你说的是三十年前的案子吧。这样的话，说不定判决书在第二十年的时候就被销毁了。"

"我觉得应该没问题，因为那种案子的保管期限应该是五十年。"

"是吗?"

"那可以阅览吗?"

"不行。"

我们就这样互瞪着。

"为什么?"

"原则上基本是不允许阅览的。"

"法律上应该是谁都能阅览的。"

"方针基本是不遵循法律的。"

"刚刚我录音了哦。"

"方针上基本是不给机会的。"

"那就例外给个吧。"

我没有录音,对方也没有给我阅览的意思。只要看双方恶作剧的表情就一目了然了。

"那就用游戏做个了结好了。"

事务官说道。

"我赢了你就把录音删掉,你赢了我就允许你看。"

"好吧。"

哪怕视线交错,也没有擦出火花,充其量也就是肥皂泡相撞而已。

"你知道接龙吗?"事务官说,"一般都知道吧。"

"不知道呢……的吧。"

"你这不是知道吗?"

"是要玩接龙游戏吗?"

"NO。"

事务官以得意的表情盯着我看。

"逆接龙。"

我脑子里浮现出了一个模糊的规则，但事务官的解释如下——

"接龙的话是最后一个字以'n'开头就是输了，而逆接龙的话最后一个字以'n'开头就算赢了①。"

"很单纯嘛。"

"那我先来，从哪里开始好呢……接龙的龙吧。"

"等等。"

事务官冷笑着，一副早已预料到我会这么说的表情。

而我想让那张脸彻底绷不住。

"请给我半个小时的时间。"

我说。

事务官的眼神就像黄梅天一般潮湿，被她的眼睛瞪着，感觉毛孔里都要长出黑色的霉斑了。

*

"那我先来吧，'龙女'，是我赢了。"

事务官用毫无感情的声音说道。获得胜利或许是获得空虚的

———————

① 日本接龙游戏的规则是接龙的词决不能以"ん（罗马音n）"结尾，这里为了方便理解，套用汉语拼音的框架对原内容做了部分改动。

最佳手段。

我们对视着,两边都是一副空虚的表情,这样的空虚巧妙地错开了矢量,即不会相撞,也不会相交。

"不好意思,是我赢咯。"

对方的动作瞬间停止,就像闭着眼睛在脑子里指挥着管弦乐团一样。

演出结束,眼睛睁开,姿势也改变了。

"如果这是真的,那将是历史性的壮举,因为逆接龙的先手胜率是百分之百。"

"你说你起头的词是'接龙的龙吧'。"

"是的,我是这么说的。"

"那么不用'ba'开头的话是违反规则的呢,'龙女'不是'long'开头的吗?"

现场鸦雀无声。过了片刻,事务官领悟到了其中的意思,抑制不住的笑声漏了出来。

"'接龙的龙吧'是什么?"

"是平安时代的和歌诗人哦。"

听到这个,事务官笑得更厉害了,语调也为之一变。

"'jie, long, de, long, ba'?"

联系上平安时代的话,她的语调跟竹取翁差不多。

"这种根本不存在的虚构人物可没法当作接龙里允许使用的词啊。"

我将手机摆在她面前,事务官看了看屏幕。

大坝决堤了。

事务官的笑声宛如洪水一般,并非压抑不住,而是任由其泛滥。

"介隆德隆巴,平安时代的和歌诗人,官位从五位下。"

事务官混杂着激烈的笑声念出了百科网站上的内容后,将手机还给了我。

"你就特地花半个小时建了个假词条?"

"说什么呢,写在百科网站词条上的只有真相。"

她的笑声打破了俗语里"笑门来福"的说法,简直就像灾难降临一样。

"算我输了。"

事务官搞不好会因为笑得太激烈而缩短寿命。

"我会遵守约定的。因为需要手续,所以三天之后可以阅览。"

*

好不容易来这一趟,于是我又步行去了国会图书馆查阅了《周刊宝石》旧刊的数字记录。我以平成元年八月为目标进行搜索,幸运的是上面确实刊登了父亲作为绑架犯的采访报道。标题是《中学生绑架中学生,横亘于社会的黑暗》,内容如前所述。唯一的有趣之处是,根据《少年法》应该保护父亲的隐私,可杂志上却刊登了父亲的照片,这是为了提高销量的策略吧,这样的手段正中我的下怀。照片是正面拍摄的证件照的形式,应该是从小学毕业纪念相册里照搬来的。

我用电脑模样的终端机发送了这篇文章的打印申请，然后在打印柜台支付了规定的费用，拿到了打印件。

*

回到学校打开鞋柜，里面有一封信。虽说是信，却没用信封，也不是信纸，只是写在废纸背面的垃圾。

"放学后，我在体育馆后面等你。"

我觉得这里面有情况。

特别是写在垃圾一样的纸上这点。如果是漂亮的信封里装着凯蒂猫图案的信纸的话，我大概会无视，直接撕个粉碎扔掉吧。

写下这段文字的人到底怀着怎样的情绪，我完全无法想象，期待漫无边际地膨胀着。

刚进教室就已经上课了，我借口说感冒迟到了，然后坐在了自己的位子上。时间是十二点十分，没多久课就上完了，到了午休时间。

午休时，当我在座位上吃水果的时候，感受到了身旁咄咄逼人的视线。

比留间凝视着我，或许是心理作用吧，那双眼睛看起来很是成熟。

"感冒不要紧吗？"

"喂，我想到了一个恐怖袭击的办法哦。比如我自己得了 SARS 之类的传染病，然后去了满员的演唱会，这样的话岂不是会造成很大的损害吗?"

"感冒是接触传播,只要不接触就没事哦。"

比留间用平静的声音安慰道,然后把自己的手放在了我的手上。

"碰到咯。"

比留间手掌的温度传了过来。

"感染完毕。"

比留间轻轻地吐了吐舌头。

这句话听起来像是任务完成时的提示音。但遗憾的是,该任务并没有完成,那是因为——

"其实感冒都是骗人的。"

"那你怎么迟到了?"

"我去了东京地方检察厅。"

"干啥?"

"比留间,去小卖部了。"

打断我们对话的是山田,她硬是把一脸依依不舍的比留间拽了出去。两人的身影消失在了教室外面。

就这样,我重新吃起了水果,今天是香蕉、草莓和甜瓜,吃完香蕉再吃草莓的话酸味会被放大,所以要先把草莓全部吃完,然后吃哈密瓜,最后是香蕉,就是这样的顺序。

*

然后期待已久的放学后终于到来了,我怀着激动的心情往体育馆后面走去。

　　与我的情绪形成鲜明对比的是，通往体育馆后面的路很是难走，阴森森的杂草疯长着，黏糊糊的泥土妨碍着脚步，校舍的阴影更是给空间染上了忧郁的色彩。

　　费了老大劲来到体育馆后面，信的主人已经站在墙边了。

　　站在那里的是山田。山田确认我的身影后，便从打发时间的手机屏幕上抬起脸来，她的脚步并没有动起来的迹象，只是被动地等我靠近。

　　我走上前，在山田跟前停下脚步，这时山田动了起来。

　　我跟山田的立场一下子互换了，变成我在墙壁一侧，山田在外侧。山田用双手撑住我的肩膀，墙壁那粗糙的质感压住了我的后背。

　　我心想校服要磨坏了，然后反射性地闭上眼睛。

　　睁开眼睛的时候，山田的手臂支在我的旁边，手掌拍上我脸旁的墙壁。

　　我俩近距离互相凝视着。

　　山田全身涨满了屈辱和羞耻，连脸也不例外，一副肌肉僵硬的表情，嘴唇不住地哆嗦着。

　　"请和我交往！"

　　山田的声音宛若溺水之人的求救一般。水面下的模糊呼叫和水面上的拼死呐喊混杂在了一起。

　　"我会付钱的，所以拜托你和我交往吧！"

　　我看到了山田长长的睫毛颤抖的样子。我伸出一根食指戳了戳她柔软的面颊，我期待能像针插进鼓鼓囊囊的气球里一样，山田的屈辱和羞耻会迸发出来，而实际上发生的仅仅只是柔软的脸颊微微凹陷罢了。

"别了吧。"

我再度用力按了按山田的脸颊，山田僵立了一会儿，然后敏捷地动了起来，像蟑螂一般沙沙后退着离开了我。

"我不需要钱。"

"为什么？"山田脱口而出。

我们隔着一定距离对峙着，我拍了拍背，掸掉了沾在身上的沙粒。

"我觉得接受比拒绝更痛苦。"

山田一脸不解的表情。

"山田同学，你不是讨厌我吗？其实你不是真心想跟我交往对吧？可看你这样的表情，好像铁了心要跟我交往？"

山田的表情变了，那是完全的厌恶。

"这么说来，你就是这种人啊。"

"顺便问一下，为什么你会想交往呢？"

"我认识的一个人喜欢你，可她有丈夫，明明有丈夫却想得到你。我绝不能让这种事发生，作为朋友，我必须阻止她。"

"友情可真不容易呢。我没有朋友，所以不大懂就是了。"

"也许这样还不够。到了那个时候，我已经做好了触摸你那做过全身脱毛的私处的觉悟。"

"之后要一起回去吗？"

"虽然不是本意。"

然后我们一起去往自行车停车场,在校门口道了别,临别时,山田瞪着我说:

"喂,你这长蛆的人。"

她边说边蹬起了自行车,后面的话是山田的背影小到一定程度时才说出来的——

"明天见。"

*

等待我回家的是能隔绝所有污秽的穹顶形圣域,当我穿过门,将手按在玄关的门板上的时候,我感到无与伦比的安全感正包裹着自己。

走进客厅,母亲正坐在 L 形沙发上,在盥洗室洗完手回来后,我感受到了母亲的视线,于是坐在了她的对面。

"那个……儿子上初中时候的教科书还在吗?"

"全都扔了。"

"这样啊。那就去买吧……"

"为什么?"

"儿子志愿的学校是哪里?"

"哪都行吧。实际上姐姐就是为了离家近才选了中央大学的。"

"那你也去中央大学吗?也要从家里上大学吗?"

"不,不是这个意思。为什么这么突然……"

"以你的学习能力，应该可以考早稻田和庆应大学的吧。"

"只是定个目标谁都可以吧。"

"要是考上了，你会一个人住在大学附近吗？"

"应该是吧，花两个小时上学那也太悲催了。"

"这样的话我会寂寞得不行啊。大儿子和女儿都不在了，就连最后一个小儿子也离开了，到底该怎么办呢？"

"这就像今世的别离一样，总有一天会见面的。"

"所以我也想上大学呢。"

"啥？"我丝毫不尊重对方的感受，只是将自己瞬间的思绪原封不动地说出口去。

"我和儿子去同一所大学，然后两个人住在一起，一起去上大学，要是胤也那边方便的话，我们三个人可以在大学那边再买一栋房子。"

母亲的模样就像做梦的少女，可是实际的外表却显现出了与四十出头相应的老态。这种少女和中年女性的差异，虽然谈不上怪诞，但用"稍显怪诞"一词表现应该很是贴切。

"可妈妈不是高中辍学了吗？考不上的吧。"

"是这个道理呢。要是考不上，我就不上大学了，那就专心搞搞卫生，做做饭，守着儿子租来的小房间吧。"

"……"

我觉得再说什么都没用了，所以就找了个适当的理由，说自己手机快没电了，然后从那里逃了出去。

看来姐姐的死对我家庭的侵蚀比想象中更严重。克服这种侵蚀作用的唯一方法或许就是破案,而我能做的事只有一件——找出潜藏在这个家里的恶魔,重新寻回幸福的家庭。

这时我的脑海里掠过一丝不安。

要是发觉原本视作家人的人物其实是恶魔,我的家反而会因此崩溃。

不对,我摇了摇头。说找出恶魔是用词不当,我实际上要做的是证明恶魔并不存在。

不对,我又摇了摇头。

我的内心深处希望恶魔是存在的,我憧憬家庭破溃,期待着这样的毁灭。这并非暧昧,而是坚定的理性。

第十四章　弟弟 3

午休时,我像往常一样从密保诺的拉链袋里拿水果吃,一旁的比留间跟我搭话说:

"喂清家,关于今天的英语课,我有些问题想问你。"

"佐藤不懂的,我也不懂。"

"叫我比留间。"

"佐藤同学,你剪刘海了吗?"

"讨厌,怎么会被你发现的。还有叫我比留间,你是不是一直盯着我看啊?"

这时有人来了,是山田。

比留间确认山田来了之后,补了一个抱歉的表情。

"对不起,我现在正向清家请教英语,所以不能去小卖部了。"

"清家,去小卖部了。"

比留间总共看了两眼,第一眼看向山田,第二眼看向我。

"我没啥可买的。"

"得了吧,快来。"

山田拽起我的胳膊就往前走去,我别无选择,只能跟着她。穿过走廊下了楼梯就到了小卖部。在排队的途中,我问了一句:

"这就是友情吗?"

"这就是友情哦。"

这是我们唯一的对话。

我什么都没买就回到教室，这时比留间已经不见了，而我装在密保诺拉链袋里的东西则被惨烈地压得稀碎。

芒果、猕猴桃和橙子像是混合颜料的调色盘一般搅出了乱七八糟的色彩。

"活该。"山田用手捂着嘴，发出了嫌恶的笑声。

幸运的是，塑料袋本身并没有破损，于是我得以正常地享用被压碎了的水果。口感像冰沙一样，还挺美味的。

手机收到通知是在我读英语参考书的时候。我的通信软件经过精心设置，不会收到没用的通知。所以刚刚推送的通知恐怕是要紧事。

从口袋里掏出手机一看，果真是重要内容。

"今天能见面吗？时间是五点，地点在荻洼站的招财猫KTV。"

是人妻墨田汐发来的消息。

*

我骑自行车到了八王子站，然后坐电车在荻洼站下车，进了堂吉诃德超市旁的大楼，上到四楼，卡拉OK店"招财猫"就在那里。

汐在前台，不知等了多久。她一副心神不定的样子，不过一看到我来了，就显而易见地露出了安心的表情。

汐在前台出示了会员证，报了房号。我们走下了画着猫脚印的台阶，穿过白晃晃的走廊，进了包厢。

包厢对两个人来讲实在有点大，汐一进来就关了包厢的灯，启动了镜面球，昏暗的房间被五颜六色的灯光照亮，闹腾得好像房顶上被泼了无数油漆一般。

我们相邻而坐，两人之间留了一个人的空。沉默了片刻之后，是汐先开的口：

"为什么要偷？"

"为了一万日元的事？要是不开玩笑认真回答的话，那我绝对没有偷。"

汐看着我，我看着汐，两人的视线交汇在一起。

"好吧，我信你。"

至少看她的表情是相信了我。

"不过我倒是不在乎你是不是真偷了。"

"是吗。"

"我家现在麻烦大了。"

"你今天就是跟我说这个的吧，如果你认为告诉我的话事情有希望解决，那就对我说吧。或者你只是想一吐为快，那也说出来好了。"

"这样的说话方式总觉得好怀念啊，有多久没见面了呢。"

"不管怎样，我都有义务听你说。"

"就在那天，就在你从我家逃走的那一天起，一切开始了。"

于是汐开始了讲述。

*

那天，墨田哲嗣因为同事轮班的关系，原本的工作日突然改为了不值班，因此猝不及防地回到家里，令椿太郎陷入了千方百计逃出浴室的窘境。

就在当天晚上——

"我的一万日元钞票不见了。"哲嗣说了这样的话。

哲嗣先把这事告诉了妻子汐，然后带着狐疑的表情更进一步问道：

"该不会是你偷了吧？"

汐立刻予以了否认。不过事后想想，要是当时谎称是自己偷的，就算蒙受了冤屈，事情也能平稳收场。

接着，哲嗣质问了女儿羽都子。

"是你偷的吗？"

羽都子一脸怨恨地否认了。

"怀疑我好过分啊，我怎么可能偷呢？"

然后三个人开始整理状况。

哲嗣前几天把换下的裤子放在了更衣室的洗衣篮里，把自用的钱包也一起放进去了。但是刚刚他确认了钱包，明明应该有三万日元钞票，却只剩了两万。

"我们家只有三个人，要是犯人不在这三人中的话，就不得不考虑有入侵者存在了。"

哲嗣的话让汐一下子明白过来，入侵者，她心中有了头绪。

那就是出轨对象清家椿太郎。

可这并不能说。

"除了我们三个，还有谁进过我们家吗？"

"昨天我把朋友带到家里来了。"羽都子答道。

"几个人？"

"一个。"

"那犯人就是这个人了。"

"啊，是不是太武断了？"

"羽都子，明天去学校找那家伙要回这一万吧。"

"真是艰巨的任务呢，报酬呢？"

"给你一成的回扣。"

"明白。"

第二天晚上，在吃晚餐的时候，哲嗣向羽都子伸出了手。

"一万拿来。"

"他没偷。"

片刻的沉默之后，哲嗣抬高了嗓门：

"排除了所有不可能的可能性后，犯人就只可能是那家伙了吧？"

"为了区区一千块就失去了友情，真是得不偿失。"

"羽都子，再给他一次机会，这是最后一次。要是那人不承认偷钱，就成刑事案件了，我马上去报警。"

"啊？那我的立场该怎么办呀？"

"怎样都好。"

"报酬呢?"

"两成的回扣。"

"明白。"

第二天晚上吃晚餐的时候,哲嗣又向羽都子伸出了手,他什么话都没说,就这样默默地伸出了手。

羽都子则默默地摇了摇头。

哲嗣深深地叹了口气。

"很遗憾,就目前的情况来看,本案将转为刑事案件。"

"啊?你当真吗?这样的话,我会急速跌落到学校阶级的最底层的。"

"羽都子,这就是所谓的正义。不管付出多大代价,正义都必须被贯彻。"

"不不,嘴里说着正义之类的漂亮话,结果还是舍不得那一万块钱吧。"

"不管怎么说,我现在就去找警察,只要调查一下指纹就行了。"

哲嗣出门后不久,就带着警察回了家,一个看起来像专家的人采集了家里人的指纹和浴室的指纹,然后就离开了。当然也没忘记把羽都子朋友的姓名和住址告诉了警方。

第二天晚上,警察来到家里报告调查结果。

"浴室里确实有一枚不属于你们一家的指纹。"

"果然呢。"哲嗣拍了拍手。

"但是你女儿朋友的指纹和对比结果并不一致。"

"为什么啊?"哲嗣又拍了拍手。

汐知道那个指纹的真身,可是绝不能透露。

星期天,丈夫下班后,一家三口都在家里,气氛却很是沉闷。

"绝对是羽都子的朋友干的……"哲嗣尚未认可警方的调查结果。

"为什么啊……"羽都子的声音也很疲惫,"正常想想,应该是谜之指纹的主人闯进了我们家,话说防盗没问题吧?"

"指纹应该是以前来家里的某个人的,和这次的案子没有关系,犯人果然就是你朋友,你朋友在没有留下指纹的情况下偷走了我的一万日元。"

"妈妈,你劝劝爸爸吧……"

"……"

汐一句话都说不出来。比起这个,她想起了别的事情。

直到最近她还相信,那天在浴室里,椿太郎成功地躲开了丈夫,丈夫没有发现汐的偷情行为,所以丈夫才没有发现偷走一万日元的犯人,这么想就说得通了。

但如果不是这样呢?要是丈夫早已在浴室里将椿太郎的脸清晰地烙印在眼睛里,然后假装没看到呢?

难不成是丈夫为了声讨汐的出轨,才故意如此重视这桩事的?

如果为了让她早点认罪,这才在暗中威胁的话……

汐吓得浑身发抖,可也不敢坦白出轨,她所能做的唯有眼睁睁地看着事态恶化。

事情发生在隔了一个假日的次周周二,汐从学校打来的电话中得知了这事。

据老师说,哲嗣在上课的时候闯入教室,逼着羽都子的朋友归还一万日元。

本来被警察抓进去也毫不奇怪,但考虑到他是学生的父亲,所以便以严重警告了事了。面对这份好意,汐也只能反反复复说着"对不起"。

那天哲嗣并没有回家,发来的短信上只写了一句"我要冷静一下"。所幸不用立刻见面,但汐还是不得不照顾憔悴的羽都子。

"啊啊……我的初中生活完蛋了……"

羽都子倒在沙发上,把脸埋进靠垫里,一个劲地扑腾着脚。

虽然她并没有哭,但是这般连哭都哭不出来的寂寞实在让人心痛。

因为自己的错,家庭闹得一地鸡毛,汐终于不得不正视这件事了。

必须将其了结才行。

*

"清家君,我知道你没有偷东西,大概是我老公并没被偷走什么,却假装钱被偷了,好把我逼上绝路。"

"你老公的职业是?"

"是救援队队员，怎么了？"

"你想多了吧。是你老公工作太过辛苦，连一万日元这种小事都不肯放过。"

"你是说我过虑了吗？"

"因为我并没有被你老公看到。"

"喂，我很在意啊，你到底是怎么藏起来的。"

"这些怎样都好吧。"

"我到底该怎么办？"

"痛苦最小的办法，就是扯个谎承认自己偷了那一万日元吧。"

"这是没亲眼见过现场的人不负责任的想法。丈夫对偷了那一万日元的犯人有着异样的敌视，要是我现在出头的话，造成的后果恐怕与出轨暴露没什么两样了。"

"对不起，我没实际见过，所以有了不负责任的想法。"

"喂，果然很奇怪啊。你没偷，我没偷，羽都子没偷，羽都子的朋友也没偷，到底是谁偷了那一万日元？"

"你为什么坚持说是被偷了呢？"

"还有别的答案吗？"

"有啊。首先我绝对没偷，你绝对没偷，羽都子的朋友绝对没偷，你老公也没假装被偷。那么，最后剩下的就只有一个人了。"

"……"

汐思考了一会儿，然后摇了摇头，像是要把这个念头甩掉似的。

"老公果然注意到了我在出轨，所以想把我逼到绝境吧。"

"那就干脆把出轨的事挑明了怎样。"

我是把这话当作黑色幽默说出来的,事实证明根本是自寻烦恼,因为汐一直在焦急地等着我说出这句话。

"喂,清家君,你能跟我一起去见我老公吗?"

她的表情非常认真,旋转的镜面球发出的五颜六色的光交替照着她那一本正经的脸。我们作为人类本该在认真地讨论事情,可看上去跟带有剧毒的五彩斑斓的青蛙鼓着鸣囊打鸣没什么两样。

所以尽管有些不审慎,我还是笑出了声。

"人家在讲正经话。"

"算了算了,冷静点吧。"

"你爱我的吧?"

"嗯,爱。"

"那跟我一起去见我老公吧。"

"为什么呢?"

"不说你也知道的吧?"

"不说是不会知道的,因为我们同为人类,却是不同的个体。"

"好吧,够了。"

汐站了起来。虽说那张脸上透露出了某种决心,但对于那种决心,我既不感兴趣,也不想承担责任。

我们不交一言便出了卡拉OK店,还不交一言地踏上了各自回家的路。

第十五章　哥哥 3

很久以前，我们家养了一只名叫琳丽的猫，是品种为曼切堪猫的短脚猫，哥哥非常疼爱它，可以说是几近溺爱了吧。与他形成鲜明对比的是姐姐，姐姐会买高级罐头回来想方设法讨琳丽的欢心，但不知为何，只要姐姐一靠近，琳丽就会迅速逃之夭夭。

某日，这样的琳丽突然在家里失去了踪影，全家总动员搜遍了整栋房子都没找到。这样就只能认为它逃出去了吧，琳丽从来都没离开过家，大家都很担心她是否能在外界好好生存。我提出买只新的回来不就行了，遗憾的是没有得到任何人赞同。从那以后，猫就从我们家消失了。

我现在想到的是，是不是从琳丽消失的那一刻起，哥哥就萌生了自杀的念头呢？当然，这完全是想象，和推理沾不上边。只是总会有那样的预感。

因此我来到了吉祥寺站。回家之前收到来自仙波的消息真是太幸运了，多亏了这样，我才没有走冤枉路，只需从荻洼近距离移动到吉祥寺就可以了。

仙波是个能干的人才，她在网上跟哥哥的前同学进行了接触，并成功预约到了采访。

我很快就找到了仙波的身影，在吉祥寺站内，要是有人把衬衣塞进裤子里，还用吊带吊着，那就一定是仙波。

互相确认到对方后，我俩出了车站，往成蹊大学那边走去。

"突然联系你真是不好意思。"

"不，时机正好。刚刚我还在获洼呢。"

"做啥？"

"和人妻幽会。"

"喂，现在我可以披露一个有些失礼的推理吗？"

"仙波小姐，之前我就在想，以对方给出肯定回答为前提的提问不叫提问，而叫命令。"

"所谓的时机正好，就是指和人妻之间的气氛相当险恶吧。"

"被说中了，我无话可说。"

"放在小说里的话，你这不该是对话而是旁白吧。"

"如果你这样刁难我，我也有个主意。我现在就要问你一个失礼的问题，这是哪怕你拒绝回答，我也要问的失礼问题。"

"可我没有回答的义务哦。"

"你为什么和你老公分居？"

"来这个吗？"

仙波沉默了片刻，在等信号灯的时候，她先说了句"可能跟椿太郎君想的完全不一样呢"，然后接着讲道：

"虽说是分居，不过结婚之初就不是同居，从一开始就分居了。"

"明明结婚了，却从一开始就是分居的吗？"

"是我老公价值观的问题。"

"也就是说，这不是仙波价值观的问题咯？"

"我老公是这样说的,爱情的对象和性欲的对象是不一样的。"

"哦豁,总觉得预料到了呢。"

"我老公对结婚对象的要求是,长相怎么样都无所谓,总之要性格很好的人,而老公对性行为对象的要求是,性格怎么样都无所谓,总之要长得好看的人。"

"真有趣呢。这是像我这样的第三方才能说的话,仙波小姐这样讲没问题吗?"

"我长得不好看吗?"

"这是角度问题。"

"喂,你这是在夸我,还是在嘲笑我呢?快回答我,要是回答得不好,我是不会手下留情的哦。"

"那我就不回答了吧。"

"嗯,不过很遗憾,虽说有些奇怪,但我跟老公的关系还算不错。听说我在分居,你是不是有什么期待啊?很遗憾,你没有趁虚而入的机会。"

"不,知道你有个幸福的家庭我就放心了。"

"哦,这样吗。你根本就不在乎我是吧?全是我自我意识过剩咯?"

"倒也不是那样。"

"那是怎么回事?"

"今天要去见的是个什么样的人呢?"

仙波斜眼瞪着我,过了一会儿才回答说:

"是小池始丞大一时的同级生,管弦乐社团的成员,现在是大四生，求职已经结束，只剩完成毕业论文了。"

"为什么要去采访？"

"这才是核心啊，抓得太准了。椿太郎君，对不起，我先道个歉。"

"道歉后再打人能获得减刑吗？"

"记忆是不确定的，易于改变，具有可塑性，就像锡纸一样。一旦团成一团，就再也回不到原来的样子了。"

"你想不起来了吗？"

"细节。"

"哦，这我就放心了。细节什么都无所谓，我只需要知道主线。"

"那就不好玩了啊，只讲主线的故事是不是太无聊了呢？"

"没那回事，我看推理小说就只在泄底网站上确认反转，还是看得挺开心的哦。"

"哇，这是亵渎。"

就在我们交谈的时候，哥哥只上过一年多一点的母校——成蹊大学映入了眼帘。

*

暑假似乎结束了，一个专为学生准备的名为特鲁斯康花园的休息区就是见面地点。自助餐厅据说是从美国的特鲁斯康工厂搬迁而来，宽敞而明亮，洋溢着学生们的活力。

在蜂巢一般开了洞的椅子上，我们面对面落了座。一边是我和仙波，另一边是与哥哥相识的一个男生。

"清家终典是个怎么样的人呢？"

仙波问道。男生将视线投向了远方，像在追思往昔。

"喜欢的歌手是初音未来，非常讨厌麦当劳的汉堡，把乳酸冰淇淋叫作色拉油块，喷着宝格丽香水，在网上非法下载色情游戏，就是这样的家伙。"

"有什么特别的回忆吗？"

"嗯，有啊。那家伙没拿到驾照，因为和教练吵了一架，所以就不去驾校了。说难听点，驾照这种东西，即使是那种小混混，只要付了钱就能拿到。这种谁都能做到的事，有人却做不到，这对我来说是个莫大的冲击。"

"清家终典在社团内有着怎样的评价？"

"总之就是爱迟到，迟到得也太多了。连要紧的演奏会都要迟到，实在感觉不大好。"

"清家终典惹人讨厌吗？"

"不，倒不如说挺招人喜欢的吧，因为他很有趣。大概放到RPG游戏里也是地位极端突出的吧。那个家伙现在怎么样了？"

这个时候，仙波应该是准备好了虚假的解释，然而——

"死了，自杀的。"

我这样说道。

那个男生吃了一惊，然后失落地低下了头。

"是上吊吗？还是跳楼，跳轨？"

"是跳轨。"

哥哥遗体被快速列车碾得四分五裂，当殡葬公司的人提议付费修复他的脸时，我觉得太破费了，但父母当即决定给遗体化妆。

"那损失赔偿可了不得啊。"

"没，铁路公司出于好意并没有来索赔。毕竟要让自杀者的家属赔偿损失，对于人类来说还是太冷漠了。"

"是吗？也算听到了一个好消息，可以作为今后的参考。"

男生说了些摸不着头脑的话，我和仙波都佯装没有听见。

在男生离开后的特鲁斯康花园里，我和仙波相对而坐。我们从一旁的便利店买了饮料，仙波喝的是刚煮好的咖啡，而我喝的是绿色瓶装的巴黎水。

"我要接着讲上次的故事了——"

仙波开口道：

"说实话，内容相当简略，你要做好心理准备。"

"没事，简单最好，大不兼小是我的信条。"

就这样，仙波的讲解开始了。

*

故事是从间宫自杀开始的，她从学校楼顶上跳下，命丧当场。虽然警察将其作为自杀处理，但小池无法接受。因为间宫是杀人的一方，而不是自杀的一方。

然后是过去的回忆。

这里描绘的是间宫的累累恶行。贩毒、卖淫、杀人、强奸，间宫与每一桩坏事都有关联。每一桩坏事以及坏人的人际关系都有着细致的描述，但详细情况我已经不记得了，所以就略去吧。总之，这里描写了间宫是一个非常邪恶的人。

之后回忆结束，回到现在的时间线。

小池决定亲自探明间宫的死亡。从这里开始，随着小池调查的推进，描写了他与各种各样的人的因缘际会。不过这里我几乎都忘光了，所以就省略吧。故事的进展是在他遇到间宫中学时代同学的时候。

间宫的中学同学说了些惊人的话。据说间宫在初中时代曾遭到过欺凌。间宫原本就读于神奈川的初中，后来特地去了东京的高中。间宫的同学指出，这有可能是为了掩盖遭人欺凌的过去。

小池错愕不已，那个邪恶的化身——间宫令矛曾被人欺凌过，这样的光景仿佛十一次元空间，抗拒了一切想象。

那个同学还吐露了惊人之语，间宫遭到欺凌并非运气不好偶然被当作目标，而是必然的。

间宫时常会说些不知趣的话，比如朋友们在说"那首歌真不错"的时候，她会从旁边一本正经地插一句："不，那是垃圾。"

这般不知趣发展成被欺凌是必然的事，然而间宫并没有改变她的态度，无论被绊倒，被无视，还是桌子被乱涂乱画，间宫都顽固地坚持着她那毫不知趣的做派。

间宫的同学只是含糊其辞地说了一部分，不管看起来欺凌的行为已经升级到强奸的地步。

对小池而言，如此惨剧和间宫的形象毫不相干。因为欺凌的是间宫一方，强奸的是间宫一方，杀人的也是间宫一方。

要说这样的间宫是在高中初次亮相，未免太戏剧性了。间宫的蜕变，不像是受虐的一方到施虐的一方的人格变化。初中时被欺负的间宫，高中时欺负人的间宫，还有自杀的间宫，这三个间宫不都是按照同样的原理运作的吗？这就是小池现阶段提出的假设，只是具体是怎么回事尚不清楚。

*

仙波将便利店的咖啡纸杯翻转过来，毫无保留地品尝完最后一滴。

"椿太郎君。"

"嗯。"

"下回是我们最后一次见面了。"

"嗯。"

仙波投来不满的眼神，她一边品味着咖啡的余香，一边品味着沉默。

"你这反应有点冷淡哦，要表现得更寂寞点才好嘛。"

"我家养的猫不见的时候，我说再买一只不就得了，结果被骂了一顿。直至今日还是不大理解啊，米吃完了不就该买新的了吗？手机坏了不就该买新的了吗？和故人分手，再和新人相遇不就好了吗？"

"……"

仙波将手叉在一起，压在下巴底下，微微歪着头，斜着眼睛朝我看了过来。

"椿太郎君对哥哥的死亡是怎么想的呢？"

"哦，他死了啊——我就是这样想的。"

"不是这个意思。"

"那是什么意思？"

"你不觉得悲伤吗？"

"不悲伤。"

仙波揉了揉太阳穴，就像是把头痛从脑袋里抽离一般。

"这绝对不正常啊。"

"爱怎么说就怎么说吧。"

"能说说我的真实感想吗？你这家伙得赶紧想想办法……之类的。"

"但是不觉得悲伤这一事实在我身上不是绝对的吗？总不能把不悲伤的事实歪曲成悲伤吧？照这样下去，能做到的也就只有违背不悲伤的事实伪装很悲伤了，可这样做真的是正确的吗？真的是诚实的吗？"

仙波的表情变得越来越严肃，她以一定的节奏焦躁地叩着桌子。

"那你为什么不悲伤？"

"反过来问你一句，要是一个遥远的国家里死了个陌生人，你会感到悲伤吗？我想这是一个道理吧。"

"可哥哥是家人啊。"

"什么是家人？"

"是青色，那是我的发色从金变黑的时候，已经过去很久的时间线了。什么是家人？需要我给你个简单明了的结论吗？"

"务必说说。"

"家人是人生中唯一无法选择之物。"

一瞬间，仙波的样子看起来像是穿着特攻服抽着烟的金发不良少女，不过这样的幻视转瞬间就消失了。

"除此之外的一切，想选择就可以选择。"

我思考了下，名字想改就可以改，国籍想换就可以换，朋友，住址，职业，这些全都可以任由自己来选。

"听好了，家人是不能选择的。"

仙波蹙起了眉头，不知为何，她的眼眸上覆了一层薄薄的水膜。

"家人是自己身体的一部分，无论多么丑陋，多么脆弱，多么不想接受，家人就是自己身体的一部分。"

"这样的话，哥哥就是我剪掉的指甲，姐姐就是我全身脱掉的毛根。"

"……"

便利店的咖啡纸杯飞了过来，我用脸接住了它，看着咖啡的香气飘散在空气中。

仙波粗暴地站了起来，一言不发，转身离开了这里。我拾起掉在地板上的纸杯，扔进了指定的垃圾桶。

第十六章　父亲4

我坐在出租车上,兴奋地看着车高速运转——无论如何请快一点,我爸快要死了——我的这句话立刻就起了效果。出租车在道路上穿行,司机正通过妥善的驾驶迎接着日常生活中遇见的非日常。

至于为什么会出现这样的状况,时间可以追溯到上课的时候。

我正在上第二节国语课的时候,教室外传来了敲门声,老师走了进来。老师点了我的名字,让我带好所有东西去走廊上。我按照指示收拾好东西来到走廊上,老师对我说"你父亲好像病倒了"。据说是在办公室接到了母亲打来的电话,入院地点是东京医科大学医院,似乎在新宿。

就这样,我叫了出租车,让司机以最快的速度赶往父亲入住的医院。

出租车里我无事可做。我是个三半规管偏弱很容易晕车的人,所以即使坐在电车中也不大爱玩手机,更何况是在行驶的汽车里了。

实在没办法,只能听音乐了。我将极度卑劣少女的《两败俱伤又何妨》设为循环播放,闭上了眼睛,不知不觉就打起了瞌睡。

"到了。"

我被呼声叫醒了,于是付了一万多日元的车费,向司机致谢后走出车外。

好，进了医院固然挺顺利的，可我完全不知道父亲在哪儿。一进门就看到一个叫综合咨询台的地方，我向那边说明了情况，询问父亲在哪，那边告诉我父亲在一个叫急救中心的地方，要我办理探视申请。

在规定的地方办完探视申请后，从家属专用入口进了急救中心，父亲就躺在其中一张床上，母亲则坐在一旁的圆椅上，一副无所事事的样子。母亲看到我后，站起身子摇摇晃晃地走了过来。

"儿子啊，放心吧，胤也没事。"

我站在父亲的床边，父亲除了打点滴外并没有受到其他特殊处置，对于想象着呼吸机和心电图之类的我来讲，真是够扫兴的。

"爸爸为什么会病倒呢？"

我本想问父亲，可父亲眯着眼睛睡着了，医生代他回答道：

"这是过敏反应引发的休克。"

医生向我们说明了治疗的情况，由于父亲出现了呼吸困难的症状，怀疑是食物过敏导致的过敏性休克，在注射了肾上腺素后，症状有了好转。据说一直睡到了现在。

"听说他喝了星巴克的豆乳拿铁……"

母亲以一副难以置信的表情凝视着父亲的睡脸。

"这么说来，爸爸是对大豆过敏……"

"为什么会这样呢……"

这时，父亲的眼睑动了一下，然后懒洋洋地睁开了眼睛。

只见他的眼珠滴溜溜地转了几圈，确认到我们和医生的身影后，似乎理解了目前所处的状况。

"果然还是不行啊。"

"为什么你要做这种事！"

母亲带着一脸快要哭出来的表情，紧紧搂着父亲的胳膊。

"我觉得有一试的价值。"

父亲的声音始终万分冷静，那是以得救为前提说的话。也就是说，他不是母亲最担心的同时又说不出口的那种情况，他并未重蹈哥哥的覆辙。

父亲看着天花板，并不和我们对视。

"我大豆过敏发病是在六岁的时候，因为吃了立秋前日的大豆，全身出现了荨麻疹，被医院诊断为大豆过敏，从此我就不吃任何大豆制品了。可从那以后已经过了四十年，御锹也遇害了，尽是些不幸的事情。不过说不定我的过敏已经痊愈了，哪怕是这小小的幸福也是好事，我想到这里，决心赌一把。"

父亲自嘲地笑了笑。

"结果就成了这副样子。御锹遇害了，我的过敏也没治好，不幸还在延续呐。"

"可你不是得救了吗，已经很幸福了。"母亲擦了擦濡湿的眼睛。

"爸爸要是死了，葬礼可以跟姐姐一起办，能省下不少钱呢。"

"你还是老样子啊……"父亲的脸上写满了疲惫，"某种意义上我倒是安心了。反正我死以后，你一滴眼泪都不会掉的吧？现在这样也算是一桩快事。"

"感觉如何?"

"还行吧。"

之后跟医生商量了下,决定为了保险起见,今天一整天还是住在医院里,症状本身已经痊愈,明天就可以出院。

我和母亲走出急救中心,在医院的综合候诊大厅落了座。

"儿子,打车费多少?"

"一万。"

母亲从钱包里掏出两万日元钞票递给了我。

"我现在坐电车回去,儿子有什么打算呢?"

"现在回学校也几乎上不了课了,正好趁这个机会多待一会儿吧。"

"这样啊。"

于是我便跟母亲道了别,我在综合候诊室的椅子上启动了手机里的通信软件,跳出了早上收到显示已读的信息。

"如果有好处你就会和我交往的吧?放学后我会告诉你有什么好处,定个见面的地方呗。"

那是久门真圃的留言,对此我回信道:

"新宿见吧,哥斯拉电影院。"

*

电影是《我想吃掉你的胰脏》,看完电影后,我发觉自己很想吃胰脏,这真是一部让人胃口大开的好片子。

久门得知我早退后，似乎也决定早退。她跟我说看完电影的时候告诉她一声，于是我便发信息说看完了，在大厅碰头。

我很快就发现了久门的身影，因为她穿着的正是那件土得掉渣的千鸟格子背心。

时间是下午一点半，两人在电影院的大厅里重逢了。

久门的嘴变成了哈姆太郎的形状，满脸都是扬扬得意的笑容。

"喂，听了这个，你就只能跟我交往了，就算这样你也要听吗？"

"当然了。"

"前田宠物店。"

久门似乎觉得只凭这个就足以传达她的意思，闭上了嘴享受着沉默。这话我似乎在哪听过，随后记忆之线接续了起来——

"就是受绑架犯之命买了十条狗的店？"

"其实呢，这些都是我去那个地方问来的。"

据久门说，前田宠物店直至今日还在营业，当然外观也随着现代的潮流进行了更新。现在似乎是绑架案发生当时的店主的儿子继承了这家店。

"听店主说，绑架发生当年的前任店主已经过世了，但他手上有前任店主一天不落写的日记，所以我就让他拿给我看了。"

久门从包里拿出一张纸，在我面前晃了晃。

"想看吗？"

"当然了。"

"那就和我做爱吧。"

"好的。"

久门露出惊讶的眼神,仿佛在说没有比这更贵重的东西了。她一边改变着脸的角度,一边轻蔑地环视着我。

"这么轻易就 OK 了啊……你不是说不喜欢我吗?"

"没那回事,挺喜欢的。"

"那你为什么——"

"先去酒店吧。"

"哦,带路就交给我吧,新宿的话,我在《如龙》里已经跑了一百多个小时了,熟悉得很呢。"

我在久门的带领下来到了情人旅馆,毕竟我俩都年满十八了,所以不受风营法的影响。话虽如此,身穿校服去情人旅馆还是有被拒绝的可能性,所以我在手机上寻找无人值守的情人旅馆,找到一个叫做"XO 歌舞伎町"的地方,于是便决定去那里了。

无人值守的服务台上排列着房间的展示板,从中选取一个合适的按下按钮,小票就出来了。

我们坐电梯到了三楼,走进小票上标注的房间,一进去门就自动落锁,不结账就出不了房间。房间被暖色的灯光照亮,染成了橘黄色。

我们放下包坐在沙发上,沙发很窄,我们不得不紧紧依偎在一起。

"喂,正好有机会问你一下。"

"什什什,什么啊!"久门显然很紧张。

"我第一次看到千鸟格子背心是在什么时候?"

久门"啊"了一声,紧张感似乎缓和了下来。

"那是……"

*

那是高一那会儿,我坐在校舍外的角落浑身湿透,瑟瑟发抖的时候的事。

那天是白桦祭,大家都穿着班服T恤,我们班的T恤是把"卡路里伴侣"的商标改成"同窗伴侣"的T恤,大家的情绪都很高涨。唯独我的情绪低到了极点,那是因为我被人泼了水,用来吹泡泡的洗涤液夺走了我身上的热量,滑溜溜的白色泡沫从布料里渗了出来,就好像住在海里的妖怪为了不让身体干燥而从皮肤上喷出的黏液泡泡一样,恶心死了。什么狗屁同窗,不都是敌人吗?我无能为力地穿着透出内衣的"同窗伴侣"的T恤,逃也似的跑出校舍,坐在外面的角落里瑟瑟发抖。

然后遇到了一个路过的男生,那家伙穿着女装,是女生校服,大概是在班里表演节目女装跳舞吧。我不想让人看到那副悲惨的样子,就蜷着身子等那家伙快点过去,可那家伙就在我的跟前停下了脚步。

我不知道自己被做了什么,等回过神来的时候,我的T恤已经被脱掉了。我上半身只穿着内衣坐在那里,错愕得不行,就连大喊大叫或是暴跳如雷的选项都没想到,任由男生摆布。

男生把我的T恤放到我的手上,开始脱自己的千鸟格子背心,之后连衬衫也脱了。然后他将那件衬衫穿到了我的身上,再给我套上千鸟格子背心,最后从我手里夺过T恤,像拧抹布一样拧得紧紧的,挤掉里面的水分。但白色泡沫和潮气仍旧纠缠不休地留在上面,男生说了句"算了就这样吧",然后把那件又潮又冷的T恤穿在了自己赤裸的上半身上。

他指着我,确切地说,是指着我穿着的这身衣服。

"这个送你,不用还了。"

T恤对于男生而言尺码太小,连寸草不生的肚脐都没遮住。

"实际上男生的校服都是问女生借的,可谁也不肯把校服借我,所以没办法只得自己买了。也就是说,这是我的私人物品,我说不用还就不用还。"

男生就这样走了,而我的身体升腾起一股热气,这不是因为穿着暖和的衣服,而是自身体内部萌生的。

*

事一办完我就穿上了衣服,久门则盖着被子躺在床上,她的羞耻感似乎仍旧很强烈,拿被子遮住了半边脸,声音也变得含混不清。

"想看吗?日记。"

"当然了。"

久门呵呵地笑着,虽然只有眼睛露在外面窥视着我,但表情十分色。

"我说要做爱,可没说做完爱就给你看哦。"

"是吗,那我自己来吧。"

我在扔在地板上的久门校服的口袋里翻找了一通,从里面拿出一张纸,是张白纸。

"哼哼哼。"

久门超出必要限度的笑声在耳畔回响。

"想看吗?日记。"

"当然了。"

"那就发誓服从我吧。"

"具体是?"

"一,午饭一起吃;二,放学后一起学习;三,一周做爱三次以上;四,两人一起上东大,一直考考到合格为止;五,二十五岁就结婚,那时我是律师,你当医生也好顾问也好小白脸也好什么都行,我养你;六,生两个娃,从小学就上私立学校,公立学校多样性太丰富了所以不行;七,房子要租,自有房产只是资产贬值的垃圾;八,不能有银行存款,所有资产都用来投资,而且也不允许分散投资,要都集中在一个点上;九,绝对不允许出轨,如果发生那样的事,就以我的自杀结束;十,发誓以上全都做到,我就给你看日记。"

我站起来走到床边,随即爬上床骑在久门身上不让她逃跑,然后稍稍掀起被子,直到露出久门那光溜溜的脖子为止。

"比如在电车上遭遇色狼的时候,说色狼行为不对,不能有色狼什么的,这种话有什么意义?又或者因为黑心企业被逼到跳轨自杀的时候，说黑心企业不对，要消灭黑心企业，你觉得这么讲有什么意义？这都是机制的问题，当色狼不对，被逼到跳轨自杀不对，这个世界上有这样机制也不对。所以如果真心想阻止的话，光诉诸道德是没有用的，这样不行。我们应当改变机制才对，为了防止色狼出现而大力安装监控，为了防止跳轨而设置坚固的栅栏。"

我将手放在久门光滑溜溜的脖子上，没有使劲，就像将其包裹起来一般。

"杀人是不对的，但因此就让人别做，这样的道德诉求毫无意义。那是因为杀人在机制上是可行的。哪怕是五岁小孩，拿着手枪也能杀人，谁都可以杀人，机制就是如此。不管你怎么呼吁不要杀人，但既然有这样的机制，就没有人能阻止得了动真格的杀人。"

当久门不停地咳嗽时，我这才意识到自己的手不知何时已经在用力了。我一边说着对不起，一边卸下了手上的力，久门大口喘着气。

我抚摸着久门的面颊，上面湿湿的，像是吸附在手掌上一般回馈着弹力。

"我想看日记。"

"……在冰箱里。"

看来是在我淋浴的时候藏起来的，我按她的说法在冰箱里找了找，把混在饮料里的纸片取了出来。

是日记的复印件，上面是这样写的——

一九八九年七月二日。

店里来了个奇怪的客人,那个客人带来了十条流浪狗,对我说了这样的话——

我爸爸发神经了,说要拿一百万日元买十条狗回来,所以要是有个用一百万买十条狗的可疑客人来你店里的话,请代我将这十条流浪狗交给我爸,然后把那一百万还给我。

一九八九年七月四日。

要用一百万买十条狗的客人来了。虽说事前被告知过,但还是很吃惊。于是我按照吩咐给了他十条流浪狗,然后收了他一百万。

到了晚上,那位父亲的儿子来到店里,他想要回那一百万,所以我就把钱直接交给了他。

尽管如此,我还是觉得有些可疑,所以就偷偷拍了那位儿子的照片。要是和什么犯罪行为有关的话,我就把这张照片交给警察。

日记上贴着一张照片,而我认识照片里的人。

那是小时候的清家胤也。

我在国会图书馆的《周刊宝石》旧刊里见过第二次绑架的犯人照片,第二次的绑架犯和第一次的绑架犯长相是一样的。

"发现什么了吗?"

久门的声音没有一丝顾虑,就好像刚才无声的修罗场并未发生一样。

这样的反应不出我所料,那是因为久门被勒住脖子时的表情,相比起跟我办事时候还要热烈得多。

"这张照片上人的是胤也，第一次绑架的犯人也是胤也，胤也假装自己被绑架，然后从宠物店回收了那一百万，据为己有。"

"原来如此，自导自演，是冲着钱来的。"

"不对，其中九十万后来还回来了，这么想的话，那就不是冲钱来的。"

"难道和第二次绑架是一样的动机？当真？"

久门忘记自己是赤身裸体，就这样站了起来，露出了丰满的膨大之物。

"假装绑架是为了确认爸爸对自己的爱吗？"

"或许是因为第一次成功了，他才会觉得第二次也能成功。"

"但是但是但是！"

久门忘了自己一丝不挂，就这样走到了我的跟前。

"那他为什么私吞了十万呢？明明已经确认了爸爸的爱，自己却雁过拔毛地拿走了十万，这是单方面的爱啊。如果自己真的爱爸爸的话，就应该全部还回去呀。"

"好漂亮的身体呢。"

久门一时间僵在原地，然后随着"哇啊啊啊"的叫声跳上床，钻进了被子里。

为了窥探外面的情况，她将全身裹在被子里，只露出一双眼睛，简直就跟寄居蟹没两样。

"我们是在交往吧？"

"可以这么说吧。"

"到底怎样?"

"结婚的对象只有一个,不过交往的对象可以有好几个哦。"

唯一探在被子外面窥探着的眼睛缩了回去,钻进了壳里,壳的内部传来了含混不清的声音。

"就算这样我也不介意……"

随后她又补上了这么一句——

"不过其他人就不见得能够接受吧。"

"说起来,连我自己都觉得不好。"

"为什么?"

"久门将来想做什么?律师?"

"是啊。"

"要是能成就好了。"

我拾起久门散落在地板上的校服,放到了床上。久门只将手探出被子,像捕食一般将衣服拖了进去,然后一边蠕动一边换衣服,不久,被子里的蛹完成了羽化,一只千鸟格子的蝴蝶带着梦幻般的笑容站了起来。

第十七章　母亲 4

在厨房切好水果装入密保诺拉链袋里，搞定之后，准备也就完成了。

今天是星期五，我现在要翘课，去东京地方检察院阅览判决书。

我打电话给学校说感冒了要晚点上学，然后走到室外沐浴在明媚的阳光中，蹬上了自行车的踏板。

*

我斜眼望着花岗岩上刻着的"检察厅"字样，在入口被保安拦了下来，解释完造访的缘由后，被允许进入内部，正面突破了金属探测仪、随身行李检查和搜身三大关卡，乘电梯上三楼朝记录管理科走去。

当我来到记录管理科的窗口时，发现当班的正是之前的事务官。

"我是申请阅览判决书的清家。"

"好的，判决书已经准备好了，为了确认本人的身份，请出示身份证明和户籍誊本。"

我按她的吩咐从包里拿出作为身份证明的个人编号卡，户籍誊本和一百五十日元的印花税票,然后递给了她。

身份确认似乎结束了,事务官站起身,绕了一大圈从窗口里面来到我这边。

"我带你去阅览室。"

我们乘上电梯,事务官摁了四楼的按钮。

"不好意思,这里要是晚上也营业的话,你也不用翘课了。"

"这工作可真不错啊,能按时回家吗?"

"这是挖苦?"

"不是。只是我将来也想进这种地方工作。"

"欢迎欢迎,过几年请一定要来,给我一个惊喜吧。"

到了四楼可以看见几个玻璃房间,一个律师模样的人在打视频电话,大概是在跟被告人会面吧。那里的声音实在太吵,就连外面都能听得一清二楚。

我被带进了其中一间玻璃房间,文件已经摆在桌子上了,我进去坐到椅子上,阅读了那张薄薄的纸片。

"主文:判处被告人有期徒刑两个月。"

判决书仅有两张纸,这两张纸上记载着我想知道的一切。我用手机的相机拍摄了判决书,本以为会被阻拦,不过似乎并没什么问题,事务官只是在外面看着我。

我出了玻璃房间,事务官用温和的眼神注视着我。

"知道你想知道的事情了吗?"

"不。"

"哎呀,是吗?不好意思没帮上忙。"

"不对，不是这个意思。"

"那是什么意思呢？"

"我的意思是知道了不想知道的东西。"

事务官一时语塞，她将手放在嘴边，一脸糟了的表情。对此，我微微一笑，利用对方的破绽抛出了问题。

"温柔的谎言和残酷的真相，你会选择哪边？"

事务官的表情严肃起来。

"肯定是残酷的真相。"

这样的即时回答简直让人神清气爽，于是我也心情舒畅地回了一句：

"这里或许真能成为我未来的职场呢。"

事务官的表情变了，她露出浅浅的笑容，就像皮肤上覆盖了一层微量的爱意。

*

到达学校是在下午一点十五分，正值午休的正中间。因为时间可能不够，所以我一进教室就开始吃水果了。

"又是装病？"邻座的比留间朝我搭话道。

"这话也太过分了，什么叫又是装病，'又'是什么意思？搞得我好像是装病惯犯一样。"

"那么你是在装病吗？"

"这是我这辈子第二次装病。"

"太好了，我还很担心呢，担心你是不是感冒了。"

"清家，放学后一起学习吧。"

在背后拍了拍我肩膀的人正是山田。与此同时，比留间的表情阴沉了下来，不知道是不是察觉出了她的阴沉，山田又拍了拍比留间的肩膀。山田的天平在我跟比留间之间摇摆不定。

"比留间也要一起学习吗？"山田若无其事地说道。

比留间陷入了万般纠结，从她的表情就可以轻易地看出来。待她沉默了片刻之后——

"……要。"

她用平静而坚定的声音回答道。

放学后，同学们大都回家了，我们留在教室自习，此外也有学生选择在教室自习，再加上没留在教室而是去了二楼自习室自习的人，真不愧是应考生呢。

我跟山田和比留间一道坐在座位上，各学各的，彼此间没有交谈，一是交谈的话有可能会给其他自习者带来不便，二是我们周围笼罩着一层影影绰绰的尴尬气氛，哪怕是在不交谈就会死亡的游戏中，我们也会选择不交谈而死去。当然这么说可能有点言过其实。

三人排列的顺序是我坐在黑板跟前中间的位置，比留间在左，山田在右。这是我跟比留间坐在自己的座位上，山田坐在空出的位子上的形式。

"哇！"

响起了一记喊声，这声突如其来的狂叫大到足以在安静的教室里聚集起同学们的目光。

只见山田仰起脑袋捂着鼻子,在口袋里摸索着什么。

她拿出纸巾迅速卷成一团塞进了鼻子里,手上沾到了血。塞在鼻子的纸巾丑得要死,就像一朵开败的花。

"没事吧?流鼻血了?"比留间担心地问道。

"我去洗个手。"山田没和比留间照面,就这么跑出了教室。

教室里再度恢复了安静。

"喂,清家,能陪我一起去吗?"

比留间压低声音说道。

"哪里?"

"商场。"

"干吗?"

"去买培根。"

"为啥?"

"流鼻血的时候把培根卷起来塞进鼻孔就没事了,别用这种眼神看着我,我没开玩笑,这是很有效的治疗方法,连美国的论文也有刊载。"

"是吗?那走好不送。"

"清家也来。"

"要是两个人突然不见了,山田会吓一跳的。"

"吓一跳的话鼻血有可能就止住了。"

"那是打嗝好吧。"

最终我还是被强行拽到了附近的商场,这里一楼是超市,二楼是专卖店，地下有百元店和停车场。

在超市的火腿香肠专柜，我们正和无数种类的培根对峙着。

"买哪个好呢？"比留间拿起培根又放回原处，斟酌着保质期和价格。

"喂，佐藤同学。"

"叫我比留间。"

"我不是怀疑你的好意，可我还是想问问。"

"最划算的是超市的自制培根，用卖剩下的美国五花肉在店里熏出来的那种。"

"如果在街上看到有人把培根塞在鼻子里，你会怎么想？"

"我会觉得他是傻子。"

"嗯，是啊，所以我觉得培根还是烤来吃比较好，而不是塞在鼻子里。"

"喂，清家。"

比留间拿起培根端详着，她的视线并没有转向我。

"之前不是问过你喜欢的女性类型吗？"

"是吗？"

"你还记得当时自己是怎么回答的吗？"

"人妻。"

虽然不记得有这回事，但我确信我一定是这么说的。

"所以我才跟不喜欢的人结了婚。"

传来了东西掉在地上的响动，那是比留间把超市待售的培根扔到地上的声音。

比留间转向了这边。

"我不行吗?"

比留间的眼睛湿润了,比起这个,我更在意掉在地上的培根。

"我是人妻吧?"

"如果让你误会我很抱歉,但我并不是说只要是人妻谁都可以。"

路过的某人捡起了掉在地上的培根。

"我喜欢的是破坏幸福的家庭,为了达到这个目的才选择人妻。在这一点上,你跟不喜欢的人结婚,又不是幸福的家庭,所以根本没有选择的价值。"

我突然蹲坐在地,这时从我旁边伸出一只手,将掉落的培根放回了货架。当我看到将培根放回去的那个人时,我才意识到捡起培根的人是山田,正是山田从背后狠狠地踹了我的屁股。

山田拥抱着比留间,比留间的抽泣声响了起来。

两人未交一言,就心领神会了一切。过了一会儿,她俩瞪了我一眼,就这样肩并肩走掉了。

*

回到家,母亲在客厅里吃着麦卢卡蜂蜜。当她注意到我的时候,先仔细舔了舔嘴里的勺子,尔后对我说:

"御锹的遗体还回来了,明天举行葬礼。"

"几点?"

"一点。"

"明天模拟考。要是来不及的话，就别等我了。"

"那……改在四点左右行吗？"

"好，能改就改了吧。"

"知道了，还有胤也出院了。"

"他现在在哪？"

"公司。"

"那刚好，我有话跟妈妈说。"

母亲显得很紧张，当我说这里不方便，我们换个地方吧，母亲显得更紧张了。

我俩在我的房间里面对面，我的房间里就只有一个平衡球，当我坐在上面时，母亲就只能呆呆地站着，呼吸着空荡荡的房间里没有任何气味的空气。

"妈妈在十七岁时死于交通事故，报纸上是这么写的。"

"……"

母亲面露怯意，虽说我本应听不见她那"你到底知道多少"的心音和失控的心跳，但这些声音却以先锋音乐般的调子在我耳畔奏响了幻听。

"可现实中妈妈还活着。也就是说，新闻是误报。误报为什么会发生呢？那是因为车的左侧严重受损，而右侧完好无损，记者误以为左侧副驾的夕绮死亡，而右边驾驶座的辉男得救了。"

母亲只是站着，她的眼睛蠢动着寻找某种寄托，但在我的房间里根本没有可看的东西，最后目光还是只能落在我的脸上。

"从这层意义上说,新闻记者也有值得同情的地方。如果单凭给出的信息从逻辑上考量,是可以得出夕绮死亡而辉男生还的结论。可现实却不是这样。那么究竟在怎样的情况下,会造成左侧严重受损而右侧完好无损,夕绮生还而辉男死亡呢?"

我看见母亲的喉咙在动,咽下的唾液落入了胃里,在胃液的海洋中泛起涟漪。我看准那一瞬的时机单刀直入地说了一句——

"无国籍料理。"

母亲猛地眨了眨眼。

"妈妈喜欢外国货,所以车也是外国货。外国车是左置方向盘,驾驶座在左而副驾在右。所以右侧完好无损,夕绮得以生还,左侧严重受损,辉男因此死亡。"

"就是这样……"

母亲的脸上浮现出安心的表情。我猛地站了起来,用手按住随之弹起的平衡球。

"可你不觉得奇怪吗?父亲因为外国货而死,通常都应该讨厌外国货才对吧。"

母亲脸上的安心感消失无踪,先锋音乐的曲调再次奏响,那是"你到底知道多少"的心音和狂暴的心跳。

"但妈妈现在喜欢的是外国货,也就是说,发生事故时的车并不是外国车,而是右置方向盘的日本车。"

母亲的表情越来越僵硬,身体越缩越小,我轻拍着平衡球,将它弹起的声音当作倒计时,享受着这紧张的空气。

"那么前提确定好了。发生事故的是一辆右置方向盘的日本车，左侧严重受损，右侧完好无损，夕绮幸存，辉男死亡，这件事所表示的事实只有一个。"

我取出手机，看了看保存在里面的照片。

"判处被告人有期徒刑两个月。"

我嗤笑着，全身心地感受着这个世上最令人愉悦的沉默，母亲的身体已经没有抵抗的力量了，无力地发出一声叹息，恐惧变成死心。

"你是怎么查到的？"

"我去了检察厅。"

"是吗。"

我看着手机拍下的判决书，整理了一下要点。

"罪状是违反了道路交通法，也就是无证驾驶。那天十七岁无驾驶执照的夕绮让辉男坐上副驾启动了汽车，途中与大量便衣警车擦肩而过，急促的警笛声夺去了妈妈正常的思考能力，结果方向盘操作失误，车撞上了护栏，辉男因此死亡，根据判决，这不构成业务过失致死罪，争论焦点是对无证驾驶应该给予怎样的处罚。话虽如此，死亡一人这一事实还是很严重的，当判处三年以下有期徒刑或五十万日元以下的罚款。因此对于无证驾驶而言判罚得相当重，被判了有期徒刑两个月的实刑。"

我再度坐到了平衡球上，母亲则无所适从地站在那里。

"监狱里好玩吗？"

"对不起，一直没说出来。"

"不不不，没事的。就算妈妈以前出过车祸也无所谓，没什么好道歉的。"

"即使这样也对不起。"

"道歉太多的话歉意也会变得不值钱吧,要是为这种无关紧要的事情道歉的话,接下来就必须加倍道歉了。"

母亲僵住了,然后用喉咙里挤出来的声音说:

"接下来……?"

"话说回来,这样的世纪误报是怎么发生的呢?那是因为当日该地区发生了另一件大案吧,记者一心扑在了那件事上,对小小的交通事故的采访不太上心,结果才产生了误报。那么和这起交通事故同一天发生的大案又是什么呢?"

明明一度死心接受下来了,然而母亲的表情再度混入了恐惧。不过我并非想让她害怕,我只是想追求真相。

"那是一桩绑架案。"

母亲的身体一阵哆嗦。在不冷不热如此舒适的房间里,母亲难受至极地站着。

"是初中生被绑架的案子。警察抓获了犯人,却没有逮捕他。那是因为犯人也是初中生,根据少年法无法问罪。犯罪动机是修复朋友的父子关系。他以为绑架会让父亲重拾对孩子的爱,虽然全是白费力气,不过那个绑架犯的名字是——"

我停顿了足够多的时间。

"清家胤也。"

母亲嗖的一下像是迎着风吸了口气,然后剧烈地咳嗽了起来,似乎是将口水吸进了气管。

母亲的咳嗽止住了，然后完全僵在了那里。就像《JOJO 的奇妙冒险》中的漫画人物一样，以截取人类不自然的瞬间姿势固定着。

"对妈妈来说胤也和仇人没什么两样。尽管如此，妈妈还是跟那个仇人结婚了，这事怎么想都很奇怪。解开这个谜团的线索，就在妈妈那个差了好几岁的妹妹寄来的 DNA 检测套装上。"

她露出了微笑，那是从母亲的嘴角喷涌出来的。这是一个虽然想象过但并未证实的真理，走投无路的人最终会笑，因为只能笑了。

"我质问过小姨，然后她就告诉我了。据说送 DNA 检测套装是妈妈的命令，妈妈手里握着小姨的什么把柄，只能按你说的那样把 DNA 检测套装当作礼物。"

破坏我们家庭的柠檬画片，梶井基次郎的《柠檬》炸弹。

"正是因为那个 DNA 检测套装，我们家陷入了危机，不过总算克服了过去。但那场危机是妈妈故意引发的。那为什么妈妈会给自己送 DNA 检测套装呢？正是这个暴露了自己的不贞。我思考了一下，答案只有一个。"

母亲看起来很是平静，或许从楼顶跳下来时，人也会摆出这样的表情吧。

"进入正题吧。这个家里住着恶魔，那是哥哥留下的遗言，那么潜伏在这个家里的恶魔到底是谁呢？它现在就在我的眼前。"

母亲回头看了一眼，在接受了被指认为恶魔的人唯有自己之后，她将手叉在了腰上。

"我说出我的推理，并不指望能因此有所收获，我只是想弄清真相。所以这个话题讲完后，我们还会回归到普通的日常生活中，非日常就只有现在，我们还是幸福的家庭。"

我站了起来，将手放在平衡球上，稍稍往上附加了一点体重。

"为了复仇，和自己的杀父仇人结了婚，出轨后生下不属于丈夫的孩子，然后自己主动挑明这事好让家庭崩溃。这都是为了复仇。"

母亲将叉在腰上的手放了下来，猛地低下了头，又猛地抬起了头——

"就是这样。"

第十八章　弟弟4

之后我们的亲子关系变得有些尴尬，尚且算不上争执，只是保养不良的齿轮因为润滑油不足而发出嘎吱嘎吱的响声，就是这种程度的不和。不过那只是表面上的不和，至于看不见的部分到底被侵蚀到了何等地步，就连身为当事人的我们也不知道。

所以这个报告不是直接从口中听到的，而是通过通信软件上的消息得知的。

母亲给殡葬公司的人打了电话，要求把葬礼调整至下午四点，不过据说南多摩殡仪馆的火葬只进行到下午两点半，因此要么我放弃模拟考试，要么就改变葬礼日程。我本想放弃模拟考试，但母亲却胡乱揣度了一番，将葬礼改至下周一。那天是秋分的调休日，所以没有问题。

就这样，姐姐的葬礼定在了九月二十四日下午一点举行。

我在卧室里仰面躺在床上看着手机屏幕，输入了联络葬礼日程的信息，为的是发送给姐姐所属的乐队成员。

作为独立于手指的动作之外的思考，同一时间，我也在脑海里思索着哥哥的遗言。

这个家里住着恶魔。

恶魔究竟是谁？这个迄今为止一直困扰着我的问题眼下也有了答案。母亲就是恶魔。哥哥知道后将其写在了日记里，然后日记被姐姐剪了下来。一个最大的谜团被解开了,还剩下两个谜团。

杀死姐姐的是谁。

哥哥自杀的原因是什么。

就这样,我脑子里想着家人的事,指尖上敲着葬礼联络信息,这时通信软件又跳出了收到新消息的通知,我的处理能力要爆掉了。

我首先给乐队成员中谷发送了信息,然后读了通信软件上的留言。

是人妻——墨田汐发来的信息。

"明天能见面吗?"

"明天模考所以不行。"

"那后天。"

"后天模考所以不行。"

"那大后天。"

"大后天是葬礼所以不行。"

然后汐就停止了回复,说实话,我也不想再见到汐了。因为当我搅乱了汐的家庭的那一刻,我的任务就完成了。

然而与我的想法相反,汐采取了强硬的手段,直到第二天我才知道这事。

*

模拟考结束的时间是下午三点多。

我为了早点回家匆匆准备离开教室,却被人从身后揪住了头发。

"给你一个忠告。"

是山田的声音。我没法回头,而是被扯着头发,背对着她仰天站着。

"你总有一天要被人捅死的。"

"我不喜欢像这样编排一个只对自己有利的虚构恶人,你直说你想捅死我不就得了?"

"我是真的担心你。"

"你是特地为我担心吗?真是谢谢了啊。我感觉自己就像一只在卫生所里等待被无害化处理的猫,全身上下都被人担心着,可是谁也不愿意救我,就这样死翘翘了。"

"等被捅之后再后悔就来不及了。"

山田再次用力拽了我的头发,为了不让自己往后倒下,我叉开双脚硬挺着。在反向力量的作用下,我的头发断了好几根。

"喂,鬼畜——"

山田从我的侧边走了过去。

"明天见。"

我揉了揉发量减少的后脑勺,缓解了一下疼痛。

顺带一提,比留间今天缺席。

在换鞋处换好鞋走到外边,只见校门口停着一辆车。这时车里出现了一个女人的身影,她用墨镜和口罩遮住了脸,走到我的跟前露出了真容。

是墨田汐。

她手里拿着墨镜和口罩，气势汹汹地看着我。

"你怎么知道我在这里。"

"看这身校服就知道你是这所高中的。"

"然后呢？为你女儿入学跑来做功课了？"

"上车。"

汐指着小汽车，那道命令里有着不容置喙的意味。

汐打开副驾的门请我上去，我任由自己被推到了副驾驶座上，开始了两个人的兜风。

"家在哪？我送你。"

"我可不想让人知道我的个人信息，你只需把我送到单轨电车的松谷站就可以了。"

"是吗？"

接下去是一阵沉默，虽然我很在意汐那气势汹汹的表情，但我最记挂的还是留在学校停车场里的自行车。

"你还是回学校吧，我想回去取自行车。"

"我离婚了。"

车子并没有回去的迹象，感觉像是要带着我奔赴地狱。

"这样啊，那可太不容易了。"

"我跟老公分手了。清家君，你爱我的吧。"

"嗯，绝大多数东西我都爱，唯一不爱的东西大概只有山羊奶酪。"

"跟我结婚吧。"

"……"

我很怕看见旁边的那张脸,但还是鼓起勇气看了过去。

汐在笑。当等红灯停下的时候,汐也朝我望了过来,两人的视线交汇了。

"刚刚你不是说我不容易吗?其实容易得很哦,只是一瞬间的事,剩下的就是跟你在结婚申请上签字了,那也是一瞬间的事。"

"我是不会结婚的。"

信号灯变绿了,但是车没有前进,后面响起了喇叭声,尽管如此,车仍旧纹丝不动。

"为什么?"

"我喜欢的是人妻,已经不是人妻的你没有价值。"

喇叭声停了,别人的车从后面超了过去,而汐的笑容也已经消失不见。

"为什么喜欢人妻?"

"因为欲上先下吧。"

"什么意思?"

"我想成为雨。"

"雨?"

"嗯,从天而降的那种。"

"为什么想成为雨?"

"俗话说雨令地固①,一旦下起雨来,就会把土地弄得一团糟,但雨停了以后,土地反而会变得坚固。"

---

① 雨降って地固まる,即雨后土地会变坚固,日语谚语,包含不破不立,不打不相识的意思。

"雨会把土地弄得一团糟……"

"是的，我就像这样把别人的家庭搞得一团糟，但这也是你们需要跨越的考验。当你们通过考验时，家庭反倒会比以前更加牢固，这就是雨令地固。"

"雨令地固……"

"所以你要做的不是跟我结婚，而是跟你老公重归于好。这就像是电视剧，故事走向一旦下沉就会陷入危机，但只要跨越了危机，就会比以前更上一层楼。雨令地固，所以我想成为从天而降的雨。"

"……"

车子仍旧停在马路中间，虽然红绿灯已经反复交替了好几轮，但汐已经完全放弃了驾驶，只是看着我的脸。

"如果雨不停呢？"

"没有不停的雨。"

"要是你说没有不停的雨，我就杀了你，已经太晚了哦。"

"……"

"开玩笑的。真想杀了你就不会说我要杀你了。爆炸预告一般都是假的吧。要是真想搞爆炸的话，那就什么都不说，静悄悄地炸就是了。"

"我想去取自行车。"

"请便。"

汐一拳捶在方向盘中间，一记喇叭声随之响起。

"那就恭敬不如从命咯。"

我打开副驾的车门，跳到了车道上，因为正好是红灯，所以也不怕被车撞上。我先朝前方的人行横道移动，刚刚到达人行横道，信号灯就转成了绿色。

　汐的车向前驶去，我将这些看在眼里，然后转身回了学校。

第十九章　姐姐4

星期天继续参加模考，我在吃午饭的时候收到了一条信息。

"三点一到我就跳轨，地点在八王子站。"

消息是比留间发来的。我瞥了眼旁边的座位，比留间今天也没来学校。主人不在的桌子上，胡乱放着几张没人来收的模拟考卷子。

我一边咀嚼着香蕉，一边慢慢盘算着。

为了在三点赶往八王子站，必须中断模拟考，这实在很不明智。

因此我发送了这样的回复——

"对不起，因为要参加模考，我见证不到你临终的样子了。"

午饭后，我调整心情参加了模拟考试，用毫无杂念的心冷静地答题。

模考结束已经三点多了，为了多少也送点哀悼，我将比留间桌子上没人收的试卷放进了她的桌子里。

"你这不是挺温柔的吗？"

与这句话相反，山田看向我的眼神充满了唾弃。

"听说她跳轨了哦。"

"哈？谁？"

"佐藤同学。"

"你是说比留间?"

"听说她三点钟在八王子站跳了轨。"

山田一脸愕然,她迅速掏出手机操作起来,眼珠子像老虎机一样剧烈地转动着。

过了一会儿,她从手机上抬起头,惊讶地看着我。

"哪都没这样的新闻啊。"

"博客上的目击证言呢?"

"我也看过了,但是没有。"

"原来是骗人的。"

"喂,你给我交代清楚。要详细,具体,好懂,这样我就不揍你了。"

我解释了一下之前收到的信息。

山田的表情变得险恶起来。

"为什么不去救她?"

"因为有模拟考试。"

山田抡起拳头,却并未朝我挥下去,而是像泄了气一样无精打采地垂了下来。

"不揍我吗?"

"评价已经低到不行了,所以对你没什么期待。"

"你最好和比留间联系一下,这不是我该管的,而是作为朋友的你该做的事。"

"我说啊——"

山田操作着手机,看样子她已经和比留间取得了联系。

"刚刚你称呼比留间为比留间,没有像平时那样用她的旧姓佐藤,而是叫比留间。由此得出的结论是,你出乎意料地动摇了,并且后悔没去救她。"

"是吗?或许是这样。可能我是意外地动摇了,后悔没去救她。"

"这是比留间的口信。她说由自己来讲太不好意思,所以让我替她转达。"

山田读着来自比留间的口信——

"'我喜欢你。'"

教室里一阵嘈杂——啊,告白?刚才是告白吗?山田向清家告白了,真的吗?是真的吗,有回答吗?回答是什么?

"不不,这是代传口信……"

山田慌忙表示否定。可越是否认教室里气氛就越是热烈,听众们不仅期待着山田,也期待我的回答。为了不辜负这样的期待,我开口问道:

"还有下文的吧?"

山田暂时停止了拼命的否定,看向我这边"嗯"了一声,然后继续往下念道:

"'可这都是过去式了。你没有赶过来,我死了你也不在乎。但我老公不一样,老公取消了重要的业务谈判赶了过来,抱着我哭了,所以我选择了老公,和老公过两人世界会更幸福,我想忘了你,再见。'"

山田说完以后,嘻嘻地笑了。

"你被甩了,现在是什么心情?被那么好的妹子抛弃,你的自尊心还能维持原样吗?"

我发觉山田的嗤笑也传染给了我。

"她不是挺懂的吗?"

山田瞬间露出了无法理解的表情。

然后她脸色一变,眼睛睁得老大,似乎注意到了什么,手捂着嘴目瞪口呆。

"不会吧。"

"真希望那两个人能够建立一个幸福的家庭。"

"不会吧,竟然做到这种地步。"

我丢下发愣的山田,迈开了回家的步子。

"喂,山田——"

我随即转过身去,冲她挥挥手说:

"后天见。"

目瞪口呆的山田就像被线操纵一般,用僵硬的动作机械地挥了挥手。

*

翌日,九月二十四日,周一,秋分的调休日。

我坐上了由母亲驾驶的梅赛德斯奔驰,在后座戴上耳机。载着一家三口的车发动了,朝着殡仪馆进发。由于时间有些紧迫,汽车轻易就超了速。我一边听着米津玄师的《小小的我》,一边想象着,假如这辆车也发生事故的话,那该是多么有趣的事。

到达南多摩殡仪馆已是十二点四十分,在停车场停好车,进了大厅,殡葬公司的人已经在那等着了。在他的陪同下我们去了楼上的休息室,休息室已经有人了。也不算很多,最多十几个吧。我认识的只有那几个乐队成员,其余的都是姐姐的朋友。

排成两列的长桌边摆着数量众多的椅子,就像蜈蚣的脚一样。我和父母找了个空着的地方落了座,即便如此,空着的椅子还有很多。

"是御锹小姐的家人吗?"

一个女人从桌边探出身子,自长桌的另一头观察着我们。当父亲回答说是的时候,女人的表情一亮。

"这是我第一次参加葬礼。很惭愧,我的亲属至今都没死过,第一次葬礼是为御锹小姐而来可真是太荣幸了。因为是第一次参加葬礼,可能有所不周,还请多多关照。"

女人把探出桌边的身子缩了回去,深深地鞠了一躬。她的头发很长且缺乏光泽,金色的头发给人一种脱色失败的痛心之感。

只在这个女人说话期间,空间中才流淌着声音。当女人说完回到自己的座位后,周围再度陷入沉默。

到了下午一点,殡葬公司的人过来迎接我们。我们穿过空空荡荡的走廊,来到火葬场的告别大厅。

遗像被装饰在一个简陋得不能称之为祭坛的台子上,中央摆着棺材,仅此而已。每个人都想到了一模一样,却又绝对说不出口的词——

粗陋。

如果有大朵的供花就大不相同了吧，可现实问题是这里没有大朵的供花。因为是最便宜的葬礼方案，这里只是火葬楼的大厅，使用像样点的礼堂可能需要支付额外的费用。

"难道走错会场了吗？"

金发女向殡葬公司的追问，对方只能苦着脸表示了否定。

姐姐的遗像和直播平台的账号头像所用的图片相同。因为这是在相当正式的摄影棚中作为个人资料拍摄的照片，所以比真人要漂亮好几倍。她用手指比出手枪的形状贴在下巴上，眼睛里满是无畏的笑意。

看到遗像，母亲泪流满面，父亲表情也很严肃。我觉得在这样的场合，果然沉浸在悲伤中才是正确的做法，于是拼命搜索着与姐姐相关的回忆。

我总算想起了一件事，那是小时候在夏日祭典上的往事。

*

虫鸣四起，空气中弥漫着甘甜的气息。彩灯斑斓，人群喧嚣，烟雾缭绕。我和姐姐蹲在地上，和煦的风在浴衣上拂过，周遭已填满了夜色。姐姐将烟花棒的尖端贴近地面，目不转睛地凝视着。

"在做什么呢？"

听我这么一问，姐姐笑了。

"这里有小蚂蚁哦。"

姐姐将烟花棒的尖端指给我看。

蚂蚁被烟火烤得缩成一团,然后就一动不动了。

"好玩吗?"父亲在一旁问道。

"好玩。"姐姐的眼睛闪闪发光。

"嗯,好玩就行,"父亲略感不快,"这原本是用来享受声光的。"

"我饿了。"姐姐看向父亲。

"想吃什么?"父亲问道。

"章鱼烧。"

"那么一起去买吗?"

"我现在很忙哦。"

姐姐把五根烟花棒并在一起,强化了火力。

"那你在这等一下,我去买吧。"

爸爸和哥哥一起去买章鱼烧了,章鱼烧的摊位似乎很有人气,摊前排起了长队,我和姐姐则一起玩着烟花。这时一个老太婆走了过来。

"哎呀,只把小孩放在这里很危险啊。"

姐姐无视了她,继续用烟花烧蚂蚁,而我被教育过不要和陌生人说话,所以就没搭理她。

"有什么想吃的吗?"

我瞥了眼路边摊,说了句:

"我想吃糖。"

老太婆应了声"好呀",然后就把糖买来了。

251

两块糖分别递到我和姐姐面前，我接了过去，姐姐却没收下。我吃起了糖，老太婆看了很高兴，也想让姐姐接过糖，姐姐不收，老太婆就把糖硬塞给她。

这时响起了脚步声。

下个瞬间，老太婆的身子当场飞了出去，一切都发生在电光火石之间。周围一片哗然，警车的警笛声响起，父亲被铐上手铐带进了警署。

我，哥哥，姐姐还有母亲在警署的接待室里听取了说明。

"胤也因涉嫌伤害被拘捕。"

母亲惊呆了。

"为什么胤也会……"

"根据供词，你女儿差点从受害人手上收下糖果，他为了阻止受害人才将其推倒在地。"

母亲满脸疑惑。

"我不大懂你的意思。"

"听说你女儿过敏。"

母亲倒吸了一口凉气。

"那个糖是花生糖吗？"

"是的。"

我们在会面室里和父亲见了面。原本要过几天才能见面，但由于案情轻微，又没有事实上的纠纷，所以被特别允许见面。透明的亚克力板上开着放射状的孔。每次见面最多只能进三个人，即便是小孩也不例外，所以猜拳输了的哥哥就只能一个人在外面等着。亚克力板对面的父亲则是一脸达观。

"你还好吗？"母亲问道。

父亲并没有回答，而是反过来问：

"大家都还好吗？"

"都好。"母亲说。

"终典呢？御锹呢？椿太郎呢？大家都还好吗？"

我们点了点头，父亲露出了安心的表情。

"胤也。"

母亲似乎对于父亲那安下心来的表情非常不满，眼神很是严厉，但另一方面又是一副快要哭出来的样子。

"你做得太过火了。"

父亲看了过来。

"太过火了？"父亲的声音里带着愤怒，"什么地方？"

"不，那个……"母亲狼狈不堪。

"我问你我哪里做得太过火了？"

面对咄咄逼人的气势，母亲哑口无言。

父亲瞪了过来，用着至今未见的充满敌意的眼神说：

"御锹差点就被杀了。"

"就算这样……"

"我对自己的所作所为没有任何罪恶感，相反甚至感觉应该得到赞赏。"

父亲的语气变得越来越激烈，语速也快了起来。

"一点都不过火，反倒远远不够。真想更残忍地把她的心脏掏出来，当着她的面捏个粉碎！"

父亲的眼睛充满了愤怒，他咬紧牙关，牙龈外露，然后怒气一点点削弱，最终露出了疲惫的表情。

"算了，就别担心我的事了。"

父亲说他会委托律师想办法的。

我看着亚克力板上的孔，是放射状的孔。

我看着烟花，是放射状的光。

当我走出警署的时候，正好在放烟花。夜空中绽放着大朵的花，地上的我们全身都沐浴在那声光之中。母亲抱住了姐姐。

"太好了，真是太好了。"她哽咽地说。

夏天的烟火。花生糖。

这是我对姐姐为数不多的回忆。

*

在殡葬公司人员的指引下，大家围绕在棺材周围。棺材里的姐姐穿着一袭白衣，她的表情依旧像咬着锡箔纸一样。每个人都被分到了两三朵花，花被一朵一朵地放进了棺材里。

所有人献完花后，棺材里全是鲜花，那光景宛如童话一般，让人联想到被亲吻的时候会醒过来的公主。

殡葬公司的人说，可以将纪念品放进棺材里，但金属制品等不可燃物品除外。

姐姐被埋进了花丛之中，光是色彩就很协调。要是再往里加什么东西,平衡感就会被立刻打破。有这种感觉的并非我一人,似乎所有人都是同感,所以谁都没往棺材里放东西。

只有一人除外。

金发女手里拿着虾夷扇贝的贝壳。

"这是御锹给我的扇贝,非常好吃。"

金发女将虾夷扇贝的贝壳放进棺材。在五彩缤纷的花朵中,唯有那一处褪了色的贝壳显得格外扎眼。

看着虾夷扇贝的贝壳,我就觉得好笑,只得拼命掩饰着自己的笑容。

大家说完道别的话后,棺盖合上了,然后吞没了姐姐的棺材被送往焚化炉。

殡葬公司的人说,遗体烧完大概需要一小时二十分钟。

大家都在焚化炉前的大厅里无所事事,我觉得这正是个良机。

隐藏在家里的恶魔已经辨明了,接下来是查明杀害姐姐的凶手。

凶手毫无疑问就在乐队成员之中。那是因为尸体被发现时,现场上了锁,但御锹的钥匙还在工作室里,也就是说凶手行凶之后锁上了案发现场,然后才离开的。能做到这一点的唯有持有钥匙的五名乐队成员。也就是说,凶手是乐队中的某人。

我向聚在一起的乐队成员单刀直入地问道:

"不好意思,能让我确认一下各位在死亡推定时间的九月十日下午一点到三点之间的不在场证明吗?"

那边的反应各不相同。明显不爽的人是中谷彩友歌,面露怯意的人是下条最，遥望远方的人是关口智贵，饶有兴致的人是塚本纯造，目光中仿佛在追寻着回忆的人则是前田柳。

"我觉得确认不在场证明毫无意义。"中谷不快活地说道。

"也就是说，每个人都有不在场证明？"

我是这么推测的，然而——

"反了。"

中谷说。

然后我确认了所有人的不在场证明，发现了个有趣的事实。

他们全都没有不在场证明。

中谷下午两点跟朋友见了面，地点是距离现场步行三十分钟左右的中央大学。这样的话按最早的死亡推定时间，也就是在下午一点下手杀人，时间还有三十多分钟。三十分钟时间足够把人钉在十字架上，因此她没有不在场证明。

下条下午两点二十分回到家里和家人碰面，地点是神奈川的相模原市，从现场出发乘坐电车加上徒步需要约四十分钟。因此若在下午一点杀人的话，时间还有四十多分钟。他有足够的时间把受害者钉上十字架然后回家，因此不在场证明无法成立。

关口下午两点到达打工的地方，地点是八王子东急广场的塞西里亚餐厅，从现场出发坐电车差不多要三十分钟。下午一点杀人的话时间还有半个小时，杀人后也能顺利抵达打工地点，因此不在场证明无法成立。

塚本下午两点和女朋友见了面，地点是距离现场步行三十分钟左右的中央大学。和中谷的情况一样，不在场证明无法成立。

前田下午两点二十分去了一家乐器店，地点是岛村乐器八王子店，从现场乘坐电车加上徒步需要四十分钟左右，下午一点杀人的话还有四十分钟的宽裕时间，不在场证明不能成立。

听完陈述之后，我思考了一下。

从推理的角度，所有人都有不在场证明会更轻松点吧。要是所有人都有不在场证明，只要能将其中一人的不在场证明推翻，这个人就会成为排除法上的凶手。

但既然所有人都没有不在场证明，那么在没有决定性物证的情况下，所有人都有可能是凶手，因此警察的调查才会举步维艰。

就在我刚听完众人的不在场证明之后，有一个人靠了过来，他似乎一直在寻找加入谈话的时机。

父亲从我身后探出头来，乐队成员们的表情中夹杂着紧张。

"或许你们已经知道了。"

父亲插话道。

"关于赞助人的事，名义上是我出资，实际全是御锹出的钱。"

成员们的脸上写满了惊讶。

"所以你们要是还想继续得到赞助的话，可以从御锹的遗产中拿出一部分。"

"拜托了！"前田即刻应道。

"喂，太失礼了，"关口用胳膊肘戳了他一下，"不用，我们不能再给您添麻烦了。"

"能拿还是拿吧——"下条谨慎地主张道，但被关口瞪过来后，他又慌忙摆了摆白手套，"我只是说说而已。"

"话说回来,赞助人竟是御锹。"塚本喃喃说道。

"御锹……"中谷的眼里噙着泪水。

当姐姐的献身公之于世后,寂寥和追忆回荡在乐队成员之间。

聊了一会儿姐姐的往事后,火化结束,骨灰被运了过来。虾夷扇贝的贝壳在高温下烧成了灰烬。剩下的是白色的遗骨,姐姐的残骸。我们依次用筷子拾起残留的骨头,递给旁边的人,将其纳入骨灰罐里。

最便宜的葬礼计划得以顺利完成,我们将骨灰罐放到车上,踏上了归途。

"我要去趟南大泽警署。"

听父亲这么一说,母亲惊讶地问道:

"有什么事吗?"

"警察那边好像又要找我问话了。"

"是吗?希望能尽快找到凶手。"

到了南大泽警署,把父亲放下来后,车子又出发了。

回家后,我和母亲先把骨灰罐放到橱柜上,跟遗像摆在一起,还放上了姐姐最爱的凤梨罐头,姑且当作供奉。

下午六点,冲击的瞬间到来了。

那会儿我正躺在卧室的床上,对双休日的模考进行自我估分,这时敲门声响了起来,传来了母亲万分焦急的声音。

"儿子,出大事了,麻烦快下来一下。"

母亲的敲门声往往很响,为了尽快平息这令人不快的声源,我麻溜地从被子里钻了出来,打开房门。

"怎么了？"

"电视上面……"

母亲说不管怎样请先看电视吧，于是我们去了楼下的客厅，亮着的电视屏幕映入眼帘。

电视上映出了父亲的身影，父亲接受媒体采访，悲伤地诉说着女儿去世的场面正被无声播放着，主持人讲述了新闻的详细内容。

"嫌疑人清家胤也供认了自己的罪行，但对作案动机等问题一直保持沉默。"

之后电视画面切换成了别的新闻，母亲就这么怔怔地站在那里，无论问什么都闭口不答。于是我用手机搜索新闻，想看的新闻找都不用找就显示在了最上面。

八王子大学生杀人案凶手落网。

杀害姐姐的凶手正是她的父亲，他对自己的罪行供认不讳，但是对动机等保持沉默。

我轻轻地哼了一声。

第二十章　哥哥 4

为了寻找更详细的信息，我徜徉在网络的海洋中。但最后父亲只是供认了杀害姐姐的事实，对其他事情讳莫如深，找不到更多的信息。

我陷入了极度的混乱，虽然表面上波澜不惊，但脑子里却是无数小鸡飞来飞去唧唧乱叫的状态。

恶魔不是母亲吗？

恶魔是父亲吗？

不如说，父亲为何成了凶手。凶手除了持有钥匙的乐队成员外不该有别人了吧，还有动机究竟是什么。

我唯一能做的就是反复阅览网上的文章，但无论怎么刷手机，父亲除了供认了杀害姐姐以外，对其他事情未置一词，并不存在其他信息。

若是如此，最快抵达真相的途径是什么呢？我绞尽脑汁思考着，终于得出了一个结论。

倘若父亲真是恶魔，那么解开留下"这个家里住着恶魔"这句遗言的哥哥的自杀之谜，不正是解开父亲之谜的关键吗？

我在通信软件上给编辑仙波发了消息。

"现在有时间吗？"

对方秒回了一句"没"。

"相比而言回得倒是挺快的嘛。"

"我现在很忙。"

"今天应该是休息天吧。"

"你能听我吐槽吗？关于我负责的作家。"

仙波一边说忙，一边开始无休无止地发牢骚，无非是作家不遵守截稿日期，作家说自己写不出来，作家纠结于无关紧要的细节迟迟没有进展。

"拘留所会面室有亚克力板对吧？他说要是不知道那上面有没有指纹，就没法继续往前推进。你不觉得这根本无关紧要吗？不管怎样，明明是难得的休息天，我却像没头苍蝇一样到处联系能够接待参观的警署，这种痛苦你能懂吗？"

"那就一起去吧。"

"？"

"我正要去拘留所的会面室呢。"

"？"

"我爸被关进去了。"

当天下午四点，我们在南大泽站碰头。我很快就找到了仙波，毕竟把衬衫塞进裤子里、吊着吊带的人物，从远处看也是相当扎眼的。

仙波发现我后，先是冷冷地瞥了我一眼。

"为啥两手空空就过来了？"

"需要带什么吗？"

"那当然了，你爸不是被拘留了吗？那就得给他送衣服啊。"

"我没想到。"

于是我们在去警署之前先去了附近的三井奥特莱斯购物城,在那里的布克兄弟专卖店里买了七套拳击短裤和三套睡衣,准备带给父亲。这些总共花了四万多日元。

到了警署,我们首先去综合咨询台说明了来意,那边说休息日不接受探视。

"哈?椿太郎君,你事先没调查清楚吗?"

"查过了哦。"

"哈?你知道你在说什么吗?"

"顺便说一下,除了律师以外,被捕后七十二小时内不能见任何人。"

"啊啊啊啊?"

"因为我无论如何都想见你一面。"

仙波紧握拳头不停地发抖,想方设法消化着被摆了一道的耻辱。

"我可以回去了吗?"

"至少在我把东西送进去之前等一下吧。"

"能送得进去吗?"

"如果是律师的话,见面和送东西都是可以的,而且已经安排妥了,应该快到了吧。"

"到底算准备好了还是没好呢?"

仙波愕然地付之一笑。

我俩坐在等候室的椅子上等着律师,律师很快就到了,简单地寒暄之后，他从我手里接过要送进去的衣服，麻利地往父亲那边去了。

这里只剩下我们两个人。

"好了，我想请你告诉我哥哥小说的结局。"

"因为讨厌喜欢的歌放完，所以我都是在歌曲结束之前就不听了。"

"这不是歌而是小说。"

仙波露出败兴的表情。

"三天以后见面可以吗？先再见咯，我很忙的。"

仙波一脸清爽地站了起来。

"对了，很抱歉上回用纸杯扔了你，你也有你的苦衷，要是我当时知道你有那么可悲的遭遇，就不会用纸杯扔你了。"

"不，我觉得扔得很好，现在爸爸被逮捕了，其实我心情很激动哦。"

"这么逞强真的好吗？伤心的时候就该哭啊。"

"是这个道理。伤心的时候哭，不伤心的时候不哭。"

"哦。那就三天后也就是星期四，下午四点在这里集合吧，拜拜。"

仙波说完就毅然决然地回去了。然后律师没多久就回到了这里，他并未带回比网上更多的信息。也就是说，父亲除了供认杀害姐姐，对其他动机之类的信息绝口不提。

我向律师事务所的王牌律师致以了谢意，并支付了当日紧急接见费用六万日元。要是以后正式委托辩护的话，这六万将会从定金里扣除，所以实际上是免费的，可真是会做生意呢。

*

翌日，我像往常一样去上高中。正当我进了教室，坐在位子上读着英语参考书的时候，山田一脸担心地靠了过来，跟平时充满敌意的目光完全不同，那是温和而梦幻的眼神。

"清家，你不要紧吧？"

"欲上先下反倒更求之不得哦。"

"听不懂你在说什么，不过似乎没事呢。但你怎么会没事呢？明明都被逼到这种境地了。"

"有人对我说，家人是无法选择的，家人是自己身体的一部分。可我反驳说，明明剪头发和剪指甲都不疼啊。"

"……"

山田不知道该说什么，结果似乎什么都说不出来。

于是邻座的比留间代替她应道：

"我没法同意。不过如果这样能够救救清家，不也挺好的吗？"

有几个同班同学似乎知道我的遭遇，时不时瞥我一眼，但没人过来跟我搭话，这就是日常为人处世的结果。

上课内容是对周末模拟考答案的讲解。由于最近太忙，估分只做了一半。于是我利用休息时间进行估分，结果正确率是百分之八十八，还远远不够，仍需进一步锤炼。

午休的时候我像往常一样吃了水果，今天是菠萝、苹果和葡萄。

放学后回到家，家的周围已经被媒体的车辆包围了。几个记者拿着话筒问我"请问现在有时间吗"。

指着我的无数麦克风就像伸向我的无数男根，真是可笑至极。

于是我边忍着笑边回应道：

"站着说话太累，进来说吧。"

我让十几名记着和摄影师在客厅里等着，从冰箱里拿出巴黎水，优雅地喝了起来，舌尖上绽放的碳酸令人神清气爽。

看手机的时候，我注意到母亲发来的消息。

"我住进多摩中央医院了。"

就只有这几个字，既没有催促探望，也不曾说明病情。也正因为如此，才更能体现出希望对方来探病的心情。她的病情应该是压力引发的抑郁症。

但我还有一件事要做。当听说父亲被捕时，我突然灵光一现，幸运的是，这里有无数记者，有能力替我进行验证。

返回客厅，和记者对峙着，我被那种景象感动了。今天是我人生中第一次将我家那大过头的L形沙发填得满满当当的。

我坐在一张空着的，或者说专为我空着的圆椅子上，跷起了二郎腿。

"我有个交换条件。"

我开门见山，记者们锐利的目光投向了我，大概是把我想象成了一个讨要金钱的棘手之徒吧。

"我会回答有关我家人的任何问题，不过我有一个想要调查的人物,这个人我无论如何都要见到。请以你们的调查能力掌握那个人所在的位置,这就是要我回应采访的交换条件。"

"这人是谁?"其中一个记着问道。

对此我回答说:

"清家胤也的生母。"

*

第二天我也和平常一样去了高中,课上继续听着模拟考试的讲解,午休时吃了香蕉、猕猴桃和桃子,在山田和比留间同情的视线的洗礼之下回了家。

记者们太能干了,仅用一天时间就找到了胤也的生母。我接到联络后,立马赶赴横滨。从京王多摩中心站乘坐电车出发,坐到桥本站换乘横滨线。

在乘坐电车的途中,手机接到了陌生号码打来的电话。我坐在爱心座位上接了电话,是警察打来的,他和我约好晚上十点来我家,那是因为警方有义务向家人说明父亲被捕的理由。

大约坐了一个半小时,电车抵达了横滨站。我从那里坐上出租车并报了地址,造访了胤也生母的家。我按下公寓的门铃,自称是胤也的儿子。里面的人说"他跟我没有关系,你请回吧",但我有一样无论如何都要从胤也的生母那里获取的东西。

我说我会付一万日元,胤也的生母马上转变了态度,将我迎入了家里。之后我就得到了我想要的东西,再花一个半小时乘坐电车回了家。

*

晚上十点二十多分,警察到了家里。坐在客厅的 L 形沙发上和我面对面。我端出两个倒了巴黎水的玻璃杯,但两个警察都没有动它,取而代之的是"还请节哀顺变"这句毫无裨益的话。

"凶手是持有单间钥匙的人,也就是说,我以为凶手只能是乐队五名成员中的一人。"

当我催促警察时,警察就像开了开关一样把脸绷得紧紧的。

"签下案发现场工作室使用合同的是胤也吧?"

"是的,不过那只是表面上的合同,实际费用是姐姐付的。"

"签订合同的时候,胤也拿到了一把钥匙。"

"是工作室单间的钥匙吗?"

"胤也在锁匠那里复制了这把钥匙,将其分发给了乐队成员。"

"也就是说,胤也有案发现场的钥匙。"

"就是这样。"

这样第一个谜团就解开了,如果胤也持有钥匙,那就有成为嫌犯的资格。

"可是其他乐队成员都没有不在场证明,你们是怎么断定爸爸是凶手的呢?"

"是地毯。"

我在记忆里搜索了一下。事发前几天,现场的确铺了地毯,但是很快就拿掉了。

就像是在证实我的记忆一般，警察也讲了同样的事情。

虽然因为木纹和污渍很难看到，不过案发现场的工作室地板上开了两个洞。

"两个洞？"

"沿着正方形对称轴展开，就在可以把正方形二等分成两个相同长方形的对称轴上。"

"位置呢？"

"乳头的位置。"

"喂。"被一旁的警察戳了一下，那个说"乳头"的警察憋着笑，改口说道：

"想象一下骰子六个孔里面正中的那两个孔。"

"哦，我大致明白了。"

"你觉得这洞是怎么来的呢？这两个洞的位置和十字架钉子的位置是一致的。"

"是贯通十字架弄出的洞吗？也就是说，凶手把十字架放在地板上对尸体钉钉子的时候，钉子穿了过去，在地板上开了个洞是吧。"

"就是这个道理，再说回地毯，十字架和地板在同一位置上开了洞，而地毯也跟十字架与地板在同一位置上开了洞。"

"也就是说，钉十字架的现场铺着地毯？"

"我们也是这么想的。那么现在能明确的是，犯人在钉十字架的时候，在地板上铺了地毯，原因不明。"

"你们不知道原因吗？"

"嗯，不过重点并不在那里。我们实际在现场铺了地毯，现场放着架子鼓和吉他等东西，为了铺地毯必须把这些全都挪到外面，把所有东西搬出去后铺上地毯，把十字架放在地毯上钉上尸体，之后除去地毯，再把东西全都放回里面，至此总共需要花费一个小时。这还是最快的速度。总之想要在现场铺上地毯，最快需要一个小时。然后让我们再来看看嫌疑人的不在场证明。"

警察是这样解释的——

假设谋杀发生在死亡推定时间最早的下午一点。

中谷在下午两点和朋友见面，从现场到目标地点有三十分钟路程，宽限时间为三十分钟，这样的话就不可能花一个小时来铺地毯，因此不在场证明成立。

下条下午两点二十分回家见到了家人，从现场到目标地点有四十分钟路程，宽限时间为四十分钟，这样的话就不可能花一个小时来铺地毯，因此不在场证明成立。

关口下午两点抵达打工的地方，从现场到目标地点坐电车需要三十分钟，宽限时间为三十分钟，这样的话就不可能花一个小时来铺地毯，因此不在场证明成立。

塚本下午两点去见了女朋友，从现场到目标地点有三十分钟路程，宽限时间为三十分钟，这样的话就不可能花一个小时来铺地毯，因此不在场证明成立。

前田下午两点二十分去了乐器店，从现场到目标地点有四十分钟路程，宽限时间为四十分钟，这样的话就不可能花一个小时来铺地毯，因此不在场证明成立。

最后剩下的只有在山上进行越野跑，完全没有不在场证明的清家胤也。

"也就是说，有可能进行犯罪的就只有胤也先生。"

"原来如此。"

最重要的是，既然已经招供，那就肯定是凶手了。

那么，问题就是——

"动机是什么呢？"

"嫌疑人供认了罪行，但对其他事项保持沉默。"

警察的说明似乎即将结束，不过难得有机会能跟警察直接对话，我心想能不能打听到什么信息，于是试着问了一下：

"不能回答也没有关系，不过现场有没有什么可疑的地方呢？"

两个警察对视了一眼，似乎判断可以回答。

"遗体钉在十字架上，两只手都被钉子刺穿，这里有些奇怪。"

"哪里？"

"遗体的右手和十字架的右侧都有着用铁锤敲钉子造成的伤痕，但遗体的左手和十字架的左侧，都是使用锥子一样的东西挖洞以后，再将钉子插进去的。"

"为什么左右开洞的方式不同呢？"

"目前还不清楚。"

这样的话警察的说明就真的结束了，我将礼物交给警察，那是刚刚从胤也的生母那里得到的，对于调查很重要的东西。待警察走后，我迫不及待地想早点见到父亲。

动机是什么。

为什么非得杀死姐姐。

恶魔是父亲吗。

为此兴奋不已的我用通信软件给仙波发了消息。

"明天的见面时间还是定在上午九点吧。我在网上查了一下，下午四点有可能会赶不上。"

回复很快就来了。

"你不上学了？"

"你不上班了？"

我们的对话就此结束，也就是说，彼此彼此。

*

上午九点我们在南大泽站见了面，仙波一如既往地将针织衫的下摆塞在牛仔裤里。

"上面有指纹吗？"

"你会亲眼见到的，还有这些都无所谓吧。"

到了警署，我们先向综合咨询台告知了探视的来意，因为需要在拘留管理科申请，所以向工作人员询问了地点后，我们来到了拘留管理科，在那里填写与被拘留者见面的资料。和被拘留者关系一栏，我当然填了家人，仙波就只能姑且写作朋友了。问题是见面的理由。

被拘留者的健康状况，家人的情况，工作关系，听取请求，拘留管理者对于被拘留者的处置以及有关被拘留者受到的待遇的调查等，其他。

虽然有六个选项，却巧妙地剔除了查明案件真相这一选项。没办法我只得选择了其他，然后在括号里填入了"听取犯罪动机"并提交给了拘留管理科。

然后我在被拘留者钱物出纳簿上签了字，并交了三万日元，这样应该就能吃到贵一点的便当。我出示了我的个人编号卡，仙波出示了驾照，两人都将手机交与工作人员保管，至此手续就办完了。

我们进了会面室，一位警察在这一头负责看守，然后那一头坐着父亲。

父亲瞥都没瞥我们一眼，连眼珠都没动一下，只是目不转睛地盯着自己脚下。那张面孔上毫无生气，就像苍白的灵体一样。

我们坐在了亚克力板前的折叠椅上，仙波似乎在寻找亚克力板上的指纹，不过我是没看到什么指纹。

"爸，你还好吗？"

父亲用毫无气势的声音回了句"嗯"，完全不和我们对视。

"为什么要杀了她？"

父亲没有回答，也没跟我对上视线，沉默在空气中流淌，就这样持续了好久，宛若永恒不移的沉默一直持续着，唯有看守警察的一句"还有五分钟"，在沉默之中闪烁着微弱的光芒。

"要是不想说的话，那就别说了。"

我边说边用力凝视着他，觉得这是最后的机会。

"想说的话，还是说出来比较好吧。"

父亲紧咬着嘴唇，那张嘴微微地张开了——

"是为了御锹啊。"

声音很细，却有种要爆发出来的气势。就像最后一点牙膏被挤出膏管，由于用力过猛，凄惨地朝着洗脸台上落下去一样。

又过了一会儿，入室已满二十分钟，会面时间结束了。

我和仙波肩并肩坐到了等候区的椅子上。

"很遗憾，一无所获呢。"

"为了御锹……是为了御锹啊……"

"真可怜啊，看到这样可怜的孩子可真教人同情。歌放完了会寂寞，小说的结局，还要不要说呢？"

我先是抱着头，然后屏住了呼吸，再次动了动嘴——

"原来是这样。"

"啊，什么？"

我抱着头朝身旁看了过去。

"不好意思，小说的结局我很想听，但现在必须先做一件事情。"

我拿出手机，回拨了昨天警察打来的电话。

"喂，我已经看清了案件的全貌，现在能不能帮我做一下查证工作？"

第二十一章　姐姐5

在案发现场，相关人员被召集至德拉吉工作室。分别是五个乐队成员——关口、下条、塚本、中谷、前田，三名警察，工作室的管理人吉里，还有我。

最后一位身强力壮的警察搬来了十字架，这样所有人就到齐了。十一位相关人员在一楼的休息区齐聚一堂，除了我以外，所有人都露出了相同的表情，即困惑，以及隐约的期待。

因为椅子不够，所以坐着的只有乐队成员和管理人，我和警察一直站着。

墙上张贴着新的海报，上面是十字架标志和钻心咒乐队举办主唱追悼演唱会的内容。放在角落里的纸箱依旧堆积如山，接待处最里面的琴弦像蛇一样缠绕在架子上。

"本案的谜已经解开了。"

我开口道。大家眼中的期待和怀疑各占一半。

"先来总结一下现状。目前受害者的父亲胤也作为嫌犯正在接受调查。虽说对犯罪行为供认不讳，但对其动机却一直缄口不言。胤也是凶手的证据在于地毯上的洞，犯罪当时，出于未知的理由，凶手在现场铺了地毯。铺地毯最快需要一个小时，因此除了胤也，其他持有钥匙的人都有不在场证明，根据排除法，胤也就成了凶手。"

我转向了警察的方向。

"现在我想问问警方,请问你们是第几次把这个十字架从警署带回这里来?"

所有人都转向了那个扛着十字架的壮硕男人,那里是曾钉过姐姐尸体的十字架。

"应该是第一次吧。"

"那你们是怎么知道十字架上的孔的位置跟地板上的洞是一致的呢?"

"我们用尺量了十字架上两个孔的距离,又量了现场地板上两个洞的距离,结果显示两者是一致的。"

警察脸上浮现出这怎么可能有问题的强势表情。

"真是百闻不如一见,你们试试把十字架放到现场的地板上吧。"

我们走下通往地下室的楼梯,现场工作室单间的门被门挡撑着,保持着打开的状态。内部的乐器已经被搬上了走廊,现场空空如也。

所有人进了案发现场的单间,因为里面已经搬空了,所以空间还有宽裕。正方形的对称轴上用荧光胶布标记了两个"×",这令我想起了乳头这个词,看起来真是这样。

"那就把十字架放下来吧。"

壮硕的警察横放十字架,将它摆在了地板上。为了配合×的记号,将十字架往下移动。

传来了撞墙的声音。

十字架的脚撞在了墙上。

所有人都大吃一惊。

十字架的孔和地板上的洞并没有对上,十字架的孔停留在了地板的洞的正上方,由于十字架的脚撞到了墙,所以没法再往下移了。

警察将十字架掉了个头,试图进行同样的事情,结果仍是一样,十字架的脚被对面的墙壁抵住,十字架的孔和地板上的洞对不上。

"一米六五。"

听到我的声音,大家一齐回过了头。

"十字架的臂高是一米六五。我为什么会知道呢?因为这跟我爸的身高一样,所以还记得。想想看,这个房间是三百厘米乘三百厘米的正方形,地板的洞位于能将其等分的线上,所以离墙有一米五的距离。一米五长的地方,能塞进一米六五的东西吗?"

补充一下,这里所说的高度是指相对地板平行方向的高度。

空间里填满了沉默。打破这一局面的是那个壮硕的警察。

"这到底是……"

"答案很简单,地板上的洞和地毯上的洞都不是钉这个十字架弄出来的,铺地毯要花一个小时的不在场证明,变得毫无意义。"

"不对,难道不能这么想吗?"

警察搜肠刮肚地思索着。

"凶手是把十字架斜放在这个房间里,然后再钉上钉子。"

警察将十字架斜放,将一侧的洞与地板上的洞对齐。

"要是只有一个，这个位置应该就没问题了。然后像这样——"

警察站了起来，朝十字架踢了一脚。

"凶手的脚碰到了十字架上，十字架的位置就会发生偏移。"

十字架移位了，警察用手挪动十字架，使另一边的洞与地板上的洞对齐。

"这样的话，也可能会出现十字架上的洞和地板上的洞对不上的情况吧。"

"不可能。"

我即刻答道。

"假使真像你说的那样，将十字架斜放，在一边先钉上一个钉子，那么钉子就会钉在地板上了吧。"

警察"啊"了一声。

"假使十字架是在一边被钉子固定住的情况下被脚踢了，那么十字架就只能以钉子为轴旋转。"

我接着补充道：

"同理，先将十字架斜放，钉上一边的钉子，然后将十字架抬起来，反方向斜放后再钉上另一边的钉子，倒是有可能的。但这么做并无任何合理性，因此大可以排除这种可能。"

我将十字架放回原位，十字架上的孔和地板上的洞并不匹配。

"所以地板上的洞并不是这个十字架上造成的。"

"这到底是什么洞？"

警察以求助的眼神看向了我。

"这是把人钉在十字架上造成的洞。"

所有人目瞪口呆,第一个缓过来的人是塚本。

"不对,这不是你说的吗?地板上的洞并不是十字架造成的。"

"我可没这么说哦。请一字一句地回忆一下。"

塚本仿佛在追寻着记忆,只见他用手扶着眼镜,眼神锐利地说道:

"'地板上的洞和地毯上的洞,都不是这个十字架造成的'。"

"没错,这就是从中导出的唯一结论。"

我环顾四周,追逼对手的过程真是非常有趣。

"还有另外一个十字架。"

传来听众们倒吸一口凉气的声音。

"还有一个人也被钉到了十字架上。"

再往后就是我的独角戏了。

*

那么,另一个人是什么时候被钉上十字架的呢?

将其解明的线索正是地毯。

在地毯上也有跟十字架和地板位置相同的两个洞,也就是说,在另一次把人钉上十字架的过程中,现场正铺着地毯。

案发以前,地毯是什么时候被铺上的呢?

那是在九月六日至九月八日这三天里。

让我们看看这段时间的进出记录吧,这些都写在店主的笔记本上了——

  9/3（星期一）：清家，关口

  9/4（星期二）：前田（蟑螂）

  9/5（星期三）：清家，前田

  9/6（星期四）：清家，关口，下条，前田，中谷，塚本（地毯）

  9/7（星期五）：清家，下条

  9/8（星期六）：清家，关口，中谷，前田，下条（地毯）

  9/9（星期日）：前田

  九月六日所有人一起铺了地毯，假使钉十字架发生在这一天，那么除了受害者以外所有人都是同谋，这种事有可能吗？

  在那种情况下，至少被钉的受害者会说出真相，如果没有，就说明受害者已经死了。也就是说，被钉的正是御锹。

  但这也是不可能的。

  请看姐姐在直播平台上传的最后一个视频。

  拍摄日是九月九日，里面拍到了姐姐的身影。注意看她的手掌，那只手毫发无损，也就是说，姐姐并没有被钉在十字架上。

  因此六号被钉的说法遭到否定，同理，八号被钉的说法也被否定了。

  那么，只剩下一个日子。

  九月七日。

  那天的出入状况又如何呢？

*

所有人的视线都投向了一个人。

"下条同学，让我们看看你白手套的里面吧。"

下条把手举到胸前，慢慢地摘下白手套，只见他两只手掌的正中间贴着大大的创可贴。

"你是不是搞错了什么？"

下条的声音显得波澜不惊。

"我确实被钉上了十字架，但仅此而已。至于我为什么没说，那是因为这实在很丢脸。"

下条转向了我，仿佛这世上就只剩下我和下条两人。

"归根到底，这样的推理只能锁定被钉在十字架上的人。"

下条的表情一瞬间写满了嘲讽。

"然后呢？"

他问。

这样的嘲笑也只是一瞬间的事，他很快就恢复了平静的表情。

"凶手是谁？"

我再也无法掩饰笑容，下条的模样就像一只越是挣扎，就越被蜘蛛丝紧紧缠住的蝴蝶。

"我姐姐的遗体有一个可疑的地方，就是被钉十字架的时候，右手正常地被钉着，但左手却不是。"

下条的眉毛抽动了一下。

这里再度变回我的独角戏。

*

姐姐的左手和十字架的左侧，是用锥子一样的东西开的洞，再把钉子放进去的。

那么，凶手为何要这么做呢？这里有个假说。

那就是凶手出于某种理由无法把钉子钉进去。

即使无法钉下钉子，十字架也必须完成，为此凶手用锥子凿了个洞，把钉子放了进去。

既然右侧钉了钉子，这就是说凶手在右侧钉完钉子后，移到左侧时就没法继续钉了。

这有可能是什么情况呢？

假设，

凶手他——

手受伤了的话。

凶手用铁锤钉进了右侧的钉子后，手疼得无法继续，这跟杀害受害者时用力勒住她的脖子也有关系吧。于是他从仓库取来锥子，在手和十字架左侧开了个洞，将钉子从上面塞了进去。

*

传来了一记嗤笑声，那是自下条嘴里发出的。

"这没法成为证据吧？"

下条冷笑着。

"比如说，像这样，凶手在右侧钉入钉子的时候，不小心将铁锤砸到了扶着钉子的手指上，经常会有这种事对吧？因为这个，他疼得没法用锤子了，便改用锥子开了洞。"

"那是不可能的。"

"为什么不可能？"

"守护神。"

下条露出了"哈？"的表情，然后瞬间转为察觉到什么的脸，从张大的嘴里发出了无声的哀号。

"听说你们乐队里有守护神，那个是鹿形的摆件，实际上是一整套的尖嘴钳和底座。"

我指了指放在镜子前的牡鹿工艺品。

"假设扶着钉子的手指真被铁锤敲到了，在这种情况下，与其特地去仓库取锥子，还不如用同在一室的钳子按住钉子，你不觉得这样更合理吗？"

"可是……"下条的声音里充满了焦躁，"凶手有可能不知道啊。"

"守护神是乐队的吉祥物，大家当然都知道了。"

我向乐队成员们征求同意，下条以外的人都点了点头。

"顺带一提，这是父亲送给女儿的礼物，所以还得补充一条，就连嫌疑人之一的清家胤也知道这把钳子。"

"可是……"下条的表情里已经没有了先前的从容，"也有可

282

能是偶然在房间里事先放了把锥子吧。"

"这也不可能哦。"

我将其否定后，下条再也无法掩饰内心的动摇。

"你说说证据……"

"案发前，最后一个使用房间的人是谁？"

我再度翻开店主笔记本的复印件，确保大家都看到了之后——

"是前田。"

我说。

前田蓦然有了反应。

"前田同学，要是在工作室里看到锥子的话你会怎么办呢？"

"立马扔掉！"前田打了个哆嗦。

面对一脸不解的下条，我解释道：

"他有尖端恐惧症。"

前田战战兢兢地点了点头。

"前田对尖的东西有着非比寻常的恐惧，要是看到案发前的工作室里偶然放了一把锥子，前田一定会扔掉的。"

"可是……"下条的声音已经变成了恳求，"凶手也可能是作案当天，在杀人前从仓库里拿出了锥子吧。"

"那为什么钉十字架右侧的时候要用铁锤敲呢？"

"可是……"

我微微一笑，等待下文。

但下文已经没了。

下条抬起头看着天花板，随即垂下了视线。

伴随着一记呼气声——

"罢了,我原本就做好了被抓的打算。"

他的脸上露出了明快的神色。

"是我杀的。"

第二十二章　母亲 5

九月十日，案发当天，下条和御锹约好在工作室里见面。

当御锹到达工作室时，下条已经在单间里了。

下条指着桌上的信封告诉御锹——

关口留了封信，他被关口拜托传话。

御锹坐在放大器上开始读信，这样的布置巧妙地令她背对着下条。

下条用藏好的绳子从背后勒住了御锹的脖子，御锹激烈地抵抗着，下条也用尽全力勒着她的脖子。待确认御锹不动了以后，下条离开了单间。

下条从仓库里拿来了准备好的十字架，这是当天制作出来的。上回的十字架已经被施虐者用锯子锯断藏在包里带了出去，但这次没有这个必要。

下条将十字架平放在地板上，将御锹的遗体叠放在上面。然后他用铁锤在遗体的右手上钉了钉子，有意不让其穿透地板。但这时正在愈合的手伤破裂，疼痛令他无法再敲击锤子。

于是下条决定去仓库拿来锥子，用它在尸体的左手和十字架的左侧开了洞，从上面穿入钉子，完成了钉十字架的效果。

尔后他将十字架立在镜子前面，被钉在上面的遗体怨恨地看着下条，于是下条锁上门，快步离开了现场。

为何地板上的洞和第二次钉十字架的洞距离一致呢？那是因为下条无意识地再现了自己的遭遇。

钉钉子的时候，下条把十字架放到了和自己被钉相同的位置，这时他才注意到地板上已经开了两个洞。由于十字架双臂的高度不同，所以孔的位置并不能完全对上。即便如此，为了尽量保持一致，他还是在已有的两个洞上方平行移动的位置钉了钉子。因此第一次钉十字架才得以和第二次的孔距保持一致，而且第二次钉的时候钉子没有穿透地板，故而才会有把第一次的洞误认为第二次的事情。

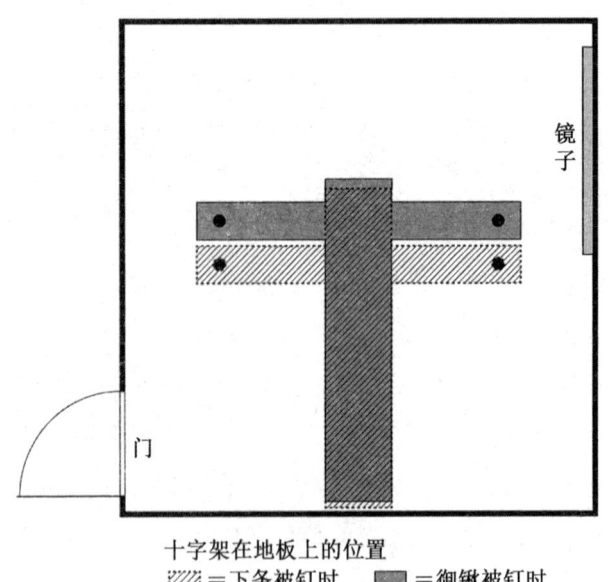

十字架在地板上的位置
▨ =下条被钉时　　■ =御锹被钉时

不让钉子贯穿是下条有意为之的。第一次钉十字架的时候，施虐者因为钉子穿透的地板而无法立起十字架，从把十字架靠在墙上这点来看，可以说下条完成了更甚于施虐者的复仇。

下条所受的欺凌已经远超欺凌的程度了。下条心生杀机是在他被活生生地钉上十字架的时候。在那之前，他曾被迫吃宠物猫的尸肉，或是肛门里被塞入点着的窜天猴，总而言之，他遭受过只能以残酷形容的虐待。

虽然契机是下条的偷拍行为被御锹发觉了，但这其实也是御锹设好的计谋。

"真是恶魔啊。"

警察说。

现在是晚上十点，我在自家客厅里听取警察的调查报告。这算什么事？明明我是受害者的遗属，不知为何却置身于严厉批判的目光之下。

"你觉得哪边更坏呢？"

警察见我答不上来，还以为说错了什么。他的目光越来越严厉，脸上浮现出生动的表情。

"清家御锹和下条最，到底哪边更坏？"

"蛋糕和拉面，到底哪边更好吃呢？"

警察咂了咂嘴，摆出恐吓的样子。

"这都是别人家的事吗？今后你身上的压力可不得了。"

"即便如此，有一件事我也可以肯定。"

"哦？什么？"

"坏的不是我。"

警察的表情立刻绷不住了，拍着膝盖大笑起来。

紧接着那张脸瞬间又变回了严厉批判的样子,好像把不同的电影胶片用透明胶硬粘到一起似的。

"和你说话我都快发疯了。"

警察撂下这句就回去了。

*

当案情的概况在新闻上传播开来时,公众纷纷对下条表示同情,与此相对,姐姐的评价跌至谷底。微博上充斥着对姐姐的诽谤中伤,就连姐姐在视频网站上发布的视频,差评数也急遽增加。

在与这次案件有关的姐姐的帖文中,有一条达到了十万转发。那是姐姐在接受一家小型网络媒体采访时的文字摘录。

"杀狗杀猫不是会被问罪的吗?不过杀鱼是不会被问罪的,不管是活活宰了,还是尽可能把它折磨死。只要是鱼就没问题,所以我才喜欢鱼。"

原报道在结尾处略带歉意加了一句这些都是玩笑话,但在案件曝光的今天,这句话半点都没被当作玩笑。

我躺在沙发上摆弄手机,明明是晚上十一点了,家里的门铃却响了起来,看了看对讲机的摄像头,是媒体采访。兴奋感还没有因案件告破而冷却下去,于是我笑容可掬地打开了玄关的门。

一根麦克风伸了过来,我还是觉得这样的麦克风是男根的象征,我就像是受虐者,正在遭受冠以正义之名的凌辱。

媒体记者并没有进门,而是从门外气喘吁吁地拿着麦克风问道：

"你就是受害者的弟弟吧？请问现在是什么心情？"

"姐姐对花生过敏。"

麦克风越伸越近，于是我自己拿起麦克风，以免被戳到牙齿。

"很久以前，在夏日祭典上，姐姐差点误食了花生，不过终究还是没吃下去。要是那会儿姐姐吃了花生死掉的话，就不会有这次的凶案。所以我现在的心情是，要是姐姐在当时死掉就好了。"

"……"

记者和摄影师面面相觑，露出不快的表情，然后勉强挤出一丝笑容，抛下一句"感谢协助采访"，便打道回府了。

*

第二天，我在教室里承受着好奇目光的洗礼，但谁都没有跟我搭话，这正是日常为人处世的成果。

我被人从身后拍了肩膀，是两边同时拍下的。

回头一看，山田和比留间各将一只手搭在我的肩上，然后两人同时将手从我肩膀上拿了下来，以一副古怪的表情来到了我的面前。

"真不容易啊。"山田自说自话地点了点头。

"要是需要的话，我们可以帮你。"比留间细声细气地说道。

"那就成为我的家人吧。"

"啊，啊啊啊啊！那个那个那个……"比留间骤然变得精神起来。

"你这是在求婚吗?"山田黏稠而冰冷的视线看了过来。

而我既不肯定也不否定。

"家里只剩我一个人了。"

"你爸呢?"山田问。

"你妈呢?"比留间问。

我虚弱地笑了笑,不管多么难以接受,只要排除了不可能的可能性,最后剩下的,即是真相。

"马上就不在了。"我回答道。

两人没有再问下去。

我在今天,即将失去我的父母。

*

我蹬着自行车从学校早退了。本想直接翘课一早就去探望,但医院说探视时间要到下午一点以后,因此我才不得不先去学校。我蹬着自行车,沐浴在微热的风中,认真地思考着究竟是娶比留间琉姬还是山田深红为妻的问题。

我到达了多摩中央医院,把自行车停放在停车场。那里草木茂盛,石制的花盆里郁郁葱葱地长着很多叫不出名的植物。

手机收到了通知,打开一看,原来是久门发来的消息。她给我发了段视频,还附了这样的说明——

"这是绑架案的后续报道,要是派得上用场的话请跟我结婚。"

视频是新闻片段的剪辑，画面上的人是楠本旭。我是怎么知道的呢？那是因为楠本旭这个名字打在了字幕上，当然了，我完全不认识他的长相。在胤也的第二次绑架中，被虚假绑架的初中生楠本朋昌，其父正是楠本旭。这不是最新的消息，而是父亲被捕时的新闻。楠本旭似乎作为与父亲有关的人接受了采访。

我看了那则新闻后感叹不已，这对今后要做的事情能起到相当大的作用。就这样，久门真圃被追加到未婚妻的候选人中。

我将手机放回口袋，锁上了自行车。

医院正门有个很有特色的淡蓝色屋顶，虽说不清楚这个淡蓝色屋顶有何意义，但一定有其内涵的吧。这里给人的印象并非讲究的都市医院，而是朴素的乡村医院。不是说哪边更好，而是各有各的优点。

从大门进去，直接就到了二楼。因为是在坡道半途建造的，所以便形成了这样的构造。听母亲说她住在A馆的2号病房，于是我一进医院，就朝右手边前进。

2号病房应该在三楼，所以我想去三楼，却找不到楼梯。去护士站一问，才知道2号病房是封闭病房，只能从护士站内侧进入。

我填写好探视表，然后被带到护士站的内侧。上楼梯的地方也是在护士站内侧。在那里我被要求漱口和洗手，并听取了工作人员的说明。探视要在半个小时左右结束，回去的时候直接敲护士站的门就可以了。

就这样，我到了护士站外面，刚一出门，门就被锁上了。那里是封闭病房,在宽敞的空间里,住院的患者们坐在椅子上,或是喝茶或是谈笑。

初次目睹这种景象,给我的直观感觉是到了某种异界。话虽如此,这和精神病患被关在铁窗内的可怖地方还是大相径庭的。

那里的人看上去和正常人没什么两样。要是无惧误解敢于表达真实想法的话,那他们应该还是人类,却又有一点不同,他们轻飘飘地浮游着,是处于谎言和恶意对立面纯粹的存在,应该用天使来表现。

在这样一群天使之中,母亲也完全融入进去了。包含母亲在内的数名女性正快活地聊着天。这像是女性专用病房,身为男性的我相当惹眼。所以母亲很快就注意到了我,母亲向同伴道别之后,跑到了我的身边。

"儿子啊,真对不起,让你担心了。"

"没事。有什么地方可以两人单独聊聊吗?"

"那就让他们开一下会面室的门吧。"

母亲打开护士站的小窗,提出要使用会面室。于是护士过来帮我们打开了会面室的门锁。我们走了进去,面对面坐下,变成了两人独处的状态。

"情况怎样?"

"药好像起效了,状态相当不错。"

"是吗?那太好了。就是费了老大劲才好转的状态又要变坏,可真叫人为难啊。"

"……"

母亲小心翼翼地看着我，其中并无恐惧。换作平时，她应该会痛苦地绷着脸吧。而现在的她却并未如此，是因为药物起效了吗？

"你结婚是为了复仇，对吧？"

"对。"

"这是对清家胤也的复仇，他是害你父亲死于交通事故的始作俑者，为此你才和他结婚，生下外遇对象的孩子，作为对胤也的报复。"

"对。"

"可这不是很奇怪吗？御锹是胤也的孩子，本该复仇的你还是生了胤也的孩子。"

"也会有这样的事吧。"

"还有一件事也很奇怪。"

母亲没有将目光从我身上移开，她身上并未表露出半分怯意。

"妈妈是在十七岁的时候无证驾驶车辆出了事故，导致坐在副驾上的父亲死亡，是吧。站在父亲的立场正常想想，虽然我未当过人父，但也能想象得到，一般情况下不都会阻止吗？无证的女儿要求开车，不该把她拦下来吗？退一百步说，即使对无证驾驶的事放任不管，可要是一起上车的话，那由自己来开不就好了吗？既然都一起上车了，为何要特地让无证的女儿开车呢？"

"也会有这样的事吧。"

"答案只有一个，你父亲当时处于不能开车的状况。"

"不是。"

"展示一下我的推理吧。你那副驾驶座上的父亲并不是死于事故，而是一开始就死了。说得更深入一点可以吗？那就是你杀了你的父亲，为了处理尸体，才让他坐在副驾驶座上，无证驾驶向着某处驶去。也正因为如此，警车的警笛声才会让你感到极度不安，要是父亲还活着的话，那停车换人不就好了，为什么不这么做呢？"

"你有证据吗？"

"有哦。这是一位政治家的证词，她是这么说的：'事故发生以前，夕绮擅自使用父亲汽车的事情被发现了，挨了一顿臭骂，她父亲怎么会坐在副驾上呢……'"

"我觉得仅凭这点作为证据还是太薄弱了。"

"证据什么的都无所谓，因为案件的追诉时效已经过了。杀人案件的追诉时效是在二〇一〇年取消的。一九八九的杀人案，到二〇〇四年就过了时效，所以这根本谈不上是证据。"

"那是为了什么？"

"我想揭露真相，仅此而已。"

"别这样。"

"你和交通事故的始作俑者清家胤也结了婚。但这是与复仇完全相反的动机。正是因为事故的发生，使得杀人案得以隐匿。被你杀死的父亲变成了死于交通事故，本该判十几年的有期徒刑，就只判了两个月。因此，对于交通事故的始作俑者，你超越感激达到了爱情的程度，这也是理所当然的吧。"

"请不要再说了。"

"好了，我希望从现在起你能回答一些我不知道的事情。首先，你为什么要杀了你父亲？"

母亲闭上了眼睛，将手按在胸口深深地吸了口气，然后放下手，睁开了双目。

"噪声。"

"原来如此。"

"你大概会觉得只不过是噪声吧，但当你真正受到噪声的伤害时你就懂了。那会让人失去正常的思考能力。不必要的哈欠，不必要的开关门，不必要的自言自语，剥夺了我的正常思考能力，促使我走向了杀人。"

"哦，总觉得是个无聊的真相。但如果这就是真相，那就没法可想了。说不定真有别的动机，但只要你不说，我是不会知道的。所以我只能接受这个真相了。"

"这样就够了吧？"

"第二条，既然胤也救了你，为什么你要出轨，生下出轨对象的孩子？"

"……"

母亲沉默了片刻，或许是内心深处希望被人倾听吧，她郑重地开了口：

"我被威胁了。"

母亲脸上透出的只有后悔。

"交通事故发生当时，救援队员救出了我和父亲。当时救援队员发现了我父亲死于交通事故之前的事实。但救援队员并没有报警,而是威胁我,逼迫我跟他发生性关系。我没有选择拒绝的权利,所以只能忍受对胤也的背叛。"

"所以你才故意让比你小很多的妹妹给你寄了DNA检测套装,以图赎罪吗?"

"就是这样。我无法忍受独自一人承担罪孽,那是我对罪行的坦白。但胤也并没有抛弃我,所以我就被他的温柔宠坏了。"

"杀人没有负罪感,出轨却有负罪感,真有意思。"

"可以了吧?能说的我都说了,再也没什么可讲的了。"

"可事实并非如此,其实你有个巨大的误会,那才叫致命呢。"

"……是什么?"

"你自以为嫁给了你的救命恩人。"

母亲想要说什么,但最终没能说出口,那句没能说出的话正在口中翻滚着。她的脸上甚至流露出即将爆炸之际,呈放射状扩散的最后的闪光。

"很遗憾。和你结婚的人根本不是救下你的人哦。"

"这不可能!"

响起了拍桌子的声音,母亲自桌子上探出身子,拼命地等待着我的否定。

"残酷的真相和温柔的谎言,你选择哪个?"

母亲咬紧牙关,一副快要哭出来的表情。但仍旧用颤抖着的嘴告诉我:

"残酷的……真相……"

"好吧。"

我笑容满面地答道。

"虽然说来话长,但我会把胤也的故事全都告诉你的。"

第二十三章　父亲 5

东京都八王子市鹿岛●号地●，我的家就伫立于此。

这座坚不可摧的城堡一直守护着我们。不过，或许它抵御外部进攻的能力非常强大，但对于来自内部的侵蚀却完全无力。我们过于沉溺于它外部的强大，却丝毫未考虑这种来自内部的侵蚀。在哥哥死前，在姐姐死前，本应更加谨慎地考虑这些问题。

家里没人，我便在客厅等着。不久传来了开门的声音，被释放的父亲回到了家。

"拘留所好玩吗？"

"糟透了。"

父亲坐在了L形沙发的另一头，我的视线和父亲的视线正好垂直相交。

"这不是你自己选择的路吗？"

"多亏了你，这一切都白费了。"

"爸爸做假口供的理由，就是为了不让女儿成为恶魔，这样真的好吗？"

"当在审讯室听到有关地毯的不在场证明，追问我是不是凶手的时候，我马上就意识到，十字架的臂高是一米六五，是不可能在一米五的地方开洞的。"

"真不愧是爸爸呢，脑子真是好使，就这样杀了一个人也没被逮住，还能逍遥法外。"

父亲只是转过头看着我，然后放松地将胳膊转到靠背上，像是在享受着久违的家一般。

"你说啥？"

"爸爸参与了两次绑架案，第一次是作为受害者，第二次是作为犯人。"

"你从哪查到的？"

"我爷爷不是在养老院吗？给他喝了葡萄味芬达后，大脑受到刺激，恢复了正常的思考能力。"

父亲哼笑了一声，虽然没有开口，却用视线明确地对我说，真会有这种蠢事吗？

"爸爸参与的绑架案，有几件事非常奇怪，当我从逻辑上思考这些问题时，就发现了一个真相。"

"我杀了人？太胡扯了。我的确参与了两次绑架案，仅此而已。"

"前田宠物店。"

"那是啥？"

"哦，是吗？身为受害者，所以站在爸爸的视角应该是不知道的吧？你脑瓜子一直都这么好使。可是我知道哦，第一次绑架是清家胤也假装成受害者，实际上是自导自演的虚假绑架，动机是为了确认父亲对自己的爱对吧？真教人哭笑不得。"

"这样啊，你都知道了吗。"

"可这里有一件很奇怪的事。第一次绑架的时候，爸爸装成被释放的样子回到家里，爷爷悬着的心落了地，那天爸爸和爷爷应该一直待在一起。可就在爸爸跟爷爷在一起的时间段，有人来到了前田宠物店，他就是绑架犯。那家伙要回了一百万，就在这时被店员用照相机偷拍下来。在这里产生了一个矛盾，绑架犯本该和爷爷待在家里，却在同一时间来到了宠物店，这到底是怎么回事呢？"

父亲大大地伸了个懒腰，将手放了下来。

"要是探究这个谜团的话，会发现更奇妙的事实。清家胤也在第二次绑架时被警方逮捕了，被警方纠缠上的状况可是相当重要的，即使狡猾如老爸，也无法欺瞒警察。因此，可以说在两次绑架中，与警察相关的部分并无虚假。具体来说就是周刊杂志的照片，周刊宝石的采访人员从小学毕业相册中搬来了清家胤也的大头照。毫无疑问，这张照片上就是清家胤也。倘若这不是清家胤也的话，会被弄错的人起诉，或是受到警方的提醒更正报道。既然没有这种情况，就可以说周刊上的照片一定是清家胤也。"

"我不明白你的意思。"

"第一次绑架和第二次绑架，两边各有一张照片，即宠物店店员拍的绑架犯照片，和周刊杂志记者在采访中获取的清家胤也照片。这两个人有着一样的长相，也就是同一个人。根据这一事实，可以推导出去宠物店领了一百万的人就是清家胤也。那么这里就产生了矛盾，第一次绑架的时候，清家胤也去宠物店领了一百万，与此同时，爷爷跟不是清家胤也的某人待在一起。喂，清家胤也去领一百万的时候，和爷爷在一起的那个人到底是谁呢？"

"你要问我是谁,我只能说不知道。说起来爷爷怎么会没发现那是另一个人呢?通常都会发现的吧。"

"我去看爷爷的时候,爷爷错认了我和隔壁的女生。"

"你说他眼神不好?就算这样,光听声音就知道那是别人吧,就算视力再怎么差,只要靠近看看,就会发觉那不是自己儿子。"

"你就是这样转移话题的吗?算了,我就奉陪到底吧。爷爷眼睛好使得很,因为他发现了我肩膀上很难看清的线头。"

"这样的话,要是家里有外人,肯定会发现的嘛。"

"答案只有一个,那就是脸盲症,一种无法辨别人脸的认知障碍。爷爷是先天性脸盲症,没法分辨人脸。"

"就算这样,声音也能听出来吧?"

"反过来说,正是因为声音相似,才得以互换。"

当我抛出核心的那句话时,父亲一改放松的姿势,不停地晃着膝盖,显得焦躁不安。

"有一段时间,爷爷和不是清家胤也的人一起生活。那么当时清家胤也是怎么生活的呢?一百万赎金后来归还了九十万,那十万之所以没能还回来,是因为这些钱作为生活费消失了。这一事实也强化了进行过互换的事实。"

"我听不懂你在说什么。"

"那我们直奔主题吧。现在在这里的人真的是清家胤也吗?又或者不是清家胤也?"

父亲的膝盖停止了动作。他用双手抓住膝盖,使劲到指甲都嵌了进去,强行止住了膝盖的摇晃。

"之前我说过警察参与的部分没有欺骗的余地。基于这个前提，在宠物店领回一百万的人和第二次绑架的犯人就是清家胤也，这点是不会错的。"

"对了——"我接着说，"爸爸得了过敏吧，是鸡蛋过敏来者？"

"大豆过敏。"

"暂且把这事记着，先来看看事实吧。第二次绑架后，由于当时的法律规定未满十六岁不能定罪，所以清家胤也只接受了严重警告就被放回来了。那天爷爷为了安慰他，和他去了一家中华料理店，你猜他在那里吃了什么？"

"不知道。"

"是麻婆豆腐哦。爷爷点的菜里有麻婆豆腐，真是太奇怪了。爸爸对大豆过敏，不能吃豆腐，而清家胤也却吃了麻婆豆腐。"

"或许是点了没吃吧。"

"会这么干吗？爸爸在姐姐差点被迫吃花生的时候，就一把推倒肇事者阻止了这一切，过敏这么严重，还会点了不吃吗？"

"就是点了没吃，哎我想起来了，中华料理店里是放着麻婆豆腐。"

"呵呵，还不死心啊。但务必听我把话说完，我会让你一直见证到最后的。清家胤也吃了麻婆豆腐，但爸爸不能吃麻婆豆腐，所以爸爸不是清家胤也。"

"那你说我是谁？"

"第二次绑架时，清家胤也这样描述动机，他觉得要是朋友被绑架，朋友的亲子关系就会得到修复。但这不是很奇怪吗？他的朋友，也就是楠本朋昌那时已经离家出走了，根本无所谓什么亲子关系。既然如此，不如认为清家胤也搞的虚假绑架是有什么更深的考量。"

"没有，我只是为了帮助朋友才搞了虚假绑架的。"

"让我们回到刚开始的地方，清家胤也和他的同伙曾互换过一段时间，那原因是什么？为什么要互换？"

"没有互换。"

"互换的理由很好猜。既然第一次绑架是自导自演，目的是确认父亲的爱的话，那么互换也是出于同样的理由，为了测试父亲的爱，试着确认下互换了以后会不会被发现。"

"怎么可能。"

"然后清家胤也就离开了家，一个人住到了什么地方。不过对于初中生来讲，生活仍旧很艰难，他也会想回家吧。于是他对同伙提出，互换就此结束，虽然没法确认父亲的爱，但也没办法了。那么，要是同伙喜欢上了互换的生活，拒绝回到原来的生活，他又该怎么办呢？"

"……"

"清家胤也非常苦恼，因为他回不了自己的家，但是又不能透露交换的事实，不然夺走一百万的事实就会被揭穿。那有什么办法可以回到自己的家呢？于是他就发动了第二次绑架。"

"……"

"第二次绑架并非为了朋友的亲子关系。不，或许也有这样的意图吧,不过最大的目的还是回家。要是作为绑架犯被逮捕,让警察参与进来,就能证明自己是清家胤也,清家胤也会被强制送回自己的家,同伙会被强制送回同伙的家。就这样,清家胤也回到了自己的家,同伙也回到了自己的家。没错,同伙也是。"

"……"

"同伙的亲子关系非常糟糕,同伙楠本朋昌受到了父亲的虐待,这让他想起了清家家里幸福的生活。虽然只是短暂的替换,哪怕是伪物,但他确实得到了父亲的爱。他想再次回到清家家生活,那该怎么办才好呢?朋昌想了想,然后把那个计划付诸实施。"

"……"

"所以你杀了他吧?"

"……"

"你就是楠本朋昌吧?杀了清家胤也后成了他吗?"

父亲竭尽全力按住颤抖的膝盖,表情完全僵住了。他费了老大劲才从嘴里吐出一句话来,可并没有因沉默而积聚多少能量,只是为了在瞬息之间从痛苦中逃离出来,就像游泳时的换气的声音一样。

"……证据呢……"

"不不,跟证据没有关系。因为已经过了时效了,无论有没有证据都不会被问罪。所以我说的不是证据,并不是这个维度的问题。"

"那是什么?"

"我只想弄清真相,其中没有恶意也没有善意,只是出于兴趣。"

"这样啊。要是没有证据,那就到此为止吧。"

"清家胤也的生母住在横滨。"

父亲的反应明显变得激烈起来,无论是呼吸、眨眼,还是心跳。

"那又怎样?"

"我扯了个谎说与调查有关,让警察查了清家胤也生母的DNA。那么问题来了,清家胤也的亲生母亲,跟你有血缘关系吗?"

传来了再也抑制不了的笑声,那是自父亲嘴里发出的。

"我不能原谅那家伙。"

父亲笑得满脸褶子,通常情况下,笑容会让人感受到愉悦的气氛,但父亲的笑却是恶毒的,不纯的,其中丝毫不存在让人愉悦的感觉。

"说什么想要修复朋友的亲子关系,但实际发生的事情又如何呢?我爸根本就没有任何支付赎金的举动,只是说刚好把那家伙杀了吧。什么鬼的修复亲子关系,开什么玩笑。要是他不多管闲事,说不准还有希望。我住在棚户区里,还抱有那样的希望,直到他把这一点点希望都打碎。"

"嗯,真是催人泪下呢。话说回来,你因为姐姐的事情被逮捕的时候,电视上放出了你的生父,是媒体的采访哦。以之前被清家胤也绑架的儿子的父亲的身份。"

"……那又怎样？"

"我可以给你看，这会让你改变主意的，但在这之前我得问你一件事，因为看过视频以后你就会变得不正常了。"

"快给我看视频。"

"那我最后问你一个问题，有件事我很好奇。为什么你给姐姐的葬礼选了最便宜的方案？我觉得父亲在取代清家胤也之前也好之后也好，都是在没有血缘关系的家里长大的，所以我以为你对血缘关系很执着，可哥哥的葬礼你选了最贵的，姐姐的葬礼你却选了最便宜的。"

父亲露出了讥讽的笑容。

"我可不管死了的人怎么想，你说得对，我对你和终典的事都无所谓。没有血缘关系，归根到底只是陌生人罢了。我只想着御锹，不管你跟终典怎么想，我都不在乎，我只想让御锹觉得我是个好父亲。所以御锹在世的时候，我给终典的葬礼选了最贵的，那是因为我想让御锹觉得我是个好父亲。"

"原来如此，如果御锹死了，就没有需要示好的对象了。我懂了。"

我点了点头，父亲突然吐出一句话。

"要是你能代替御锹去死就好了。"

我什么都没说，只是微微一笑，回应了那句粗暴的话。

"那我按照约定给你看视频吧。"

父亲的窃笑响了起来。

"喂，难不成那个视频是施虐的父亲实际上还爱着儿子之类的陈词滥调让人感动的 A 片吗？"

我的眼皮抽动了一下。

"那家伙可是空前绝后的撒谎家，在摄像机面前肯定会谎话连篇吧。"

我点开手机播放视频，然后将屏幕翻转过来对着父亲。

那里播放着新闻影像，楠本旭出现在了镜头里。

"《暗黑战士的安魂曲》这首歌是清家胤也这家伙作曲的对吧，现在好像在卡拉 OK 大受欢迎，那其实是我四十年前的原创歌曲。不不，我不是要控诉剽窃，毕竟我根本就没有证据，屁都没有。所以我不是生气，我想说这是很厉害的事情，那首歌跟我四十年前创作的曲子旋律线的走向完全一致，虽然歌词是不一样的。还能有这样的奇迹吗？我创作了跟国民作曲家完全一样的曲子耶。好高兴啊，但我就不能分点版税吗？啊，不能分，那可太遗憾了。啊哈哈。"

视频停止了播放。父亲用手捂着眼睛，就这样站了起来，好像在忍耐什么似的，急匆匆地离开了客厅。接着传来了开门关门的声音，随后车的引擎声响起，逐渐变小，终于听不见了。

我站了起来，看向了橱柜那边，那里摆着姐姐的骨灰罐和凤梨罐头，但我的目标并不是那个。

在森林伙伴管弦乐团的立体浮雕画相框中，装饰着一张照片。

那是爸爸，妈妈，哥哥，姐姐还有我五个人，大概是我七岁那年拍的。大家都穿着去温泉时的浴衣，欢笑着摆着剪刀手。大家的剪刀手实在太耀眼了，我不由得眯起了眼睛。

照片里的是一个幸福的家庭。

即使那是虚伪的幸福。

但那一刻,那个瞬间,我们的确非常幸福。

第二十四章　哥哥 5

手机上突然收到了来自仙波的消息，在孤身一人的客厅里，回响着手机寂寥的通知声。

"六点开始帝国酒店有颁奖典礼，你来吧，我在电梯口等你。"

我上网查了一下，今天举办的是江户川乱步奖小说新人奖的颁奖典礼。

有这么个邀约真是谢天谢地，我的身心都想要得到排遣。于是我从家里出来，骑自行车去了小田急多摩中心站，坐上了电车。

在开往帝国酒店的电车里，我坐在空着的爱心座上，思索着哥哥的遗言。

"这个家里住着恶魔。"

这个恶魔究竟指的是谁呢？

父亲是恶魔，母亲是恶魔，姐姐是恶魔，看着那些恶魔忍着笑的我大概也是恶魔吧。

哥哥说的恶魔到底指谁？从这句话的写法来看，他并不认为全家都是恶魔，不然照这样的话写法就是"这个家里只住着恶魔"。

哥哥到底在想什么，他究竟在指认谁。

另一方面，也可以推测出这就是姐姐把哥哥日记剪下来的原因。姐姐看了哥哥的日记，觉得他所指的人是自己，为了向他那洞悉恶魔本性的慧眼致敬，或是感觉到了倒错的快乐，于是姐姐将哥哥的遗言郑重其事地随身收藏，引以为戒。

在新百合丘站换车，我又坐上了空着的爱心座，在日比谷站下车，徒步前往帝国酒店。

入口处停着大量黑色轿车。走进写有帝国酒店英文大字的入口，主大堂金碧辉煌，宛如玫瑰的枝形吊灯照耀着正下方的花饰，仙波就在电梯间里，一开始我没认出她，因为她没像往常一样把衬衫塞进裤子，而是穿着宛如玫瑰的红色礼服。

"这身衣服真赞，花了多少钱？"

"这种事就别问了。"仙波快活地笑道。

"大概是日租一万日元之类的吧。"

"别瞧不起人啊，这玩意儿我自己也买得起。"仙波表现出了露骨的不爽。

我们坐上电梯上了三楼，走进了富士之间。

舞台上摆着金色的屏风，好几张桌子并成一排，会场很大，即使采取了站着观看的形式，也已聚集了相当多的人。

仙波缩在角落里，我也模仿了这种做法。缩在角落能够尽可能地抹杀自己的存在感。

"不跟熟人打声招呼吗？"

"你看，我是纯文学那边的，这里不是我的本行。"

"那你今天为啥来这？"

"还用问吗？"

仙波露出了没品的笑容。

"为了吃白食咯。"

"那你为什么把我也喊过来?"

仙波收起了假装出来的没品笑容,表情严肃起来。

"我带了保鲜盒来,椿太郎君就是负责打包饭菜的人,高中生的话应该可以被原谅吧。"

我暧昧地笑着,接受下仙波的好意,虽然这对我而言是不必要的。

"我不需要同情和安慰,若你是为我的家庭着想,那大可不必。"

"伤心的时候哭,不伤心的时候不哭,是这样吗?"

"发生了很多事情,有些措手不及。但说实话,这一切对我来讲,都是值得兴奋的哦。"

"值得兴奋……"仙波像是在细细品味这句话。

"欲上先下,是这样吗?"

"你记得很清楚嘛。"

"能保证会上吗?有一跌到底的可能性吧?"

这个问题很关键,即便如此,这种事我一直都在考虑。

"钞票这种东西,就算因为国家倾覆成为一堆废纸,最坏也不过变成零元,不会变负的哦。生活不也一样吗?下限为零,但上限是很大的。"

"现在椿太郎君的人生值多少钱?"

"零元吧。"

舞台上越来越忙碌,颁奖典礼开始了。主持人是道尾秀介,先是今野敏致辞,再是讲谈社社长和富士电视台社长致辞。然后是颁奖，授予获奖者的是正奖的江户川乱步雕像和副奖的一千万日元奖金。不过在我看来，正奖是那一千万，副奖才是江户川乱步像。接着辻村深月代表评审委员会发表了评选结果，接下来是获奖者齐藤咏一的感言，据说他是在下町的书店长大的。演说结束后他被献上了花束。最后在东野圭吾的祝酒词中，晚宴开始了。

我和仙波先排了烤牛肉的队，味道不愧是一流酒店，又吃了荞麦面，即使是荞麦面这种看起来没什么差别的食材，一流酒店的味道也别有洞天。我们没有谈话，只是默默地填饱肚子，然后返回会场的角落。

"你不用往保鲜盒里装吃的吗？"

"这是椿太郎君的工作。"

"那就给我个保鲜盒吧。"

"不用，如果因为我，有人想吃却吃不到的话，那就太悲剧了。所以临近结束的时候，我们再将剩下的回收吧。"

"总觉得是没用的自尊心。"

"啥意思啊你。"

"差不多该进入正题了吧？"

"是呢，帝国酒店，作为结尾的陪衬再适合不过了。"

其他人都在吃饭、聊天、交换名片，在这里勤勤恳恳地工作着。唯独我们却像是不帮忙干活却跑来偷懒的坏学生。

"之后的场景以煮绳子为开端。"

仙波开始了讲述。

"看到网上的文章说直接使用麻绳不好，间宫令矛决定鞣制麻绳。首先是煮沸，将麻绳放在大锅里生火煮，水会变得又脏又浑，然后换水再煮。一直到水保持透明不再变浑。本来没必要做到这种程度，但间宫是一丝不苟的性格。接着是脱水，首先将麻绳浸入放了柔顺剂的水里过一整夜，然后用洗衣机的脱水功能令绳子脱水。从洗衣机中取出时，吸过水的绳子沉沉地压在手上。再往后是干燥，一边解开缠成一堆的绳子，一边在晒不到阳光的地方阴干。房间里弥漫着麻绳粉尘的臭味，于是间宫把换气扇调到最大功率。接下来是涂油，把网购来的马油涂在工作手套上，再用手套捋麻绳，等到全部捋完的时候，小瓶装的马油已经用完了。最后是烧细毛。这个阶段的麻绳已经起了很多细毛，拿露营用的瓦斯炉，对着吊在晾衣竿上的麻绳喷射火焰，平稳地顺着绳子移动，就会听到细毛嚓嚓燃烧的声音。当绳子被烤到不至烧焦的程度，再用手套捋掉细毛，鞣制就完成了。当初买来的扎手的麻绳，此时已经变作了光滑的绳子。"

获奖者周围人山人海，我们全当与己无关。

"这时间宫想起还有一件事没做，那就是系尾结，绳子的末端要是没经过任何处理，就容易绽开来。所以要系尾结。用登山绳上的八字结系法系成'8'字，绳尾就会紧紧拧在一起，再也不会绽开了。这样一来，完美的麻绳就完成了。具体派什么用场不说也知道吧。对，就是SM游戏，间宫是S，小池是M。两人在那天做了第一次SM。那个场景被描绘得很滑稽，间宫想给小池绑成龟甲缚，但完全不行，最后只是随便绕了绕，用不堪入目的肮脏捆绑游戏勉强让他达到绝顶。小池始丞是个受虐狂。因此他需要一个能够虐待

313

自己的人，而身为极恶之人的间宫正是他的最佳人选。"

　　人群熙熙攘攘穿梭走动，这情景就好像搅拌着盛有彩色糖果的瓶子一样，让人百看不厌。

　　"两人的 SM 游戏翻来覆去地进行着。某日，间宫问了这样一句话——'一个乐于挨打的人挨打就是真正的 M 吗'。小池无法回答这个哲学性的问题。挨打是因为乐于挨打，如果不喜欢挨打，那就不是 M 了。可间宫说的应该不是这层意思，但这究竟是什么含义，小池也想不明白。又过了几天，间宫突然从楼顶一跃而下，当场死亡。小池想起了间宫的这句话'一个乐于挨打的人挨打就是真正的 M 吗'。就这样，他找到了疑似真相之物，初中时被欺凌的间宫，高中时欺压人的间宫，还有从屋顶跃下的间宫的实像，终于连成了一个整体。"

　　仙波偷偷朝这里瞄了一眼，看到我那无法掩饰的兴奋以及如郊游前夜的孩子一般的笑容时，又再度将饱含哀伤的视线转向了那些蠢动着的人。

　　"问题可以归集到何谓真正的 M。乐于挨打的人挨打就是 M 吗？从 S 的角度看，这很容易理解，殴打乐于挨打的人就是 S 吗？直觉告诉我不是，殴打那些不喜欢挨打的人，殴打会感到痛苦的人，这才是本质上的 S 吧。M 也是同理，乐于挨打的人挨打，并不是真正的 M，乐于挨打的人挨不了打，这才是真正的 M 吧？为得不到的快乐而快乐，就是这样的禅问答。此即间宫所言的哲学涵义。因此，所谓的 SM 游戏本质上孕育着矛盾，S 所追求的并不是 M，而是会感到痛苦的人，M 所求的并不是 S，而是不打自己的人。因此 S 和 M 无法结合。让我们记下这事，先来分析一下间宫。间宫在初中时代被欺凌过，间宫在高中时代伤害了很多人，间宫最后自杀了。在这里问一句，间宫究竟是 S 还是 M？我想椿太郎君已经明白了，间宫是 M，初中时代因为乐于挨打而故意被打，但当她意识到了本质，乐于挨打的人挨打并不是真正的 M，乐于挨打的人挨不了打才是真正的 M，这般终极的虚无。间宫追求了真正的 M，然后表面上成了 S。正是因为想要挨打，所以才先打人以免挨打。作为让自己感到痛苦的代偿行为，去给他人带来痛苦。这一切都是为了追求真正的 M。间宫想成为一个绝不会被伤害的人，结果成了最恶劣的大恶棍。其结局虽然老套，却是理所当然的归宿。这就是死亡，死亡的终极虚无。然后间宫就自杀了，化为虚无的间宫，想挨打却永远没法挨打。小池追寻到了真相，然后他扪心自问，自己能成为真正的 M 吗？"

我的脑海里闪过哥哥的身影，他的模样就像是一触即碎的纤细的糖果工艺品。

"小池想了又想，得出了答案。自己是做不到的，自己并不能成为真正的 M。想挨打，想让人打，乐于挨打的人挨打，这只能成为假 M。从这层意义上说，间宫和小池正是最佳搭档。真 M 和假 M，表面上的 S 和 M，甚至比普通的 SM 游戏在精神的更深处相系相联。可间宫已经不在了，为追寻终极的虚无而自杀了，小池失去了最好的对象。他很痛苦，失去间宫的痛苦并不能让他快乐，痛苦即快乐，快乐即痛苦，可为何这样的痛苦让自己如此难受呢？不知不觉间，痛苦和快乐的界限变得模糊了。何谓痛苦？

何谓快乐？最爱的人死了不该很快活吗？这不就是作为假 M 的自己吗？真 M，假 M，痛苦即快乐，快乐即痛苦。小池仿佛徘徊在没有出口的迷宫里。即便如此，小池能做的就唯有一件事，即寻找间宫的替代者。可他却找不到能够替代的人，于是小池只剩下一个选项，那就是理解间宫，接近间宫，继承间宫之位，但小池心地太善良了，没法成为虐待他人的恶棍。因此他只能一蹴而就地理解间宫。那就是死亡，终极的虚无。当决心已定之际，小池意识到自己心满意足。死亡究竟是快乐还是痛苦，是以乐为名的痛苦，还是以痛为名的快乐？大清早，在西八王子站，看准了通勤特快通过的时机，小池他——"

再往后的话仙波并没有说，也没必要说。

仙波说完后，一脸古怪的表情。然后她带着那副古怪的表情递给我三个保鲜盒，我苦笑着接了过来。

"这就是文学宝石新人奖的二次通过作品，小池始丞《异国情调》的全部内容。怎么样？能派上用场吗？"

"嗯，我知道遗言的真相了。"

"遗言是什么来着？"

"'这个家里住着恶魔。'"

"好可怕。恶魔是谁？"

"不是住着恶魔，而是需要恶魔。①"

---

① 原文为"この家には悪魔がいる"，在日语中即可以理解为"この家には悪魔が居る（这个家里住着恶魔）"，也可以理解为"この家には悪魔が要る（这个家里需要恶魔）"。

"啥?"

口头不好表达,于是我换了个说法。

"不是有恶魔盘踞在家里的意思,而是说家里需要恶魔。"

仙波张着嘴点了点头。

"不是住着恶魔,而是需要恶魔!"

"哥哥在寻求恶魔,可以替代间宫虐待自己的人。"

"但是这个家里没有恶魔。"

"有的哦。"

"啊?"

多么讽刺啊。哥哥寻求恶魔,认为这个家里没有恶魔,所以选择了死亡。

明明家里只有恶魔。

父亲也好,母亲也好,姐姐也好,弟弟也好,全都是恶魔。

"难道你是说他不该死?"

"是的。"

我们沉默着。一股笑意骤然自腹底涌起,我打开了保鲜盒的盖子,迈出了一步,然后回头看去,仿佛空想中的裙子飘了起来。

"我会装些好吃的进去的。"

仙波瞬间露出了悲伤的表情,随即又摆出了假笑。

在世界的一隅,一朵照不到阳光的玫瑰似乎正竭尽全力地绽放着。

第二十五章　弟弟 5

派对结束后,相关人员似乎还要去其他地方再喝一场。我俩是无关人员,所以就在这里分手。

"椿太郎君,玩得开心吗?"

"嗯,太棒了。"

我和仙波在金色的主大堂里面对面,望着周围的人流。我觉得必须马上离开这里,这里简直就是河流中州,一旦涨水就回不去了。尽管如此,我还是犹疑地裹足不前。天花板下的玫瑰枝形吊灯,地上的玫瑰礼服。

仙波脸上写满了不舍,双手交叉在背后挑逗般地摇晃着。

"我们不会再见面了吗?"

"想见的话随时可以,无非是不想见吧。"

"只是表达方式而已。"

"之后要去酒店吗?"

"傻了吧,这里就是酒店。"

"那倒也是。"

"最后再以前辈的身份说一句——"

仙波摆出一本正经的态度,眯起眼睛盯着我看。

"我觉得你大概并非不会受伤,只是感觉不到疼痛罢了。"

"不,我有感觉哦。"

"那又是为什么呢?"

"欲上先下嘛,是啊,打个比方就像接种疫苗,哪怕一时很痛,但终究对自己是有好处的。"

"痛的时候就该说痛。"

"要是说痛就能不痛的话,那我就说。"

"你还是说句痛吧。"

"要不是你让我说,我早说了。可一旦强买强卖我就不想说了。"

仙波目瞪口呆地叹了口气,她的眼里流露出放弃的念头。

"我总有预感,近乎确信的预感,那就是我们有朝一日会在某个地方命运般地重逢。"

这话成了我们的道别词,仙波在出租车上车点打车回去了,我则步行前往新宿站。这并非为了省钱,而是为了锻炼。

走在夜路上,一辆车停我的旁边,我保持着警戒。

与此同时,我也有所期待。那是一辆黄色的小货车,我希望它能带我去一个未知的地方,哪儿都行。倘若这真是谷底,那就没法再往下了,只能往上。

副驾驶的窗户打开了,戴着墨镜和口罩的男人露出了脸。这时我提升了警戒,同时也提高了期待。

"不好意思,请问你知道一个叫梅竹幕间的地方吗?"

"哦,梅竹幕间吗?完全不知道。"

"我这里有张打印出来的地图,你能帮我看下吗?"

"嗯,行吧。"

我爽快地答应了。我打算给他指一条一辈子都没法到达目的地的瞎掰路线。

副驾的门打开了，一名男人走了下来，他手里拿着一个卷起来的纸筒。

我面朝着那个男人，他展开纸筒递给了我，我接过纸看了起来。

感觉他的手伸到了我的脖子上。

某种苍白火花状的东西四散洒落。

我不知道之后发生了什么，因为意识当场就被切断了。

*

我被剧烈的震动惊醒了，一时间睁不开眼，只觉得浑身无力，像感冒一样发冷。首先感知到的是粘在嘴上的胶带，大概是为了不让我喊出声来吧。反正我原本就没喊的打算，所以这倒也没什么，但难点在于这种胶带撕下来的时候会疼得厉害。

我睁开模糊不清的眼睛环顾四周，这里是车后座。汽车行驶在荒芜的砾石路上，驾驶座和副驾上都坐着人，后座是我和另一个人。我的手脚被绑了起来，行动遭到了封锁。

我尝试扭动身体解开束缚，看起来大概像毛毛虫的求爱舞吧。

"五郎，他好像醒了呢。"我一旁的男人说。

副驾上的男人转过头看了过来，摆出一个邪恶的微笑向我宣告道：

"你马上就要被弄死了。"

我激动不已。

"等等五郎！妈妈可没听说过这种事情！"

驾驶座上的女人尖叫起来。

"弄死是怎么回事！你想做什么！"

"可恶的老太婆！你只要闭上嘴听我的话就行了。"

"对不起，住手！"

见副驾上的男人举起了手，驾驶座的女人缩着身子道歉。汽车以 S 形的轨迹行驶，一副即将发生事故的样子。

当汽车恢复正常行驶的同时，车内也恢复了安静。

"可是五郎，你说的弄死他是怎么回事……"

"没事，下手的是他们，我们不会被抓的。"

"我是认真的……"

"烦死了，干脆连你也一起杀了吧。"

"太过分了！妈妈可不记得把你培养成这种孩子！"

男人哈哈大笑。

"看看现实吧，我长成这样全是你的责任，要是你让我接受良好的教育，我现在就成政治家了！"

"别把责任都推给我！这不是我的错，都是你爸的错，我是受害者！"

"闭嘴！看我不杀了你！"

"对不起，住手！"

汽车又开成了 S 形，摇晃得很厉害，女人开始抽泣。

"那个……"

我旁边的男人战战兢兢地举起了手。

"当真要杀了他吗?"

"啊?你害怕了吗?"

"不是这个意思……可是……"

"是吗?刚刚那一瞬间怕了是吧。要是因为害怕出什么岔子,只好连你一道杀了哦。"

车里开着空调,冷得要死。汽车以强劲的动力在砾石路上飞驰而过。

"五郎……妈妈可以不开车吗……"

"蠢货,你不开谁开?"

"你自己开就好了啊……"

"都说我不行了,你不会连这种事都不知道吗?蠢货,蠢货,你这蠢货!"

驾驶座上的女人仿佛在将压力凝缩起来,发出野兽般的低吼。

最后还是爆发了。

"你这家伙才是蠢货!为什么连只要交钱谁都能拿的驾照都拿不到呢!真是让妈妈丢脸!让我丢光了脸!"

"这也没办法吧。"

副驾上的男人辩解似的小声说道。

"都是教练这个混蛋!他冲我大吼大叫,让我没办法集中精力开车!"

"唉真是的……真希望没生过你……"

车内笼罩着冷冰冰的空气。无法出声的我，只能忍受着感冒一样的恶寒和麻痹的四肢传来的疼痛，静静地呼吸着。

不久，汽车停了下来，似乎到达了目的地。这是一座废墟般的建筑，伫立于森林中无人问津的位置，确实很适合杀人。

我被放到了后备箱里的担架上，让两个男人抬走了。楼里有一丝光亮，又过了一会儿，我像是被扔出去一样被从担架里放了下来。我扭动着躯体，设法撑起身子。环顾四周，只见地板上放着数盏露营用的提灯，看起来仿佛在做某种怪异的宗教仪式。这里光线不足，看不清建筑物的全貌，感觉应该是废弃的工厂吧。

"好了，我们的活就到此为止，后面交给你们了。"

男人说完这句话就离开了，地板上的提灯从下方照亮了数个已在工厂等候多时的人的面孔。每个人的表情都像万圣节的南瓜脸一样，惊悚和可爱并存。

已在工厂内的数人把提灯移到我的周围，然后那些人也围了上来，我就像是献给恶魔的活祭。

这里除了我以外都是女人，而且全是四五十岁的女性。看着那些南瓜般诡异又可爱的脸，我立刻明白了自己为什么会被带到这里。

"清家君，好久不见呢。"

人妻墨田汐蹲在了我的面前，狠狠地撕下了我嘴上的胶带。伴随着一记裂帛声，我的言论自由在剧痛之中得以恢复。

"你知道我为什么把你带到这里来吗？"

"不知道。日本是一夫一妻制，你们不可能全都跟我结婚。我就教你们一些最基本的道理吧，你们应该都是情敌，为什么要亲密地讨论如何杀了我呢?"

汐笑了,其他人妻也跟着一起笑了。我被拘束着,而她们是自由的,如此压倒性的优势并不会因为我的些许挑拨而动摇。

"被你抛弃令我很绝望,但我还有同伴。网络社会真的太棒了,一个小小的评论竟会创造奇迹,将受害者聚集到了一起。我们要继续前进,跨越过去。"

数了数南瓜般的笑脸,一共有十四个,这与迄今为止我在交友平台上遇到的人妻数量是一致的。

"我们不会马上杀掉你,得先尽可能地折磨你哦。"

接下来先是一脚踹向侧腹。虽是女性的力量,但全力的一踢还是起了强烈的反应,我的嘴里漏出呻吟,当场蜷成一团。

拳打脚踢的暴行开始了,我窝缩着身子,只等暴风雨平息下来。

暴风雨暂时停歇了,女人们兴奋得喘不过气来,跟我拉开了距离。

提灯的光照在了汐的手上,银色的刀刃闪着黯淡的光,在黑暗中大放异彩。借此机会,其他人妻也纷纷亮出武器,有铁锤,锯子,冰镐,高尔夫球杆等。最惹眼的莫过于举着摄影用照相机的人。要是把这传到网上,肯定会爆火的吧。

"什么狗屁巴黎水!"

汐咆哮道。

"刚喝下去就闹肚子了!"

"哦,那是硬水,矿物质含量高。喝惯日本软水的人要是突然喝下太多硬水,就会因为渗透压的关系令肠道里的水分变多。"

"你就尽可能装得从容点吧。你马上就要死了,不用求饶吗?"

"哦,爱怎样就怎样吧。要是杀了我,你们就会成为杀人犯被抓进去,这可不是什么好选项呢。"

"正是因为算计好了这种事情,我们才会聚集在这里,难道你不懂吗?"

"不懂。不过假如我在这里承诺,要是哪个人能救下我,我就跟她结婚,你们还能保持团结吗?"

之后是片刻的沉默,虽然仅有不到一秒的时间,但这的确反映了每个人内心的动摇。原本南瓜脸不动如山的表情出现了细小的龟裂。

"我们的团结才不会因为这种程度的事而动摇!"

"是不是啊?"——汐朝周围问道。

"当然了!""是啊,那是当然!"——众人回答道。在昏暗的工厂里,这般宛若咒文的声音空洞地回响着。

"你还能保持清醒到什么时候呢,清家君?"

汐拿出了塑料袋,那是便利店里能买到的那种带有提手的白色塑料袋。她眼里浮现出嗜虐的色彩,慢慢向我这边走来,轻轻地将塑料袋套在我的头上,将提手部分紧紧系在一起,完成了这个简洁的拷问刑具。或许我的外表看起来像个晴天娃娃。这不是我的本意,我不想让天放晴,我想下雨。

我的视野里只剩半透明的白色世界。呼吸逐渐变得困难,氧气不足,只能呼哧呼哧喘着粗气,心里虽想着死而无憾,身体却拼着命想活下去,为了摆脱痛苦在地板上不停打滚。

汐压在了我的身上，小心翼翼地解开了结，然后粗暴地扯下了袋子，那种小心和粗暴形成了鲜明的反差。

我大口大口地吸着气，将工厂里混杂着尘土和机油的空气一并灌满了胸腔。反正吸的都是大自然的新鲜空气，但也谈不上奢侈就是了。

"没有下次了，如果有遗言就说出来吧。"

汐的眼神是认真的，所以我的回答也是认真的。

"我跟你两个人在你家的那会儿，你老公突然回来，我躲进了浴室对吧。"

"所以我的家庭才……"

"喂，你觉得为什么你老公看到了我，却装作没看到呢？"

汐那严肃的目光略微缓和了些，表面上风平浪静，脑子却在高速运转着。

"你不是藏好了吗？"

"没。你老公一直盯着我看，还说里面什么都没有。"

"那我老公果然是想把我逼上绝路。"

"不是哦。"

"不是？"

"我发出了响声，就在那时我看到了装在浴桶里的东西。"

"有东西？"

"知道那是什么吗？"

汐那严肃的目光已然相当淡薄，这样的不安也传染给了其他人妻，恐慌的气氛蔓延开来。

"是尸体。"

我这么一说，汐的眼角便抽动了下，默默等待着下文。那是不知道该说什么的人只能等待对方开口的心境。

"我发现了你老公杀人后留下的尸体，那么，当时看到出轨对象的你老公又该如何呢？要是把出轨对象交给警察，那么杀人的事情就会曝光。所以你老公才对我视而不见，以对出轨的沉默换取对杀人的沉默，就是这样的交换条件。但这只不过是临时的协议，之后你老公又做了什么呢？声称一万日元失窃然后报警了吧。这就是构陷我的计谋。他想让警察发现我的指纹，把我栽赃成杀人犯，虽然没有成功就是了。"

汐的全身都在抖，明明不冷，却好像被冻坏了一般。

"这种事情……"

"你跟杀人犯离婚了呢，不觉得是件好事吗？"

"这肯定是骗人的！"——在身后人妻们的支援下，汐恢复了理智。

"是啊，怎么可能呢。差点就被骗了……"

汐再次拿起塑料袋，用手指啪啪地弹了弹，确认其弹性，然后将袋子轻轻套在我的头上，将打结的地方紧紧系住。

"再见，我和你就此结束，一切都结束了。"

我的视野被半透明的白色世界填满了。在朦胧灯光的映照下，我成了献给恶魔的活祭。可这难道不奇怪吗，因为我大概属于恶魔的一方，即使将恶魔献给恶魔，也当不了活祭吧。

氧气越来越稀薄，我拼命地吸气，塑料袋的薄膜却贴在了我的嘴唇上，妨碍着我呼吸。我最后想喝碳酸水，想喝冰镇的巴黎水，绿色瓶子，不强不弱的碳酸。碳酸的气泡在舌尖上绽开，明明是保护区采集的天然水，却有种果香味的错觉。这就是巴黎水，世上最棒的饮料。

意识逐渐淡薄，在渐渐变薄的意识中，传来警笛的幻听。起初是微弱的声音，然后逐渐增大，周围开始骚动起来。"怎么办！""不好！""再不逃就完了！"——在逐渐消退的意识中，这样的恐慌确实地传入了耳中，越来越响的警笛声和落荒而逃时汽车的引擎声化为了最大级别的骚动。我快死了，在离死仅有一步之遥之际纵声大笑。

欲上先下，已经跌到谷底的我就只能往上爬了。

父亲和母亲赶来救我了，一家人重新找回了羁绊，幸福的家庭再度回归。

我在做着这样的梦时，彻底失去了意识。

*

醒来的时候，我仍在工厂里，头上的塑料袋已经被取了下来，我望着昏惑的天花板，手脚的束缚也被解除了。我用自由的身体大摇大摆地站了起来。

"哦，起来了吗？"

那个声音既非父亲也非母亲。

眼前的人是我只见过一次的男人。

墨田哲嗣，墨田汐的前夫。

"警察呢？"

"刚刚是录音的警笛声。之后我会提交作为证据的偷拍影像，她们会被逮捕的吧。"

"你为什么要来救我？"

"你知道这个心理测试吗？"

哲嗣讲起了突兀的话。

"死了丈夫的寡妇在葬礼上看到了喜欢的男性，几天后，寡妇杀死了自己的孩子，这是为什么呢？"

"是为了在葬礼上和男性再会吧。"

这是一个著名的心理测试，通称为精神病诊断。

哲嗣嘿嘿地笑着。

"我说啊，在浴室看到尸体，是不是太过分了？你能不能别擅自把我变成杀人犯？"

"确实很抱歉，这只是脱困的策略罢了。"

"那么，你知道为什么我会在浴室里假装没看见老婆的出轨对象，却谎称一万日元被偷了吗？"

这时，我脑内的神经突触衔接了起来，或许是缺氧引发的生存危机使其变得分外敏锐了吧。

"难道你在三十年前也是救援队员吗？"

哲嗣笑得脸都皱了起来。

"嗯，在涩谷。"

终章　妹妹 1

　　周六我没去上课,而是在警署以受害者的身份协助调查,光是这样就耗费掉整整一天。

　　当哲嗣在浴室里发现妻子的外遇对象时吃了一惊,因为他曾在照片上见过这人,就在他胁迫发生性关系的对象在图片社交平台上毫无防备晒出的私生活照里,正是跟他有着血缘关系的儿子。他想在表明自己是父亲的前提下和儿子对话,却因为妻子在场无法挑明,所以就假装没看见并等待着机会。哲嗣为了和儿子重逢,谎称一万日元失窃。从各种情况来看,只有椿太郎才会是犯人,要是椿太郎被警察当作盗窃犯逮捕的话,不就能重逢了吗?只要能见面,不就有机会挑明自己是他的父亲吗?虽然这也失败了,但哲嗣发觉妻子企图对椿太郎动用私刑,于是便利用这个机会和儿子重逢。

　　对我而言,要是他能早点过来救我就好了,虽然抱有这样的遗憾,但其他部分大致都能接受。

　　虽说跟哲嗣聊了很久,但不知为何,内容几乎记不清了,唯一留存于心的是这样的对话——

　　"她现在还吃蜂蜜吗?"

　　"哦,是麦卢卡蜂蜜吗?"

　　"你知道吗?吃那种蜂蜜必须用木勺,因为用金属勺会变色。"

"但她用的就是金属勺。"

"就是这么回事。我用木勺吃,那家伙用金属勺吃,你选哪个勺子?"

"塑料的吧。"

言归正传,今天是星期天,母亲住在封闭病房,父亲住进了酒店,所以我便在这间宽敞的家里开始了独居。

我在L形沙发的折角上斜向而坐,我想保持这样的中立。

玄关的门铃响了,我看了眼对讲机的摄像头,那边站着一个初中生模样的女生。

"你是哪位?"

"鄙人墨田羽都子。"

光凭这句话,就足以让我开门了。

打开门后,羽都子摆出了某个姿势,我对搞笑艺人和动画片一窍不通,所以不清楚这个姿势究竟是什么意思。像是想要抱着大树,却又讨厌树皮的触感,所以尽量不用身体接触,以最低的限度保持着拥抱,就是这样的姿势。

羽都子个子很高,跟我差不多。身上穿着绿白相间的水珠花纹的连衣裙,作为初中生来说是肩膀露得太多的高露出度打扮。

"有什么事吗?"

"哥哥,可以这么叫吗?"

羽都子自说自话地踏进屋子脱掉鞋子,然后自说自话地进入客厅。我来不及阻止,或者说根本不想阻止。

羽都子坐在L形沙发上扑腾着脚。

"口好渴啊——"

"只有啤酒。"

"那就喝这个吧。"

"开玩笑的,碳酸水可以吗?"

"什么都行,只要没开过封就行,我可不想被下药。"

我拿来了两瓶宝特瓶装的巴黎水,羽都子小心翼翼地拧开瓶盖,确认没开过封后,便豪迈地喝了起来。

然后宝特瓶离开了她的嘴,被粗暴地放在了桌子上。

"请让鄙人在这里住下。"

她的语气听不出是认真还是玩笑,但至少眼神是认真的。

"你这是离家出走了吗?"

"爸妈离婚后,我跟我妈住在一起,现在我妈被抓了,但我爸又是让我初中生活彻底完蛋的犯人,我不想跟他一起生活,我发了个消息让他想想办法,他就给了我这里的地址,让我自己过来。"

"哦,那我就将你拒之门外吧,你要克服这个考验,跟你爸和解,走向幸福的结局。"

"我爸不行的吧。"

"是吗?我倒是觉得你爸挺好的。"

"呀,说起来——"

羽都子以过度的身体接触,即紧紧攥着我的手拉扯着,我连鞋跟都没来得及拔就被她拽到了外面。

我们站在门外眺望我的家,那座穹顶的城堡。

"你家看起来就像个监狱啊。"

"这可能在某一方面是真理吧。监狱守护着我们,有部名叫《肖申克的救赎》的电影,就是以监狱为舞台的。某人即将刑满出狱,当他的同伴祝福他时,他却发狂了,理由是外面的世界很可怕,不想去外面的世界。我觉得监狱也有这样的一面吧。"

"入狱的资格,你知道吗?"

"我看你好像没有呢,所以你才出去了吗?"

羽都子露出了不像初中生的成熟微笑,没有回答我的提问,而是继续掌握着对话的主动权。

"喂,你知道什么是家人吗?"

天色晴好,我们头顶着青空的重量,就这样站在那里。

"是这世上唯一无法选择之物,是自己肉体的一部分,某人是这样说的。"

"她死了,好像是自杀的。可她绝不会自杀。因为她是杀人者。"

羽都子说了一段耳熟的句子,我觉得我的耳垂似乎动了一下,明明我并不会这样的特技。

"间宫令矛真是自杀的吗?"

"你是怎么知道那部小说的?"

"间宫令矛为了追求终极的虚无而自杀,这是终哥自说自话给出的答案吧。"

"你在说什么?"

"其实我很早就知道我有两个哥哥,是我爸喝醉酒半开玩笑说出来的，但我马上就看出这不是玩笑，全凭直觉。"

"你认识终典吗？"

"我第一次见到终哥的时候，就觉得是命中注定之人，然后我假装陌生人接近他，一直进展到可以交谈的关系。但终哥却爱上了一个坏人，救他的办法只有一个，所以我就这么做了。可这并不是救哥哥的办法，而是让哥哥绝望的办法。我没过多久就意识到了这点。"

"是你杀了间宫令矛再伪装成自杀的？"

"哥哥拒绝了我的爱，他写了本自以为是的小说给我看，当时哥哥并没有自杀，在小说里，哥哥已经自杀了，但完稿后报名参赛的那个时间点哥哥并没有自杀。"

"是你杀了终典再伪装成自杀的？"

"椿哥，你觉得什么是家人呢？"

"刚刚已经说过了。"

"我认为所谓家人，就是血缘上的关系。"

"老掉牙的回答呢。"

"是啊，我也是这么想的。那么再让我问个更深入的问题吧，你认为什么是更好的家人呢？"

"嗯，这不是我的思想，而是用你的思想来说的，应该是有很深的血缘关系吧。"

"那要怎么做才能加深血缘关系呢？要怎样才能让血缘关系变得比以前更深呢？"

"……"

"你知道德贝赛马这个游戏吗？这是用赛马培养赛马的游戏，可以进行名为同系交配的近亲繁殖，一方面更容易生出羸弱的马，另一方面也能生出非常罕见的优秀赛马。"

"……"

"什么是更好的家人，答案就在那个德贝赛马里。"

"但那只是概率而已，为了更好的家人得牺牲好几个人。"

"这有什么关系呢？有合法的同系交配哦，你跟我满足了获得一个更好家人的奇迹般的条件。"

"要是我拒绝呢？"

"那就杀了你，只夺走你的精子。"

当我回过神来的时候，泪水已然自眼眶里潸然而下，无论擦多少次，眼睛都是热的，泪水无穷无尽地涌出，无法停歇。

"哇哇，怎么了？"

羽都子用手帕擦拭着我的眼睛，即便如此，眼泪还是抑制不住地流淌下来。

我泪流满面口齿不清，但还是拼命将我的心意传达给羽都子。

"也许我生来就是为了与你相遇。"

我泣不成声，最终什么都没说出口。尽管如此，思绪还是传达给了羽都子。

"只有我和你，是双重的家人，是两倍以上的家人。"

"会变得更好吗？"

"青出于蓝而胜于蓝哦。"

我的人生一直在不断下沉，哥哥死了，姐姐死了，妈妈走了，爸爸走了，只剩下我一个人。

而现在不同了。

羽都子用手帕擦拭着我的眼睛，我的泪水不久就干涸了，剩下的就只有透过水之棱镜看到的光辉世界。

不知从何时起，我俩的手牵在了一起。

守护着我们的，是监狱一样的家。